山区小社

胡爱林　著

山西出版传媒集团
山西人民出版社

图书在版编目（CIP）数据

山区小社 / 胡爱林著. -- 太原 ： 山西人民出版社，
2013.11

ISBN 978-7-203-08405-1

I. ①山… II. ①胡… III. ①短篇小说–小说集–中
国–当代 IV. ①I247.7

中国版本图书馆 CIP 数据核字（2013）第 269710 号

山区小社

著　　者:胡爱林
责任编辑:张晓立
装帧设计:昭惠文化

出 版 者:山西出版传媒集团·山西人民出版社
地　　址:太原市建设南路 21 号
邮　　编:030012
发行营销:0351-4922220　4955996　4956039
　　　　　0351-4922127（传真）　4956038（邮购）
E-mail:　sxskcb@163.com　发行部
　　　　　sxskcb@126.com　总编室
网　　址:www.sxskcb.com

经 销 者:山西出版传媒集团·山西人民出版社
承 印 者:山西天辰图文有限公司

开　　本:787mm×1092mm　1/16
印　　张:20
字　　数:250 千字
印　　数:1-20000 册
版　　次:2013 年 11 月　第 1 版
印　　次:2013 年 11 月　第 1 次印刷
书　　号:ISBN 978-7-203-08405-1
定　　价:35.00 元

笔耕信合奏强音

——胡爱林小说集《山区小社》序

崔联会

　　5月,初夏,刚到山西省联社任职不久,省社编辑部的胡爱林同志把一叠厚厚的文稿送到我的办公室,请我为他即将出版的小说集作序。

　　我当时听了,心中为之一振。因为当我踏上山西信合这片金土地,面对她如歌如画的发展历史,禁不住发出这样的感叹:山西信合人与农共舞六十多年,与广大农民群众结下了血浓于水的深厚情谊,谱写了无数为民致富的豪情壮曲。肩负服务"三农"使命,与广大农民同呼吸共命运的信合人,在文学的百花园里却不能花香四溢,这无疑是信合人心灵上的一种遗憾。然而值得庆幸的是,黄河沛然东逝,信合人的足迹虽被岁月的风雨淹没,但他们的丰功伟绩却深深镌刻在广大农民的心中。更令人感动的是,一个热爱信合事业的文学爱好者饱含激情地走进信合,笔耕十几载,为信合而歌,最终为我们捧出一部厚重的信合文学作品集《山区小社》。

据悉,胡爱林同志从事文学创作近三十年笔耕不辍,以讴歌山西信合为主基调,先后在各类报刊发表反映农信社题材的作品一百多万字,其代表作《山区小社》不仅荣获了首届"中国金融文化网杯"全国金融文学大奖赛二等奖,而且被山西电影制片厂改编成同名电影,成为国内首部以农信社为题材的电影作品。

该集共由《情为谁苦》、《山区小社》、《小社主任》和《信合之花》等五篇小说构成,以基层信用社为背景,通过对花果湾信用社老主任姜效忠、员工黄丹青和叶子等普通信合人的描写,反映了他们在当前形势下,肩负着光荣使命,实现自我人生价值以及他们充满酸甜苦辣的家庭与爱情生活,主题鲜明地讴歌了信合人为服务"三农"无私奉献的可贵精神。作品以朴实无华的文笔,简洁流畅的白描手法,成功地镌刻出一幅可亲可爱更加可敬的信合群体雕像,小说通篇飘荡着一股浓浓的乡土气息,使人读来如闻其声,如见其人,真实可信,形象丰满,容易产生共鸣。同时,较好地把握了时代的主旋律,弘扬了当代信合人服务"三农"的可贵精神。

掩卷沉思,由胡爱林同志的小说联想到农信社的文化转型问题。当前,山西信合已经完全融入转型跨越发展的大潮中,我们不仅要在经营管理、金融服务上不断转型,在企业文化建设上也要转型。文化转型是一个由表及里、由浅入深的复杂过程,我们要更深层次地挖掘信合文化内涵,让山西信合文化在文学艺术和影视艺术领域不断扩展,要让老百姓通过真实感人的故事和真实可信的艺术形象受到感染,更进一步了解和贴近山西信合,更好地支持和关心山西信合。胡爱林同志在这方面做出了积极的努力,值得我们肯定。在此希望各级农信社在发现和培养文化创新人才上多下点工夫,为山西信合转型跨越发展传递正能量,着力推动农信社文化转型发展,把山西信合文化品牌推向全国。

春风过处满眼绿。我期待胡爱林同志创作出更多更好的文学作品,更期待山西信合涌现出更多像胡爱林同志这样为时而作的文学创作人才,用激越的文字将山西信合人的感人故事和自强不息的精神付诸笔端,用笔墨的芬芳传递山西信合灿烂文化,凝聚合力奏强音,唱响转型跨越发展主旋律,托起美丽山西信合梦!

以上为序,与广大读者共勉。

2013 年 5 月 29 日

(作者系山西省农村信用社联合社党委书记、理事长)

目 录
CONTENTS

序言	001
情为谁苦	001
山区小社	169
小社主任	211
信合之花	259
八月牛	299
后记	311

情为谁苦

（一）

当东方刚刚点燃朝霞的时候，王秀丽就醒了，她睁开惺忪的睡眼，望着洒在床上的一抹橘红色的朝霞，心里滋生出一种许久未有过的兴奋和甜蜜，她觉得今天特别高兴，但是出于什么原因使她高兴呢？她自己也说不清楚。

"今天是个好日子，心想的事儿都能成……"

王秀丽起了床，站在大衣柜的镜子面前，一边看着自己哼唱着，一边慢慢地穿着衣服。紧身衣上有数不清的扣子，她系得手有点发酸，比在信用社结一天账还累，但是王秀丽还是耐心地把它们一个个都系好了。紧身衣真紧，箍得她有点透不过气来，她知道一会儿就好了。她做了一次深呼吸，又把宽宽的腰带系上。

王秀丽对着镜子理了理散落在额前的乌发，镜子里的王秀丽极为妩媚地笑着，红润的脸蛋根本看不出她已是年过三十的人了。这是王秀丽在大青山信用社待了整整七年唯一使她感到欣慰的。

王秀丽又轻轻活动了一下双臂，然后伸出右腿，把脚搭在咖啡色的床头柜上，用双手使劲摁着那条曲线优美的腿，做她自行设计的健美运动。

王秀丽的腿很美，也很有弹性，王秀丽从师范学校毕业后，曾被分配到一个名叫老山掌的小山村里当过两年小学教师。村里有看过芭蕾舞的人曾这样说，如果她去学芭蕾，肯定是一位出色的芭蕾舞演员。

王秀丽每当听见这些话的时候，虽然嘴上总是说"哪儿呀"，可是心里却是挺惬意的。

她放下右腿，又换上左腿，一边用手压着，一边又轻轻地哼起了《父老乡亲》：

"我生在一个小山村，那里有我的父老乡亲……"

王秀丽的歌也唱得很甜很亮，在师范学校里，她的音乐得分最高。前几年，联社系统举办"信合杯卡拉 OK 歌曲大赛"，王秀丽就是以这首《父老乡亲》夺得第一名的。

那次，联社主任杨玉春亲自为王秀丽颁了奖，奖品是一只石英挂钟，杨主任亲切地握着她的手说："但愿你像歌里唱的一样，别忘记那些可爱的父老乡亲，你要好好为他们服务，回报他们，当好一名信合人。"

王秀丽激动地向杨主任表示：大青山就是她的第二故乡，大青山信用社就是她的家，她要以社为家，一辈子扎根在那里。

可后来不知为什么，王秀丽开始讨厌大青山，像讨厌在老山掌教书一样，拼命寻找机会往城里调，但一直由于种种原因，未能如愿以偿，让她在大青山信用社受了七年煎熬。

王秀丽放下左腿，看了看表，差十分七点，早点摊早已在街上摆开了。她赶忙穿上羽绒衣轻轻拉开房门，又轻轻地走了出去。

另一间房门紧紧地关着，里面睡着她的丈夫和儿子。王秀丽一想起丈夫，她的心头就一阵痛楚。丈夫已经有好些日子不怎么理她了，昨天晚上，王秀丽想试着和丈夫谈谈，但丈夫推说头有点痛，早早就带着孩子睡觉了。

王秀丽端着小铝锅，一溜烟地跑下楼，天空灰蒙蒙的，看样子要下雪了。王秀丽来到临街的早点摊前，吃早点的人很多，长条凳上已坐满了人，在就着油条喝着老豆腐或馄饨。不少人还站在一旁呵手跺脚，等人让位。她和卖早点的两口子很熟，笑眯眯地把小铝锅伸到卖油条男人的跟前，那男人也冲她殷勤地一笑，就把刚给别人称好的一斤油条先递进王秀丽的小铝锅。

王秀丽一转脸，发现旁边有几个等着买油条的人拿眼瞪她，她不介意地笑了笑，说不上是歉意还是得意，然后响着清脆的皮鞋声往回走。王秀丽迎面碰上了表弟王斌。王斌是昨天从大青山信用社赶回来的。他也在大青山信用社工作，任信贷员，他回城很少，特别是父亲从白云信用社退休回家后，成天和母亲打嘴仗，王斌一进家门心里就烦。他这次回来，一是主持工作不久的副主任马云仙让回联社审批贷款，二是接女朋友——大青山信用社出纳员柳琴，柳琴报考了华北工学院，准备拿大专文凭，在城里定点辅导站参加了三天面授，今天结束。

王斌脸色很疲倦，一看就知道昨晚没睡好。

"姐，你也买油条？"王斌和王秀丽打着招呼，随即又打着呵欠。

"你爸妈又吵架了？"王秀丽问。

"唉，那还用问，一吵就是半宿，乱得我几乎一夜无眠。"王斌说。

"成天吵的个什么呢？老夫老妻了也不怕别人笑话！"王秀丽叹口气说。

"姐，我听人说你要往联社调？"王斌突然问王秀丽。

"你怎么知道的？"王秀丽问。

"我听送款的保卫股长老卫说的。"王斌回答。

"可能吧!"王秀丽的脸上即刻荡出一种掩饰不住的兴奋。

"这下可好了,我姐夫一定高兴,省得他每天干完活,还得接孩子做家务。"王斌说。

"他呀,才不高兴哩,还嫌我往回调呢,倒像是怕我调回来似的。"王秀丽满脸忧郁。

"莫不是姐夫有情人了吧!"

"他呀,一无人才,二无钱财,有谁会看上他呢?"

"那他怎嫌你往回调呢?"

王秀丽张张嘴,没回答。其实她是在有意回避王斌的问话,对于丈夫的冷淡与她的回调,王秀丽自己心里早已隐隐感觉出了什么,只是无法向王斌解释。

王秀丽有些尴尬地冲表弟笑笑:"你快去买油条吧,刚炸出锅趁热给你爸妈端回去吃。"说完,匆匆进楼了。

(二)

王斌用食品袋提着油条回到屋里,见爸妈又开始斗嘴,也没了心思吃早点,干脆坐到沙发里,闭目养神地把左脚搁在右脚背上,右脚下意识地打着拍子,听他的父亲和母亲唇枪舌剑。

王斌心里烦的时候,总是这样,而且总是会挑一首自己特别喜欢的流行歌曲在心里悄悄地唱,反复地唱,他觉得这样会使他郁结在心头的烦闷减少一些。

窗外开始飘起了雪花,是入冬以来的头一场雪,前些日子天气预报里也说过有雪，可总是没落下来。早上出去买油条，王斌发现天色不对，他就不免有些担心，担心天一落雪，通往大青山的班车恐怕就不发了，一来乘客少，二来在盘山公路上又容易出事故，那些精明的个体户是很少会去冒险的。王斌还担心天一下雪，回不去让马副主任等得着急，因为王斌去联社审批的那笔贷款有急用。按理说，进入四季度，该是加大力度收贷结息的旺季，不应该再放贷款，可大青山烧木炭的黑土岩村村主任赵虎成天缠着马副主任不放，说不给他放点款，他的木炭窑就点不起火来，火点不起来村里人连年也没法过。

马副主任没办法，又想到赵虎的木炭窑养活着村里几十号村民，今年天又大旱，收成不好，不在木炭窑上打闹两个零花钱，村民确实年关难过。赵虎烧的一窑好木炭，在城里销路好。只要给他注入资金，他就能挣钱。

马云仙斟酌了几天，才让赵虎去寻王斌填写了一份 5000 元的贷款申请。

"就这么点！"赵虎显然不满足。

"就这 5000 块恐怕联社也不批，现在正压规模，收还收不回来呢！"马云仙无可奈何地笑笑。

"信用社还能没钱，还能怕放贷款，不放贷款你们怎么活？"赵虎不相信。

马云仙苦笑笑没做回答，她也无法回答，在大青山这么贫困的地方搞农村金融工作，农民们只知贷款，好像信用社是取之不尽的金库。很多人不理解信用社的苦衷，而且也懒得去理解。宣传工作做了不少，你尽力去向他们解释，他们反倒说你是财神爷流泪——哭穷假惺惶。满足了要求，高兴而去，满足不了要求就感叹到信用社贷款比登天还难，甚至到当地政府告状。

想到这些，王斌心里连歌也唱不下去了，他觉得更烦，他盼雪下得再大些，大到可将整个世界掩埋的地步，这一来，他父母便永远安静了。

王斌刚产生这个念头又觉得自己好笑，雪埋了整个世界，那他和柳琴呢，还会在这个世界存在吗？两人的爱情还会继续吗？

王斌想到柳琴，心里的烦闷又减少了许多，独自坐到餐桌旁吃起了油条。

母亲边从厨房里给王斌端出热好的牛奶边喋喋不休："你还有脸回这个家，如果换了我，早就跳白云河了。"

父亲在洗手间里用毛巾擦着脸寸步不让："我为什么不回？这是我的家，你是我老婆，斌是我儿子，还有云和华是我女儿，我不回这里又到哪去？"

母亲给王斌往杯子里倒着牛奶连连反击："你还有脸提云和华？还有脸做她们的父亲？你在白云信用社怎么就不想到我，不想到云和华呢？你怎么不想到你做丈夫和父亲的一份责任呢？"

母亲最痛恨的其一是王斌的父亲在担任白云信用社主任期间极少回家，30多年和家人没过了几个团圆年，而且回到家中很少要求和她同房，这是女人最痛苦的地方。王斌母亲疑心丈夫有外遇，在那个天高皇帝远的偏远小乡，信用社主任无疑是女人们都想巴结的财神爷。

每回和丈夫做完床上之事，王斌母亲就无休止地盘问丈夫，从丈夫的回答中寻找破绽，抓住把柄，在丈夫身上又咬又抓。使王斌的父亲每次回家总是带着满身伤痕含悲而去。

其二是王斌两个姐姐的不幸遭遇，使王斌的母亲如坠寒谷，痛不欲生，在心中结下了永久难以愈合的伤疤。

起初，王斌的父亲对妻子和女儿充满了内疚，自己忙于工作，把家庭重担全搁在妻子一人身上，更使他痛心的是自己两个心爱的女儿在卷入改革开放之初的打工热潮的同时也走入了她们人生中最不幸的深渊，对他这个做父亲的痛恨至极，至今也不喊他一声爸爸，不踏进家门一步。

但是，王斌的父亲在妻子无休止的指责声中终于按捺不住了，他开始和妻子争辩，后来就吵，直至认为女儿的悲剧并非全是自己的责任。两个女儿去打工之前，他曾极力反对过，王斌的母亲那时候却持着沉默的态度。

王斌十分清楚在母亲心里将永远仇恨这一切。母亲的仇恨就如城墙上砌着的老砖，任凭多少年风雨的冲刷都仍然鲜艳如故。母亲在姐姐出事的那些日子里，欲哭无泪，只是突然地将很多很多世事看透看穿了。

王斌望望父亲，他感到父亲非常苍老，老得仿佛比他本人的实际年龄大了十多岁，父亲实际才六十出头。在白云信用社一待就是40年，把他人生的一多半心血倾注在了白云信用社和那里的农民身上。父亲看上去那么瘦弱，而且两眼被严重的未曾得到有效治疗的白内障所困扰，双手肿大的关节仿佛画上的龙爪。父亲总是一身乡下人的装束，没有一点信用社主任的官架子。望着父亲，王斌心里马上涌起一种难言的苦楚：他所在的大青山信用社和父亲在过的白云信用社地理位置和社区条件相差无几，自己老了也难免落成父亲如今的光景。所以，王斌对父亲极为同情，尽管他是在母亲的呵护下长大的，从小就对父亲的印象很淡漠。

父亲坐到饭桌旁，用手拧下一截油条，边嚼边说："你只想到儿女私情，就没想想别人的工作，看看别人的妻子是怎么做的？我们社老会计周俊福的妻子，为了让丈夫能安心工作，在家独自种着十几亩责任田，还要侍奉瘫痪在床的婆婆，自己由于劳累，患了癌症，到死也没向老周叫过一声苦，反劝老周别为她伤心，尽量不要影响工作！你做人不能太自私了。"

母亲气得脸色发白，她用抹布抹着餐桌上洒下的牛奶，发着狠说："你，你没人性。"

父亲说："争论归争论，别污辱人格。"

母亲坐在沙发上哭了，她是永远斗不过父亲的。她这一辈子都败在了父亲手上，恨他、怨他、咒他，却永远离不开他。

母亲无奈中，只好含泪求援似地望着吃油条的王斌。

王斌把最后一点油条塞进嘴里，用手指擦擦嘴，进洗手间洗了手，才走出来说话。

王斌说："成天吵什么，你们这一辈子还能在一起多久，就不能和和睦睦安心过几天，爸，你让妈一点行不？"

父亲咽下一口油条说："我让她，谁来让我？"

母亲抹了把泪说："你叫他来让我？笑话，我看着他过了一辈子还不晓得他的人性？得理不让人，还想抢三分。连你姐姐他都不晓得去疼去爱，她们为什么那么恨他？就是恨他不像个父亲。"

父亲说："她们恨我，也是你调教的。"

王斌说："你少说一句好不好？"

父亲说："你凭啥让我少说？"

王斌说："你是男人，妈是女人。"

父亲说："男人也是人，有谁规定男人和女人吵架，男人就得让女人？"

王斌听了有些不高兴，他说："爸，你怎么能这么讲话？"

母亲说："斌，你莫理他，你不是说到联社办完事还得去接柳琴吗？"

王斌看了墙上的石英钟，已经八点多了，联社信贷股该有人了，他夹上黑皮包，闷闷地对母亲说："我走后，你们别吵了行不？妈，要不我真的不想回这个家了。"

母亲点点头。

王斌又向父亲望望，父亲长叹一声进了洗手间。

王斌母亲从门后摘下一把黑布伞要王斌带上，王斌接过伞说了一句："我中午就回大青山了。"说着就开门出去了。

（三）

王秀丽把早点轻轻放在厨房的煤气灶上，一手捏了根油条，一手提着那只乳白色的提包匆匆下楼了。她要去联社交三季度的财务报表，顺便证实一下自己进联社的消息是否确切。她路过三楼王斌家门口的时候，听见舅父和舅母又在斗嘴，犹豫一下，想敲门进去劝几句，顺便和表弟王斌相跟着一起去联社，但转念一想，劝也白搭，又怕舅父和舅母见了自己更加纠缠不休，就没进去，一直出了楼外。

天空灰蒙蒙的，雪花随风飘舞，很快落了王秀丽一身，她后悔出门太急，忘了带把伞。

路边，有一驼背的老人，早早撑开了太阳伞，摆开了书报摊，静静地等待顾客。老人好像认识街上走过的每一个人，谁经过他的书报摊，他都朝人家点头微笑，永远充满了欢乐，永远为别人送去欢乐。王秀丽知道老人姓周，曾是白云信用社的会计，老伴去年得肝癌死了。老周还不到退休年龄，可他得知信合系统开展"三定"改革，上级鼓励老同志提前内退，就第一个向联社递交了内退申请，把工作岗位让给了年轻人，自己回村里后不久，被儿子接到城里住，他又觉得很寂寞，就摆了个书报摊，每天早出晚归，风雨无阻。

王秀丽走过老周的书报摊时，老周依旧冲她微笑着点点头。王秀丽也冲老周点点头，报以一笑，然后向联社走去。

王秀丽住的楼房是农行的宿舍楼，信用社与农行脱钩后，重新择地盖起了五层办公大楼，与农行老宿舍相隔两里多地。

王秀丽去联社从不骑自行车，她喜欢走路，而且走得很慢，姿势很引人注目。王秀丽从别人羡慕的目光里得到了一种满足，自己这张漂亮的脸和苗条不失丰满的身段还算让自己满意，所以，王秀丽在冬天也喜欢穿紧身衣，尽量把自己的优势淋漓尽致地体现出来，引人注目，成为大街上的一个亮点。

有几个背着书包的学生从她身旁跑过，望着那些欢乐可爱的小天使，王秀丽想起了儿子的学习成绩，儿子杨央上小学三年级，成绩总是在 60 分左右徘徊。丈夫是木器厂工人，去年木器厂改制，丈夫成了下岗人员，成天忙于四处揽活挣钱，把儿子扔给父母照顾，儿子要钱就给，把儿子娇惯得不成个孩子样。有人曾私下告诉过王秀丽，见过她儿子跟大点的同学在游戏厅里打游戏，王秀丽为儿子的前途非常忧虑。

要是自己这次能调回联社，可得抓紧给儿子补落下的功课，王秀丽边走边想着。

"秀丽！"

王秀丽抬头一看，一辆黑色捷达车停在了她的面前。开车的是个胖胖的大个子，他把圆圆的脑袋探出车窗，笑眯眯地看着王秀丽。

胖大个名叫陈明义，是王秀丽的初中同班同学，陈明义曾在柳城县北大街中学读书时，和王秀丽同桌了三年。现在是城关信用社副主任。

"上来吧！"陈明义冲王秀丽说。

王秀丽毫不客气地坐到了陈明义车上，两人在一起上学时很投缘，陈明义还偷偷给王秀丽写过求爱信，王秀丽从来不跟陈明义客气。

车开得很快，王秀丽觉得自己快要飘起来了。

"慢点儿，不要命了。"王秀丽在车后惊叫着。

"没事儿。"陈明义嘴上虽这么说，但车速还是明显减慢了许多，缓缓地向前行驶着。

"你今天怎么从这面绕着去上班？"王秀丽知道陈明义的家不在她这一片。

"接你来啦！"

"你少跟我犯贫。"

"巴结你这个未来的联社办公室副主任啊！"

"你听谁说的，尽胡扯。"

"人们都这么说，还能有假？"

王秀丽听了，心里很惬意。

"我是找教委主任去了。"过了一会儿，陈明义说："我老家娃儿们停学一个月了，也没老师。"陈明义的老家叫老山掌，王秀丽开始教书就在那村，后来，她极力怂恿在信用社工作的婆婆提前病退，她接了婆婆的班，进了大青山信用社。

"为什么？"王秀丽问。

"你在那里待了两年，还不知道我们村那摊场，人穷地瘦，连个老师也养活不住，谁愿去受那份洋罪。"

"你找教委主任怎么说？"

"打了半天官腔，再穷不能穷教育，再苦不能苦孩子，我们想办法尽快派老师去。屁话，我看见我村给他打的报告在办公桌上，尘土积了老厚。"

"那咋办？"

"等人家想办法尽快解决呗！"陈明义重重地叹口气，好像很自责，自己是村里唯一在城里当官的，却帮不了乡亲们什么忙。

到了县联社大楼前，陈明义让王秀丽下了车，说声："以后有事打招呼"，就一加油门，车又飞快向前飞去。

王秀丽看着陈明义的捷达车消失在飞雪中，才往联社院里走。

联社大楼是一座颇为壮观的五层大楼，楼顶的"信合"标志很惹人注目地矗立在正中央。大楼一层前边是营业大厅。

王秀丽从大楼左边的巷子里走进去，没多远就看见了"柳城县农村信用合作联社"的牌子。

看见牌子，王秀丽就想起了联社大楼开业剪彩那天，自己被联社领导选为礼仪小姐，为剪彩的领导们端彩球的场面。站在巍峨的信合大楼前，王秀丽就产生了一种强烈的愿望，她多么希望能成为一名联社大楼里的员工，也是那一刻开始，她对大青山信用社有了一种自卑感，当年对杨主任所表的誓言渐渐在头脑中淡化。她为了实现这一夙愿开始奋斗，苦学考大专，送礼拉关系，与师妹马云仙暗中较劲儿，三番五次往市联社领导家里跑，最终使她有了走进这座大楼的机会。

王秀丽想到这些，免不了在心中油然升起一种庆幸感和自豪感，走进联社大门的身姿也由原来的低头匆匆而入改变为昂首缓步前进，兴奋中竟没听到看门房的老张跟她打招呼。

老张是信用社的退休职工，没儿没女，老伴又死得早。退休后，联社派车送他回家，老张还没走出信用社大门，就"哇"的一声哭了。

联社主任杨玉春听说后，也被老张与信用社难舍难分的情感打动了。正好联社看门房的老马告老还乡，杨玉春就又派车把老张接到联社让他看门房，老张一进联社大门，又一次激动地流下了眼泪，杨玉春握着老张的手安慰说："老张，信用社就是你的家，我们为你养老送终！"

联社门房是联社几十号人的聚集之所，不管谁都爱来这里坐坐，再加上老张待人热情，所以这里一下班就变得熙熙攘攘，门庭若市，人们在这里，可以跟老张无拘无束地开玩笑，聊大天，说话不惹是生非，说完哈哈一笑了事。所以，联社有人说这儿是县联社的联合国总部，消息最灵通，谁要升官，谁要下台，谁有了经济问题，谁家夫妻闹纠纷，这里经常发布最权威的消息。甚至连基层信用社哪个职工出现了工作和作风上的问题，下乡放贷和贷户媳妇上床，也都说得有鼻子有眼的。

有人说，老张是这"联合国"的秘书长，老张矢口否认，他说他只不过给他们多扫几次纸烟头和瓜子皮。王秀丽和老张很熟，她进了门房。老张正往开分报纸，他边分边看着王秀丽说："听到消息了没有？"

王秀丽为了能进联社大楼，逢年过节不知往联社领导办公室和联社后院的家属大楼跑了多少回，每回都得经过老张这儿。王秀丽知道老张爱喝两盅，就把没送出的好酒给老张留两瓶。她认为有这个必要，自己到联社领导家里走动，往往是在晚上，断不了求老张半夜开门。后来，老张也明白了王秀丽经常跑联社的原因，心说年轻人，这是何必呢？把这劲头放在工作上，把工作干好，还怕联社不往回调你？

老张想劝王秀丽，但感情上经不住王秀丽诉说家里的苦处而流下的眼泪，又禁不住同情起王秀丽的处境来，还断不了向王秀丽提供联社一些人事变动的信息，这次联社从基层社选拔办公室副主任的信息就是老张向王秀丽提供的。

其实，王秀丽在老张告诉她之前，就得到了消息，并且隐约知道联社有选拔大青山信用社副主任马云仙的意向。但王秀丽没说，依然给老张买了一瓶"二锅头"以表谢意。

王秀丽和老张处熟了，就把他当长辈，有时故意装出孩子样儿讨老张喜欢。

"我也没听说。"老张故意逗她，脸上却有一种压抑不住的笑意。

"好大爷，你告诉我，我给你上街买竹叶青。"王秀丽丢下报纸拽着老张干瘦的胳膊使劲地摇晃着。

老张也丢下报纸，正色地说："你进联社的事定了。"老张拾起桌子上分好的报纸往齐里墩着。

"真的?"

"您不是骗我吧?"王秀丽擦了一下有点湿润的眼睛说："这些日子有好多人尽跟我开玩笑。"

"前天下午，联社就开会通过了，其实早就定了，但定的不是你。"老张说。

"谁?"王秀丽问。

"你们大青山信用社副主任马云仙。"老张说。

"果然是她……"王秀丽怔了一怔。

"对，听领导们说，他们给马云仙做了好多次工作，但马云仙总是说，大青山更需要她，她不能离开大青山。"

"假正经，其实她心里早想进联社哩!"王秀丽说："大青山那鬼地方谁想待着?"

"正在这时，市里的一位领导给联社主任杨玉春打来了电话，极力推荐你，说你是个难得的人才，有本科学历，业务又精通，还是地区先进工作者，把你放在联社办公室副主任位置上比谁都合适，小王呵，想不到这次市联社领导会给你出面，在联社大楼里震动不小哇!你能进联社，我看至关重要的是这个电话!"老张肯定地说。

王秀丽不说话了，她只觉得自己心里有一股酸溜溜的东西直往上涌，她使劲地咬着嘴唇，她知道自己要哭了，她尽力不让眼泪流出来，但还是没忍住。

老张也不管王秀丽，不紧不慢操起暖水瓶，倒进茶杯一些，小口小口地呷起来。

王秀丽从玻璃窗里看见表弟王斌也来到联社大门前，忙擦干泪水，不好意思地冲老张一笑，出门和王斌相跟上向办公楼里走去。

（四）

王斌从联社信贷股有些垂头丧气地走了出来，走出联社办公大楼不知是忘了还是不想打伞，无精打采地走在风雪中。

刚才在信贷股里，王斌掏出赵虎的贷款申请让信贷股股长老弓审批，老弓看都没看申请一眼，就训开王斌了："今年你们社的贷款已经超规模了，新增存贷款比例超过了指标的 15 个百分点，现在压还压不下来，还往回拿申请。"

"老弓，这点我们也清楚，可我们也没办法呀！"王斌委屈地说。

"清楚还故意找碴儿，回去告诉你们马主任，她能往回收十万，我给她批一万。这不，离年底决算剩下两个多月了，你们社的收息任务完成不到 60%，正常贷款和非正常贷款回收率排在全县 22 个信用社最末位，如果今年收不回来，明年就没资金放贷了，还拿什么支持农民春耕春播，农民到时候贷不下款，又该向政府联名上告，使我们信用社的形象又遭受不必要的损害，你们不能靠向联社拆借资金过日子。"

王斌没听老弓训完，就从办公桌上拾起申请离开了。"不批拉倒，你拿我出什么气，我们敢想放哩，放你在那个地方，你也不见得比我们强多少。"王斌心里很是不服。

走出联社大门不远处，王斌拨通了女友柳琴的手机，柳琴在电话里告诉王斌不用去接她了，辅导站临时变更，今天增加面授一天，让王斌回到大青山信用社后代她向马云仙再请两天假，她明天下午就赶回去。

"那明天还下雪，不通车呢？"王斌问。

"不通车，你就骑摩托来接我，就这样吧，我正在上课。"柳琴搁下了电话。

王斌挂了电话，精神不振地撑开伞向车站走去。正走着，一辆白色奥迪缓缓停在他身边。

"喂，王斌，失恋了怎的，走路没一点精神。"车玻璃摇下后，露出一张白净的脸来。

王斌定睛一看，是他和柳琴的同学范文，同时也是他王斌的情敌。在读县中时，柳琴是班里的第一温柔女生，范文曾多次向柳琴发动爱情攻势，但柳琴嫌范文公子气十足。这与范文的家庭有关，他是在一个优越的家境中长大的。父亲是县公路段段长，母亲是交通局副局长，外公当年是柳城县委副书记，现在虽然离休了，但老头子出面，经常能办些别人办不了的事，在柳城威信极高。

范文高中毕业后，考上了上海交通大学，毕业后刚分配到县交通局搞公路设计。范文跟王斌在县城城北小学一起读了几年书，并结成了好朋友，直至现在，并没有因为是情敌而伤了和气，只是范文心里总是对柳琴不甘心，他参加工作后一直没谈恋爱，不断往大青山给柳琴写信，期待有一天奇迹出现，能够进入柳琴的感情世界。

"你去哪里？"范文问王斌。

"去车站坐公交车回大青山。"王斌说。

"上车吧，我送你。"范文说。

王斌收了伞，坐进了范文的轿车，车里开着空调，王斌一坐进去，就有一种温暖如春的感觉。

"怎么没和柳琴在一块儿?"范文启动了汽车问。

"她没有空跟我回来,这几天信用社特忙。"王斌回答时没告诉范文柳琴就在城里,他知道范文心里对柳琴深爱的火焰并未熄灭。

尽管范文在上海交通大学时给柳琴写了近百封情书也未能打动柳琴,但王斌依然忌讳范文与柳琴见面,这就是男人在爱情上特别自私的一点。

"她还好吗?"范文的声音有些低沉。

"很好,我俩经常提起你,盼你到大青山玩。"王斌说。

"真的?"范文扭过来冲王斌笑着问,"你不怕我把柳琴从你身边抢走?"

"你已经抢过无数次了。"王斌也笑着说。"哎,说正经的,范文,你们成天与公路建设打交道,就没有什么工程项目可做?"

"怎,想挣钱,开辟第二职业致富路?"

"是,但不是为了我个人。"

"那是为了谁?"范文诧异地问。

"为大青山的农民,那里的农民活得太苦了,改革开放都二十多年了,生活水平仍停留在半贫困状态。"

"可我见报纸上报道说咱县农民基本脱离了贫困,你们大青山乡农民人均已超过 1500 元。"

"那是有些上级领导为升官捞政绩胡扯的假政绩,还 1500 元呢,够 800 也不错了。"王斌叹口气说。

"那你们信用社是干啥的,成天高喊服务'三农',帮助农民脱贫致富的口号,怎越服务越穷了呢?"范文问。

王斌没做回答,他也无法具体回答范文的这个问题,这其中包含的内容太多了，他一时也说不清。

"怎，回答不上来？"

前面是红灯，范文刹住了轿车。

"不好回答，反正农民没富了，信用社反倒自己也陷入了贫困，年年不放贷不行，放了又收不回来，任务完不成，不但挨训，还挣不下工资。我们有时过得比农民还苦哩！"王斌感叹地说。

"那我明年设法弄个小工程，让你赚一把，也算咱们朋友一场。"范文又启动了轿车。

"你要真心帮我，就弄个大项目。"

"你胃口不小啊！"

"不是，我恨不得全大青山的农民全成了筑路大军，好好干两年。"

"你思想觉悟还挺高的。"范文善意地笑笑，同时也被王斌情系农民的言行深深打动了。

"不是我思想觉悟高，你在大青山待上一段日子，是怕你的觉悟比我更高。面对那一双双渴望走出贫困的眼睛，只要是有一点良知的人都不会无动于衷的。"

沉默了一会儿，范文告诉王斌："明年县里要往你们大青山修建一条扶贫公路，需要大量的石灰、石子和石粉。大青山不缺的就是这些，你回去和你们主任说一声，发动扶持当地农民立即上马生产，产多少我包多少，决不吃你们一分回扣，不欠一分货款。"

"谢谢你！范文。"王斌声音有些颤抖，不知是兴奋还是激动。

到了车站，幸好还有一趟开往大青山的大巴，只是票价高出一半，"乘人之危！"王斌心里想，但又想到人家司机去冒风险为旅客解决困难也不容易，就上了车。

范文让王斌等一会儿，就向车站食品店跑去。很快，范文从食品店拎出一大包食品，塞到王斌怀里说："交给柳琴，但别告诉是我给她买的。"

王斌不知该怎么办，犹豫了。

"怎，连这点忙也不肯帮，担心什么，柳琴不会因为吃上这些东西而变了心。"范文说完，上了自己的奥迪，按几声喇叭表示与王斌再见，开车出了车站。

（五）

王斌坐在大巴车上，裹紧皮夹克，想靠在座椅上睡一觉，因为县城到大青山信用社有80多公里路，而且道弯难行，又遇上下雪天，大巴车行驶得很慢，到大青山恐怕得用三个多小时，王斌要利用这三个多小时弥补起昨晚的觉。

窗外的雪似乎大了些，天气也骤然冷了许多。车上的乘客不是很多，车厢里显得有点空荡，空气也变得冷飕飕的。王斌刚迷糊了一会儿，就被冻醒了，在他睁眼的瞬间，发现前排一位老者很像他的父亲，揉眼细看，自然不是，但他的脑子里却不由自主地想开了父亲。

王斌从小到大的日子里，很少能见上父亲，父亲的印象在他心里淡薄得很。人们常说王斌不像他的父亲，倒像农行宿舍院里的一个勤杂工，但那勤杂工早在王斌10岁时就死了，是得癌症死的，死时年仅36岁。

王斌依稀记得父亲不在家时，那勤杂工经常到他家里来帮他母亲干这干那，还经常上街给王斌买点心吃。王斌父亲一回来，那勤杂工就不来了。后来，王斌母亲吵架中还经常听到他们提及勤杂工的名字。再后来，勤杂工死了，母亲流着泪给勤杂工缝好了寿衣，带王斌去给勤杂工送寿衣时，母亲还摁倒王斌，逼着王斌给勤杂工磕了三个响头。勤杂工没有任何家属，死后被农行送到火葬场火化成骨灰，埋在了城外的一片野地里，后来在那片土地上建起了化肥厂。

王斌有时从别人的闲言碎语里感觉到了什么，王斌曾悄悄地细看父亲的眼睛，又大又红，和自己的又黑又小又亮的眼睛大不相同。就去问母亲，母亲只是叹气从不回答。王斌问父亲，父亲就呵斥他："你不是我儿子是谁的儿子，别听外人瞎嚼舌头！"

父亲讲这些话的时候，王斌会看到母亲的眼神里充满了对父亲的敬重。

王斌也非常敬重父亲这一点。后来王斌懂得人事，就对自己的身世有了很大的怀疑。在王斌16岁时，因为贫血住进了县医院，母亲给父亲打了电话，父亲闻讯连夜从白云信用社骑着自行车赶到医院，医生让父亲给王斌输血，父亲无可奈何地冲医生摇了摇头，王斌瞬间从父亲那黯淡的目光中读懂了一切。

医生带着讥讽地口气问："你不是病人的父亲?"

"是。"父亲声音很低地回答。

"是，为什么拒绝给你儿子输血，你也太自私了。"医生生气地责怪着父亲。

父亲神情木然地不知所以，王斌那一刻真为父亲心痛，他极力压制着将要涌出的泪对医生说，他是我的父亲，但他患有慢性肝炎不能为王斌输血。

医生对父亲歉意地笑笑，走了。

王斌朦胧中看到父亲也流泪了。

王斌的血管里流淌着与父亲不同型号的血液，但有很多地方和父亲相像。举止言谈，永远保持整洁的衣服，指甲也修剪得很好，胡子总是刮得干干净净，更像父亲的是对工作有着高度的责任感，热心于帮助别人。这些相像也并非全是天生的，有不少地方是王斌自己要求与父亲尽量保持相像，特别是在为人处世上，这样在别人眼里他就是父亲真正的儿子，在父亲眼里，更能得到一些安慰。

王斌的母亲经历了勤杂工之死和两个女儿打工的不幸遭遇后，脾气变得一天比一天坏，王斌父亲一回家，就与王斌父亲吵架。开始王斌父亲还让着她，后来就由还口发展到和王斌母亲无休止的争吵，回家的次数更少了。

王斌的父亲在家庭上虽不如意，但令人欣慰的是他在工作上取得了令人瞩目的成绩，白云信用社在经济条件相当落后的条件下，20 多年保持不亏损，而且还有几年盈利，信贷资产质量在全县 22 个基层信用社里排在前 3 位。王斌的父亲也因此出席了无数次的省、地、县三级先进表彰会，他退休后，从白云信用社带回的只有一只洗得褪了颜色的背包和一背包大大小小的荣誉证书。父亲退休回家后，一直和母亲分室而居，并且两人只讲上一句话，争吵就开始了。以后每三五天一次，循环往复。

王斌常这样问自己：父亲和母亲这样的人生悲剧是谁造成的呢？是生存环境？是婚姻本身？是命运安排？或是他们自己本性所致？

王斌并不想找出答案。他只是觉得人生得意时从不想问，而在悲愤时不断地问这问那。王斌觉得自己深深明白了屈原当年要沉汨罗江时，为什么发出了一连串的询天和质地之问。

王斌虽然没有达到屈原的悲愤，但在他心里也存在着一片凄凉，父母成天无休止地争吵，信用社经营不景气，工资开不下多少。名义上和柳琴恋爱三年了，可她没有和自己结婚的欲望，虽然柳琴嘴上没说，但王斌从柳琴母亲的谈话里听出了弦外音。眼下范文又分配回了县城，至今依旧那么深爱着柳琴，并未放弃对柳琴的追求，只要有点空隙就会乘虚而入，还有眼下的收贷结息任务完成得很不乐观，联社"三定"改革就要开始，业务考核是拿实际数字为依据的，业务考核分数上不去，落得太远，就有下岗的可能。

在大青山信用社里，王斌很佩服另一个信贷员李勇，以前他把李勇"凡事不放在心上，怎开心怎活"看作是一种玩世不恭。可后来又觉得李勇这样开心生活也对，人生烦恼太多，又何必让这些烦恼成为人生旅途的负担，永远背在身上，活得那么累呢？

王斌想到这里，心中也就豁然开朗了。

这时，女售票员又给他找回 5 元。王斌很是奇怪，自己又不认识司机和女售票员。女售票员微笑着向他解释：你是信用社的，我们认识你，我家买这车还从信用社贷过款呢，要不是信用社帮助，我家也跑不成这车。我们全家永远不能把信用社和信用社的人忘了。王斌这才想起以前有一位贷户找过马云仙申请贷款买客车，看来就是这家了。

王斌听了，心中一阵感动，但不仅仅是出于少花了 5 元钱，而是王斌感到自己作为一名信合人，只做了自己应做的工作，但在农民心中却将自己念念不忘，多么朴实的老百姓啊！自己又有什么理由不抛弃个人烦恼去热爱自己的工作，去真心为广大农民全心全意地服务呢？

王斌在猛然间又坚定了一种信念，并且拥有了一种力量，只觉得全身热血沸腾，一阵燥热，没有了寒冷的感觉。

大巴车长鸣一声喇叭，大青山到了。

（六）

王秀丽走出联社大楼时，一扫进楼时的兴致，脚步匆匆，像做贼似的，甚至心里有一股酸酸的滋味。

王秀丽到联社财务股送完财务报表，想见一见联社主任杨玉春，但没见到。在办公室主任郑浩屋里，郑浩淡淡地告诉她，社务会已通过了将她调回联社任办公室副主任的决议，但任命文件还不能发，先让王秀丽回大青山信用社等着联社稽核股去对她做离任审计后才能正式发文。

王秀丽还想从郑浩嘴里多打听些自己的情况，但郑浩却冷冷地从厚厚的眼镜片后射出两道让人难以捉摸的眼光，有些不耐烦地对王秀丽说："你如果没其他事可以走了，我很忙。"

王秀丽知趣地退出办公室，她走在联社大楼里，发现有许多人用一种异样的眼光看她。王秀丽隐隐约约从中感悟到了什么，她突然感到心里一阵发慌。路过保卫科时，她听见两个男人在说脏话。

"有本事和王秀丽那娘们睡上一觉。"

"等她进了联社，我睡她还不是轻而易举，那风流女人，一见男人就想脱裤子。"

王秀丽听了，心里火往上升，真想推门闯进去，狠狠地给那两个不要脸的男人一记耳光，但她忍住了，她努力使自己冷静，自己这么做又能证明什么呢？她感到脑子发晕，心里发堵地走出了联社大楼，路过门房，没跟老张打一声招呼，一头扎进漫天大雪中。

王秀丽从县联社开业剪彩之日产生了进入县联社的强烈欲望后，心就在大青山信用社拴不住了，记账常常出错。那时候，比王秀丽小两岁，但

山区小社 • SHANQUXIAOSHE

已经是副主任的马云仙还没主持工作。老主任马廷刚还没退居二线，他工作极为认真，经常批评王秀丽在工作中没有责任心，并总爱在批评王秀丽时提及马云仙，让她向马云仙学习，而且总要说上一句这样的话："你呀，比马云仙差远了。"

马云仙比王秀丽晚一年进入大青山信用社，就是大青山人。马云仙的父亲曾是农行一个基层营业所的一名出纳，在马云仙12岁时，她父亲晚上守库时，遇上歹徒抢劫，在与歹徒拼力搏斗中英勇牺牲。父亲被上级追认为"金融卫士"，上级并在全系统开展了向他学习的活动。

马云仙父亲死后，马云仙的母亲杨永梅又嫁给一位乡镇干部。走时，马云仙的奶奶说什么也不让杨永梅带走马云仙。杨永梅也图个利落，就同意把女儿留在了马家。

马云仙由奶奶抚养成人，到了高中毕业，马云仙只差1.5分没考上大学，奶奶带着马云仙进城寻见农行行长刘迎祥，要刘行长给马云仙安排工作。

刘迎祥知道马云仙是烈士之后，又有高中学历，就很快就地安排马云仙进了大青山信用社。

马云仙刚进信用社时，和王秀丽住在一个窑洞里，同时跟王秀丽学习业务。那会儿，马云仙长得很瘦小，身上还穿着当地挺土的花布袄，说话时还常常露出难听的乡音，把水开了说成水滚了。社里的几个年轻人都嫌马云仙土气，不愿跟她相处。王秀丽就主动和马云仙交了朋友，并逼马云仙叫她师姐。马云仙不像山里的其他女孩一样扭捏，抬头就叫，而且叫得挺真诚。

王秀丽还经常跟马云仙回家去看望奶奶。马云仙的奶奶六十多了，却显得很精神，说话嗓门大，笑声洪亮，只要她两一去，老人就拣可口的给

024

她俩做着吃。使得王秀丽到马云仙家也无拘无束，把老人当亲奶奶喊。

马云仙奶奶有一次得了急性肺炎，是王秀丽找到在大青山当乡长的远亲要来了吉普车，又及时地把老人送进县人民医院，才使老人转危为安，为这件事，马云仙感动得流了很多次眼泪。

马云仙参加工作后，肯学肯钻，并未放弃学业，进入信用社第三年就以优异的成绩考入省分行干部管理学校电大班，并脱产深造两年后，再度以优异的成绩结业。

通过学习深造，马云仙的理论知识得到了充实，思路也随之拓宽，政策水平和业务能力均有了突破性提高。马云仙注重在工作中把所学到的知识充分利用，并不断摸索创新。回社的第二年，总结撰写了关于大青山信用社《组织资金支持农业生产，狠抓管理提高经济效益》的经验报告，在同年召开的柳城县贫困地区信用社经营管理经验交流会上得到与会各级领导的认可和赞扬，并很快在全市推广。同年，马云仙被农行提拔为大青山信用社副主任，成了老主任马廷刚的接班人。

工作中，老主任马廷刚常以马云仙为榜样，批评教育职工，所以在对王秀丽的批评中，总是要提及马云仙。

也许从那个时候，王秀丽就开始和马云仙生疏了。她总觉得马云仙喊她"师姐"是假惺惺的，对她的微笑也是装出来的，在那微笑背后，隐藏着马云仙的虚伪和对她的冷嘲热讽。

马云仙学习回来被提拔成副主任的那年年底，社里推荐王秀丽为出席县先进的人选，全社职工包括老主任马廷刚都没提任何异议，唯独马云仙反对，她认为王秀丽不安心工作，有好几次记错账，给信用社造成一定的损失。最后，王秀丽落选，王斌成了出席县先进的人选。

从此，王秀丽与马云仙隔阂更大了。更增强了进入县联社的欲望，她要比马云仙强。"哼，当个小信用社的副主任有什么了不起，我要进入联社，当个普通干事都比你强。"王秀丽心里常这样想。

王秀丽在心中与马云仙较劲的同时，工作态度也大为改变，报考金融函授大专班，而且记账认真，工作积极，任务率先完成，有一年还出席了地区先进表彰会。在那次表彰会上王秀丽结识了市联社的一位副主任。

于是，王秀丽开始往那位市联社领导家中跑，逢年过节，少不了拎些本县的土特产。那位领导爱吃本县的豆腐干，王秀丽就隔十天送一回。慢慢地她和那位领导的爱人成了朋友，王秀丽的毛线活极好，她给那位领导的女儿织了好几件漂亮的毛衣，把那位女孩打扮得更美丽可爱。那位女孩一见王秀丽到她家，就甜甜地直喊"阿姨"。那位领导爱人对王秀丽再三表示，以后有事打个招呼，她让丈夫尽力帮她。王秀丽听了心里不胜欢喜，她图的就是这一点。

这次县联社在基层社选拔办公室副主任，那位领导爱人果然信守诺言，给联社主任杨玉春打了电话，而且电话打得很有水平。

"喂，你是柳城县信用社杨主任吗?"

"我是，你是……"

"我是市联社胡副主任的爱人，听说你们信用联社要选拔一名办公室副主任?"

"是的。"

"你们在选拔时，是否考虑一下大青山信用社的会计王秀丽，那是个难得的人才呀!"

"是吗? 我们在选拔时，一定重视，感谢您在百忙之中对我社工作这么关心。"

"你可别误会，这仅是我个人的意思，并不代表其他人，包括我家老胡在内。"

这个电话在联社反响很大，连杨玉春也纳闷，这王秀丽怎么跟市联社有关系，还真没发现他手底下还有这么一个真人不露相者。于是，联社大楼内便为王秀丽与市联社领导的关系闹得风雨满楼，并且传出了王秀丽的桃色新闻：王秀丽凭着漂亮脸蛋把市联社领导勾引住了，王秀丽成天往那位领导家跑，自己"送货上门"，而且那位市联社领导一向作风上有问题，见了漂亮女人就设法搞到手。更玄乎的是，有人亲眼看到王秀丽和那位市联社领导搂着进了某某宾馆的包间……

王秀丽知道后，感到很痛苦，还气得掉下了眼泪，谣言不但使她失去了清白，而且也损坏了市联社领导的形象。她为了证明自己，已经有很长一段时间没去那位市联社领导的家中了。前几天，那位市联社领导的爱人给王秀丽打来了电话，告诉她已经和联社主任杨玉春通过电话了，并问王秀丽怎么好久不去她家了，她和女儿很想王秀丽。

王秀丽握着话筒，无法回答，流着泪推说大青山风大，她感冒了多日，并答应过些日子一定去，她又为小姑娘织好了件毛衣。

（七）

王秀丽昏头昏脑地回到家里，丈夫已把儿子杨央送到了学校，正忙着趴在写字台上给客户绘制家具样图，丈夫很有心计，设计制作的家具新颖别致，王秀丽家里的家具全是丈夫一手设计的，凡是做客的人进门第一件事就是参观家里的家具摆设，大到衣柜，小到饭桌，边看边啧啧称奇："不错，不错，这哪里是家具，简直全是艺术品。"

每次听到这些赞誉之词，王秀丽心里就油然升起一种自豪，为自己拥有这样一位心灵手巧的丈夫而自豪。但她弄不明白丈夫这样好的工匠为什么会在木器厂精简改制中，成为下岗的对象，其间的缘由令她费解。

王秀丽把背包挂好，脱下羽绒服就趴到丈夫的背上看丈夫绘图，并亲昵地夸着丈夫绘的家具图："我老公设计出的家具就是漂亮。"

王秀丽想讨丈夫喜欢，设法融化她与丈夫感情上的冰块，让丈夫吐出憋在心里的话，好使自己抹去丈夫心中残留的阴影，化解他们夫妻间的隔阂。不能再这样僵下去了，这样发展下去对家庭、对儿子都不利。

没想到，丈夫冷冷地站起身，卷好图纸对王秀丽说："中午你去接孩子，我给人家送图纸，中午不回来。"说完，穿好皮大衣，出门发动摩托车走了。

王秀丽沮丧地坐进了沙发，她明白丈夫是在有意躲避自己，那张图纸分明只绘制了一多半。

王秀丽从衣柜里拿出打了一半的毛衣，织起了毛衣，那是件红色毛衣，是王秀丽给丈夫织的。明年是丈夫的本命年，当地有一种说法，说人在本命年里会有灾难出现，穿上红色衣服可以避难消灾。王秀丽一段时间里只顾为市联社领导的小姑娘织毛衣和跑她调回联社的事，却把丈夫的毛衣落下了。

"得赶紧织住，不然就误了丈夫过年穿了。"王秀丽心说。

给丈夫买回毛线后，王秀丽给丈夫看了，并说明了自己织毛衣的意思。丈夫听了，嘴上虽然淡淡地说："信那个邪干吗？"可王秀丽从丈夫有些发亮的眼光中看出了丈夫的心思，他接受了这件红毛衣，并感到了妻子对他的体贴，只不过丈夫不把感情外露。丈夫往往是这样，心里明明喜欢嘴上却不说，让你去猜，王秀丽和丈夫刚恋爱时，曾多次对丈夫这种性格产生误解，猜疑在丈夫心中是否真心爱着她。后来，王秀丽慢慢体会到，她在丈夫心里的地位很重要，丈夫爱她爱得是那么深沉。丈夫也有和王秀丽闹别扭时，那年，王秀丽不想待在老山掌教书，想进信用社接婆婆的班，丈夫就有好多天没理她。

近一段时间里，丈夫却又突然冷淡了王秀丽，使得王秀丽很茫然，很痛苦，她多次想用亲昵的方式接近丈夫，让他和自己好好谈谈，但丈夫总是在有意避着她。

王秀丽织得很快，没用半个月就把丈夫的红毛衣织了大半。可是，有一天在街上，她突然看到一位小姑娘穿的毛衣图案特别好看，她就设法打听到这位小姑娘的住址，寻到小姑娘的母亲，得到了织那种图案的方法，马上到商城称回了毛线，放下丈夫的那件毛衣，给市联社领导的小姑娘织了起来。

在给市联社领导的小姑娘织毛衣的过程中，丈夫曾用一种怪怪的眼光看过王秀丽，王秀丽抱歉地冲丈夫一笑："我先织完这件再给你织。"

丈夫听了，竟然很恼火地说："我才扯淡呢！"说完，摔门走了。

王秀丽的眼泪也流了下来，她真不明白丈夫为什么要这样对待她，过去，丈夫不是这个样，那时的丈夫在她面前很温顺，就是因为丈夫性格温顺，王秀丽才感到丈夫的真爱。

至今，王秀丽也不明白，那时候他们为什么相爱……

那是王秀丽在老山掌小学任教的头一个"六一"儿童节，王秀丽在学校的操场上给学生们排节目，教唱歌，她的歌声很优美，惹来了不少村里人来围观。

几天来，王秀丽总是看到在人群里，有一个头发蓬松的男青年望着她没有鼓掌，却向她送来火一样的目光。

王秀丽隐约知道男青年是城里木器厂的，在老山掌给一个朋友打几件结婚家具。

有一天，接近傍晚的时候，王秀丽在操场上散步。她发现不远处有一个人影好像捧着什么东西在徘徊。

"你是谁？"王秀丽有些胆怯地问。

"我……"那人声音很低。

"你来干什么？"王秀丽认出是那个头发蓬松的年轻木匠。

"我明天就要离开这里了，想送你一件东西。"男青年走近王秀丽，把一件木雕放在王秀丽的手中。

王秀丽觉得好笑，我和你认都不认识，送我东西干什么？但她又不能说什么，只能借着晚霞托起那件木雕欣赏。那是一个女人全身像。欣赏中，王秀丽猛然觉得女人和自己极相似，仔细的一比，那木雕就是活脱脱的另一个王秀丽。

男青年站着一直没说话，过了一会儿，他也没问王秀丽接不接受他赠送的东西，就要走，走了没几步又转身来，用紧张又有点发颤的声音说："王老师，我想和你交个朋友，不知你是否同意给我一张你的照片？"

"好，你留个地址，我寄给你。"王秀丽没想到自己竟然不假思索就答应了男青年的请求，而且在回答中没有一点姑娘的羞怯。

他掏出了木工铅笔，但是却找不到纸，王秀丽也没装纸，她伸给他一只手，她的手是那么白，那么细，他扶着她的手，颤抖着在她的手心写了一行字。

"我应该感谢那个小学，等我将来有了钱，我要捐给那里，盖一个像样的学校。"

花前月下，他搂着她的肩膀，无数次地这样说。

他以后就陪同王秀丽进出老山掌，风雨无阻。

有时候，他要她唱歌，她刚唱两句，他就发疯地把她抱在怀里，然后，就让她两脚离地，风一样的旋转，直到她气喘吁吁地求饶。

那会儿，他们的爱情像一朵白云，像一片绿叶，一个轻柔的梦，一首低婉的歌，那么迷人，那么甜蜜，可是，现在呢？

只要是王秀丽从市联社回来，他就开始盘问。

"怎么走了那么一整天？"他一边装作看书，一面问。她看见他的脸色通红，脖子上暴着青筋。

"你成天往那位领导家里跑有什么事？"

有一次，王秀丽又去市联社领导家里，他背着她，也悄悄跟着去，她进了市联社领导的家坐了一会儿出来时，她发现他的身影一闪，躲进一辆出租车内走了。晚上，王秀丽回来问丈夫，但丈夫却矢口否认。

"我看你别往那里跑了，跑也没用，就安心在大青山待着吧，如果一定不想在大青山待着，就干脆辞职回家，没那几千块钱工资我也能让你过得比别人舒服。"

他这样说了好几次，每一次她都忍着。

他说这话的时候表情绝对是真诚的，甚至有点哀求，但是正是这种真诚的哀求，使王秀丽觉得丈夫狭隘得可悲，狭隘得可怜，狭隘得使她无法忍受。

有一天，他们终于爆发了，谁也说不清是为了什么。他把手里的茶杯使劲地摔在水磨地板上，茶杯的碎片、水、茶叶溅了她一身，他瞪圆了眼睛，歇斯底里地咆哮着，两只拳头在空中挥来挥去。

王秀丽一动不动地看着丈夫，一声也没吭，等他咆哮完了，她叹口气，走出阳台，在阳台上站了很久很久。

她在这种时候很羡慕马云仙的丈夫，她见过那高高瘦瘦的干部子弟，白净的面孔，白色的眼镜，脸上总是带着一种腼腆的笑容。她好几次见他到信用社去看马云仙，总是躲在屋里和马云仙说话，生怕别人看见，就像一对初恋的情人。

唉，想这些干什么呢？该到接儿子的时候了，王秀丽停下手中的毛线活，起身穿好羽绒服出了屋门，走出楼门，外面雪依然下得很大。

（八）

王斌回到大青山，一下大巴车，就远远看到在乡政府东面四间很惹人注目的白瓷砖贴面的营业室，铝合金卷闸高卷着，门上挂着草绿色的两条棉帘子。墙中央信合社徽不畏风雪，忠于职守，悬挂在那里，在门窗之间的空白处，"中国人民银行残币兑换点"和"青年文明号"的铜匾并排而立。虽然没有悬挂"柳城县大青山信用社"的牌子，但让人心里一下子就清楚这里就是大青山信用社。

王斌路过乡政府大门时，看见悬挂在门旁几条代表权力机构的木牌子全摘掉了。他往大门里瞧瞧，大院内空荡荡的，只有几株倒栽柳，白发满头，孤寂地回味着昔日的喧闹，地上厚厚的积雪上没有任何痕迹，像一面冰冷的镜面折射出无奈的空寂。临街的办公室窗户上有几个玻璃窗早被玩耍的山里娃用石子敲碎，望去像几口大而无神的黑眼睛。

"真快，说撤就撤了。"王斌心里想着。前些时候就听说全县撤乡并镇要把只有四千多人的大青山乡撤掉，将这一片划归到距大青山二十里之遥的松塔镇，目的是带动地方经济发展，减轻农民负担。没想到柳城县政府干得这么雷厉风行。

"这回李勇的女朋友项云也不知是调到其他乡镇还是分流到别的单位了。"王斌这样想着就来到信用社门前，身后雪地上留下一串深深的脚窝。

　　王斌在营业室一旁的灰蓝色大铁门前停住脚步，摘下皮手套，把手里拎着的食品袋放下，伸手掏大门的角门钥匙，大门里很快传来狼狗"黑头"的狂吠声。

　　"王斌，你从营业室这边进来。"铝合金框架上嵌着的深蓝色玻璃被人拉开，铁栅栏内露出一张微黑，有些清瘦的瓜子脸，一双丹凤眼透着温柔的笑意，但笑意中又透出一种精明和执着。

　　她，就是主持大青山信用社工作的副主任马云仙。

　　营业室是前年刚建成的，一共四间，三间做营业室，靠大门一间做马云仙的办公室兼卧室。

　　王斌走进营业所，柜台里的复核员钱水仙和信贷员李勇临柜，信用社有规定，每天临柜员必须达到两人以上。所以钱水仙接了柳琴的库暂任出纳，信贷员李勇顶岗做复核。营业室柜台外没有顾客，两人在闲唠。

　　钱水仙从柜台里探身望见王斌手里提着一个鼓鼓的大食品袋，忙悄悄开了安全门。从王斌手里抢过食品袋，又猫一样钻回来锁好安全门。这时，马云仙给王斌开了她的房门。

　　赵虎也早等在马云仙的办公室里，赵虎是一个身材高胖，脸上略有几颗黑麻子的中年汉子，一身半旧的深灰西服极不整洁地套在身上，他见王斌进得门来，一大一小的环眼里便透出满是希望的光。

　　屋里的土暖气烧得很热，王斌把黑皮包放在紫红色的办公室桌面上，搓搓手又把手搭在暖气片上取暖，马云仙泡了一杯热茶放在玻璃茶几上说："喝几口热茶暖暖身子。"

　　赵虎递给王斌一支"沙河"烟，又给王斌打着火点上，笑问："咋说？"

　　王斌吸口烟，冲赵虎苦笑着摇了摇头。

"联社没批?"马云仙问。

王斌点点头,但他只字未提挨老弓训的事。

赵虎眼里的希望之光瞬间熄灭了,他叹口气,无奈地望着手中慢慢熄灭的烟头出神。

马云仙也没了话说,她更不知怎样安慰赵虎才好。

赵虎站了起来,从马云仙床上拉起老羊皮袄披好,冲马云仙和王斌无奈地笑笑:"你们忙吧,我走了。"

"那你回去怎么办,全村人就指望着你哩!"马云仙说。

"再想别的办法,活人不能让尿憋死!实在不行向村里的赵生财借,无非多出几倍利息。"赵虎无奈地说。

赵生财曾是大青山乡榆家沟煤矿矿长,煤矿没经营好,个人倒肥了,后来干脆辞职回家,暗地里放高利贷挣钱。

"你是说借高利贷?"马云仙吃惊地问。

"有啥法子,我这个村主任总不能眼睁睁看着一村老小过不了年。"赵虎说。

"赵生财放高利贷是犯法的,你是党员干部怎不知道?"马云仙说。

"知道又能怎样,信用社贷不下款,借又没处借,我不去借高利贷总不能坐家里等天上掉下金元宝吧!"赵虎停了停又说,"马主任,我还得求你一件事,可别把赵生财放高利贷的事捅上去。"

马云仙无语了,面对赵虎祈求的目光她该说什么呢?赵生财目无国法,扰乱农村金融市场,私自发放高利贷,自己作为一名农村金融工作者,理应维护国家和人民利益。可当农民苦于无助的时候,自己却束手无策,眼睁睁地看农民去贷高利贷,充当不法分子的保护伞。这就是贫困地区的现实,她无法回避,更无法面对,唯一的办法就是千方百计地帮助农民脱贫致富，通过富裕来改变这种不良状况，可又如何帮助贫困农民摆脱贫困呢？过去乡政府没撤时，帮助农民脱贫致富是政府唱主角，政府引导出项目，信用社围绕政府决策搞好服务，当配角。可眼下乡政府撤了，撤乡并镇使一方土地上的农民一时没了主心骨，信用社在这个节骨眼上应该担当什么角色呢？是唱主角，还是继续充当配角呢？当配角好办，没资金放贷款就不放，或者是打着服务"三农"的幌子蜻蜓点水式地少放一点，等待下一步体制改革。已有小道消息传出，信用社也即将合并，大青山信用社可能变为松塔信用社的分社。当主角就难了，这无疑是越俎代庖，也是对自己的一种挑战。也许会出现社会效益、自身效益双赢的喜人局面，也许扶贫不成反倒把信用社推向更高的风险区，甚至使大青山信用社成为资不抵债社，这一切无疑也是摆在大青山信用社面前的一个严峻的课题。

在很短的时间内，马云仙突然想了许多，同时她自己也不明白自己在突然间为什么会有这么多以前很少想过的问题。

这时，王斌喊住了要开门而去的赵虎："老赵，你等一会儿。"

赵虎和马云仙都不约而同望着王斌，眼神里都充满了不解。

王斌出了马云仙的办公室，回到他的窑洞里。不一会儿，又回到马云仙的办公室，将一张五千元的存单交给赵虎，说："老赵，你先拿上用吧。"

马云仙和赵虎立刻明白了，赵虎不好意思地推辞着："怎么拿你的钱呢，这几年你的工资也挣不了多少，再说你不是想结婚用吗？"

"我目前不是还没结婚吗？你点不着火，村里人可就过不了年了。"王斌笑着说。

"那我给你付 2 倍的利息。"赵虎感激地说。

"我可不是放高利贷啊！"王斌严肃地说，"同时，也不许别人放高利贷，你回去告诉赵生财，他再放高利贷，我们信用社将对他依法起诉，到时候让他哭荒天也没泪。"

"是啊，老赵，你也是个党员，应该带头刹刹这股歪风。"马云仙也说。

"一定一定。"赵虎满口应允着出了营业室，取上现金乐颠颠走了。

马云仙面对王斌的行动，想说几句表扬的话，但没等她张口，王斌却对她讲开了在县城遇见他同学范文的事。

马云仙听了，觉得王斌提供了一条重要信息：大青山不缺的就是青石头，如果把这些取之不尽的青石头开发利用，变废为宝，那大青山的贫困史就该结束了。这几年全县公路建设方兴未艾，可石子、石粉和石灰这些原材料只从外县往回运。大青山的资源之所以未开发利用，主要问题在于当地农民思想落后，没人投资开发，捧着金碗没饭吃，再者进出不方便，没一条好路。

马云仙是在大青山长大的，又在信用社工作了七八年，对这些情况都了如指掌。她不无忧虑地对王斌说："项目不错，可真要发展起来困难也不少。主要是我社资金缺乏，农民开发要资金要贷款，我们拿什么扶持，联社拆借资金不准放贷款。"

王斌说："再困难也得想办法扶持农民搞好这个项目，过去，乡政府立了项目不少，可没一个有效益的，反倒把我们信用社服务成了风险社，这回人家都拍拍屁股走了，留下那么多沉淀贷款还得我们想办法去收。可农民连年也过不了，我们收什么？再不想想办法，上级不让我们下岗，我们也得自个儿下岗。咋？挣不下工资拿啥养家人和自己。再说，自己下岗，给信用社留下这么多黑窟窿让谁替咱填，咱心上都过不去。平时给上级表态，总是说为了信合事业奉献自己的一切。可实际工作中，我们连自己最起码的工作都没做好，我们总不能自己看不起自己，自己用瞎话来欺骗自己，失去做人最基本的东西吧。"

马云仙听着王斌的话，心中不住地点头，她暗自庆幸自己有这么一位志同道合的好同事。她对王斌说："等老主任老马回来咱们好好研究一下。"

"老马又下乡收贷结息去了？"王斌问。

"是啊，老马真不愧是我们学习的榜样啊！尽管自己退休了，可心里总放不下信用社里的事，为了收回他过去放出的贷款，不顾自己的高血压，装着药瓶一连两年多一直和我们工作在收贷第一线，而且除了自己的工资坚持不要任何补助！"马云仙有些动情地说。

王斌沉默了片刻，才想起柳琴在电话里托他向马云仙告假的事。

马云仙听了，说："柳琴上进心很强，是个难得的好姑娘。哎，王斌，你俩的喜事也该办了吧，我可替你们着急哩！"马云仙说。

王斌没有回答，心说，"我何尝不想呢？"可是连自己也说不清柳琴是否能与他走到一起，也许柳琴会成为他一生中可望不可即的梦中情人。

（九）

王秀丽在通往大青山的班车上遇到了在剧团唱小生的同学小娟。

王秀丽从塑料袋里掏出从车站买的柑橘，请小娟吃，小娟毫不客气地剥开橘皮，掏出橘瓣往涂满口红的小嘴里扔，边扔边羡慕地夸王秀丽改行对了，接了婆婆的班进了信用社，一个月工资两千多。

王秀丽说："哪能挣下两千多，现在信用社实行工资与效益挂钩，任务指标完不了，工资也挣不下，一月最多能拿几百块。"

"才这么一点？"小娟有点惊疑地张大红嘴巴，"还不够伙食费哩，从城里跑这么远到那鬼都不想待的地方就为这几张老头票，不值得。"小娟把脑袋晃得像铃铛，精致的金耳环晃动不止。

"有啥法子！"王秀丽叹口气。

"别的信用社也这样?"小娟问。

"不一样，效益好的社，工资稳拿，效益不好的社，按任务指标完成百分比挣工资，联社最好，旱涝保收，而且还有星期天，基层社一年到头也不知星期天是什么。"王秀丽说。

"那你调回联社算了。"小娟说。

"哪有那么简单，现在全县基层社里不知有多少双眼睛瞄着联社，变着法儿往进挤哩！"王秀丽感叹地说。

"挤不进去就算了，干脆下岗，像我，剧团不景气，工资发不了，就寻人搭班子，走村串户赶事筵，成天好吃好喝，哪天不挣他个百八十块。"小娟又掰开了一个橘子。"像你，样长得好，又唱歌好，搭了我们的班子，保你一年挣好几万。"

"真的?"王秀丽问。

"那还有假，我才干了两年多，除了花销现在已存下五六万了，哎，你年底完不了储蓄任务找我，我给你动员动员我们班子里的人，凑个几十万轻而易举。"小娟得意地说着，伸出带着白金钻戒的手，玩弄着说："这个是刚买的，白金的，五千多块钱哩！"说完，又从小皮包里掏出精致小巧的新款手机很娴熟地摁着电话号码，电话刚拨通就挂断了。小娟有些生气地蹙蹙画得很细的眉说："真讨厌，这地方信号这么差，连个电话也打不出去。"

车里的乘客全往王秀丽和小娟这儿看，王秀丽不好意思地低下了头，而小娟却旁若无人地哼起了晋剧《游西湖》中田玉川的唱段。

　　班车在一个名叫老牛坡的村子停了下来，小娟给王秀丽留下手机号，说这个村子有一家结婚的，今天她们的鼓乐班子全在这儿，小娟与王秀丽道声"拜拜"后就下车扭着圆圆的屁股进村了。

　　车又启动了，王秀丽想着刚才小娟的话，不免有些心动，要不是她要调往县联社，在"三定"改革中下了岗，说不定有心思去搭小娟她们的鼓乐班呢。现在，经济是基础，以前，信用社吃大锅饭，王秀丽挣的工资多，在家时说话就气粗，现在丈夫下了岗，竟比她还气粗，温顺的样子不见了，成天黑唬着个脸给王秀丽难看。儿子杨央要买电脑，王秀丽有些心疼，五六千块钱哩，就劝儿子过几年再买，可丈夫满不在乎地对儿子说："今年下来爸爸给你买。"喜得儿子搂着丈夫直叫："爸爸真好。"同时扭着小脸对王秀丽不满地哼了一下说："妈妈小气。"

　　昨晚，丈夫归来很晚，略带些醉意。上了王秀丽的床，主动要和妻子温存。王秀丽很诧异丈夫的变化，默默接受了他。

　　激情过后，王秀丽满足地伏在丈夫怀里睡着了，朦胧中听见丈夫对她说：他又被木器厂高薪招聘回去了，是厂长亲自找的他……

　　下了车，王秀丽满面春风地走进信用社院里，见大家都在忙着扫雪，众人都在王秀丽进门后稍微怔了一下，然后又像没人来一样干着自己的活计，这使王秀丽不免有些扫兴，她真希望全社人都停下手中的活计，眼里透着热烈而羡慕的目光，围上来有说不完的话题，而话题都是围绕她进联社当办公室副主任的事。

　　众人的安静使得王秀丽有些尴尬，她讪讪地冲众人笑笑，对离她不远正扫雪的复核员钱水仙说："水仙，来，过来吃个橘子。"

　　钱水仙望望马云仙，慢慢蹭到王秀丽近前，接着王秀丽递过来的橘子低声对王秀丽说："秀姐，老主任死了。"

"怎么死的?"王秀丽吃了一惊。

"他不是有高血压嘛,昨天收贷回来在山路上摔了一跤,就死了。医生说是脑溢血。"

王秀丽听了,手里的塑料袋子不知怎的掉在了地上,顿时雪地上有了一片橘红色的晚霞。

(十)

王斌走出马云仙的办公室,走进营业室,见钱水仙和李勇已把范文买给柳琴的食品分享了许多。王斌不知为什么对他俩的如此行径不但没感到不满,而且升起了快意,心说,"你范文用心良苦,却想不到好活了谁,都吃光才好呢,不然,柳琴回来后,心里又该如何想呢!"

于是,当钱水仙抹着嘴巴别有用心地问王斌,食品是给柳琴买的还是给她买的时,王斌顺嘴说出:"给你买的。""真的?"钱水仙显得有些激动。

"我啥时说过假话。"王斌认真地说。

"我就知道你心里没我是假的。"钱水仙很自得地说,她冲王斌甜甜一笑,随即招了招手,王斌认为钱水仙有什么悄悄话要告诉他,就把头伸到钱水仙面前,冷不防被钱水仙在脸上亲了一口,使王斌闹了个大红脸,李勇用一张报纸捂着脸在窃窃暗笑,假装没看见。

王斌心里知道钱水仙暗里对他很喜欢,一次,钱水仙约王斌到信用社对面山坡上的桃树林里,说有事要谈。王斌让柳琴也去,柳琴说人家约你又没约我,王斌只好一个人去了。他一进桃树林,钱水仙就扑在了他的怀里,狂吻他的脸和唇,王斌欲罢不能,冲动地与钱水仙紧抱在一起,倒在了地上,却没想到柳琴不知出于什么原因,悄悄跟来了,并且目睹了这一热烈场面。柳琴至今一直憎恨这件事，王斌没想到钱水仙现在依然这样放肆。

王斌赶紧逃也似的离开营业室，刚回到自己的宿舍，就听见营业室里人声嘈杂。

王斌过去一看，原来是黑土岩的村主任赵虎又返回来了，身上背着老主任马廷刚。

原来，赵虎取上款走在半道上，见前面雪地上倒着个人，他忙跑上去一看，是大青山信用社老主任马廷刚。

赵虎一摸老马鼻子，还有气息，忙背起老主任快步返回信用社。

马云仙知道老马患有高血压，一摔跤可能会引发脑溢血，情况危急，不能耽搁，马上决定送老马去县医院。

王斌拨通了"120"急救电话。当电话里知道是去大青山时，说下这么大的雪，路又不好走，救护车去不了。

王斌说："那只有让病人等死了？"

对方说："有什么办法，我们总不能步行七八十公里去抬吧。"

王斌说："你们真没一点医德。"

对方挂了电话。

马云仙又给县联社打通了电话，可是只说了一句："我是大青山信用社……"电话就没音了，往往是这样，天气一有风雪，电话就打不出去。

马云仙气得摔下电话。

赵虎说："不行，我去喊几个人抬老马到县里去吧！"

王斌说："走到半路上人就没命了。"

这时，已是下午5点多了，冬天天短，夜色已悄悄降临。

正在这时，拉王斌回来那趟班车的司机来信用社结利息。明白情况后，二话没说，回家发动车来到信用社，众人七手八脚把老马送上车，马云仙怕老马着凉，抱出自己的被子裹在了老马身上，告诉李勇关门值班，和王斌护送老马进了县城。

走在半路上，老马清醒了一下，他用微弱的声音对马云仙和王斌说了一句："我不能就这样走了，我还有五百多万贷款没收回来……"就昏过去了。马云仙和王斌听了，心里比针扎还难受，多好的老主任，在自己生命垂危之时，依然念念不忘信用社的事，马云仙想着，眼窝一发热，泪水喷涌而出。

班车艰难地行驶了近四个小时，才驶进县医院的大门。当医务人员急匆匆地把老马抬下汽车，一摸老马鼻息，说："迟了，病人已经死了一个多小时了。"

第二天，吃早饭时，王斌把老主任马廷刚之死告诉了父母，父亲听了，说："老马是不甘心自己就这样走了，信用社没搞好，他总认为全是自己的责任，也是他的一块心病，他觉得心中有愧，所以，退休了仍然不离开信用社，拼着老命，不计报酬地工作，这也是我们老一辈信合人共存的一种品德。"

王斌母亲说："什么品德，和你一样是个不开窍的榆木疙瘩，把信用社看得比家里一切都重要。"

"妇道人家，懂个屁。"父亲火了。

"你懂你懂，你也学马廷刚一样再回到白云信用社去。"母亲不依不饶地说。

于是，父亲和母亲的争吵又开始了，王斌无可奈何地摇着头出门去了联社。

到了联社，王斌向联社主任杨玉春汇报了老主任马廷刚的事迹。杨玉春沉吟了半晌，才说出一句："老马，死得可惜啊！"

从联社出来，王斌的手机响了，是柳琴让他去。于是，王斌就打了个出租车向柳琴参加面授的地方去了。

柳琴在县城的通达宾馆里参加面授。王斌在通达宾馆的白楼前停下来，下了车正要进楼去寻柳琴，却见柳琴和范文说笑着从玻璃门里走了出来。

范文见了王斌，笑着对柳琴说："真快，说到就到。"然后又冲王斌笑笑说："咱们不亏同学一场，走哪儿碰哪儿！"说完和柳琴、王斌道别，上了自己的小轿车。发动车后，范文又摇下车玻璃对王斌说："扶贫公路的事儿县政府敲定了，我把从大青山拉石头的事儿也跟领导们打过招呼了，他们都认为可行，但你们必须把材料想办法运到杨树坪寻块空地放好。让我们进大青山拉，领导不干。"

王斌说："只要让我们大青山供料就行，到杨树坪寻地方我们想办法解决。"

范文走后，柳琴对王斌说："大青山和杨树坪闹得关系很不好，解决场地怕有问题。"

"有啥问题，车到山前必有路，大青山放料占地，杨树坪可以收费嘛，不比种庄稼强？"王斌带有情绪地说。

王斌接过柳琴沉甸甸的书包，挂在自己肩上，然后问柳琴："范文怎么在这里会见到你？"

"你忘了，这通达宾馆不是交通局的下属单位吗？交通局的人经常在这里接待上级领导和搞一些活动。"柳琴说。

"那这几天你天天见到范文了？"王斌问。

"是呀，范文读了几年大学，人性也变多了，社交能力很强，经常陪领导在这里招待客人，他还请我吃了两顿饭哩，告诉我你求他帮大青山人寻工程项目的事。"柳琴兴高采烈地说。

王斌听着,心里有股难言的滋味直撞胸口,他本不想告诉范文柳琴在城里参加面授的事,但反被范文骗了他,其实范文早和柳琴见面了。

王斌和柳琴上了出租车,柳琴紧挨着王斌坐在了后排座上,他俩以前常这么着。

王斌的心动了动,却没像往常一样和柳琴紧挨在一起,这使柳琴也感到意外。

到了车站,上了班车,车厢里挤得如鱼肉罐头。可能是昨天天气不好,耽搁下了这么多旅客。

王斌看柳琴被人挤得脸色有些苍白,他伸出自己的大手隔在别人与柳琴的背之间,这一来,柳琴犹如被王斌抱在怀里一般。王斌没戴手套的手热乎乎的,像一股无形的暖流一直涌进柳琴的心里。

柳琴抬头望望王斌,王斌面部没什么表情。眼里却流露出一股压抑不住的爱恋。柳琴心想,"我多么盼望他永远这么抱着我呀,可是我又为什么迟迟不肯嫁给他呢?"

柳琴在王斌的手臂有力的呵护下,觉得有一种安全和踏实的感觉,她甚至想将脸贴过去,贴在王斌宽厚的胸膛上。

王斌仿佛猜出了柳琴的想法,他又用力把柳琴往自己怀里紧了紧。并低声问柳琴:"你在想什么?"

柳琴却以极快的速度回答:"我在想你把水仙搂在怀中时的那种感觉。"柳琴说这话时,心里突然涌出大青山那满坡的山桃花,春天山桃花开得格外灿烂,王斌和钱水仙相偎在桃花红中,热烈地吻着,并很快淹没在如云如霞的满山桃花中,那颜色永远镶嵌在柳琴的脑海中,难以磨灭。

柳琴的话刺痛了王斌,拥抱柳琴的激情在瞬间消失得无影无踪,他苦笑笑，眼里变得黯然失色，把头扭向窗外，窗外雪白如玉。

柳琴心想，"王斌，那时候，你为什么那么轻易将我忽略了呢？明明知道王斌与钱水仙关系暧昧，却为什么还这样深爱着他？为什么对同样深爱我的范文提不起兴趣？如果我爱王斌，为什么和他总是保持最好朋友的关系？有时候无端中又生出对他的一些恨意，有些时候又对王斌一点兴趣也没有呢？"

柳琴感到自己像赶路的人，走到一个紧要关口，又忽然对赶路没有了兴趣，在最后几步失去了信心，变得犹豫不决，徘徊不前。

王斌忽然深深地叹了口气，柳琴听了，心里一阵难过，她以为王斌为他俩之间的事伤心。但王斌却告诉她，老主任马廷刚死了。

（十一）

王秀丽几天来忙着结账，做着联社对她的审计准备，连老主任马廷刚的丧事也没顾得上去参加，只是从街上的花圈店里匆匆买了个花圈，趁个下班时间在老主任发丧前一天晚上和王斌一起送到老主任灵前。

老主任家住在离大青山信用社有一里多地的坡底村，路弯坡陡，又落了一场雪，很不好走。但王秀丽和王斌非常清楚，就在这截崎岖难行的山路上，老马一走就是近三十年，老马一般是中午回家，晚上大多留在信用社，该他值班在，不该他值班也在，尤其是逢年过节，他总是打发职工们回家团圆，而自己则把妻子叫到信用社和自己一起值班守库。在大青山信用社工作近三十年，他没有回家过一次春节，儿女们拜年还得到信用社寻他。老马说，他睡在家里心里不踏实。一天深夜，大青山信用社的狗叫得很凶，老马听了放心不下，刚睡下又穿上衣服摸黑赶到信用社一看，才知是狗不知吃了什么，肚胀得难受。

王秀丽和王斌到了老主任家，见帮助老主任儿女操办丧事的马云仙正劝老马的老伴。原来老马的老伴要给老马守最后一夜灵。马云仙怕冻着老人，百般劝说，但老人就是不依，她沙哑地说："老马和我夫妻四十多年，活着和我在一块的时间没几天，死了我应该多陪他，把几十年攒下的心里话全掏给他……"

王秀丽和王斌在一旁听了，心里一阵发酸，他俩双双走进灵棚给老主任恭恭敬敬上了三炷香，然后告辞，往回走。

路上，王秀丽和王斌谁也没说话，临到信用社前，王斌才问了王秀丽一句："表姐，你真舍得离开大青山?"

"说一点儿也不舍得那是假话，我毕竟在大青山待了七年了，可我已经走到这一步，我总不能前功尽弃了啊!"王秀丽望着星光满天的夜空说。

"唉，人各有志，你走吧，不过，你走后别忘了大青山人，有机会帮大青山人办点实事。"

王秀丽沉默了。

王秀丽沉默了片刻，又对王斌说："斌，你和柳琴不能这样下去，不如放弃了柳琴，和水仙做朋友吧，她更爱你。这也是表姐在离开大青山之前对你最后的忠告。"

"表姐，你是过来人，这男女之间的事你也比我懂，我也知道水仙爱我，可她激不起我对她的爱，我也知道这样和柳琴下去没什么结果，可我总不愿放弃她，甚至时时刻刻想追随她。"王斌说。

"那你好自为之吧。"王秀丽走到大铁门前，掏钥匙打开了角门。

"还有，表姐，你和马主任之间好像有什么隔阂，你对她比以前冷淡了许多，其实你应该理解她，你这次能进入联社她为你出了很大的力。"王斌说。

"她能为我出什么力，她恨不得挤掉我当办公室副主任呢？"王秀丽冷笑着说。

"表姐，你怎么能这样看待马主任呢？联社给她做了好几次思想工作都不去，说要留在大青山的。"王斌说。

"那她是摆架子，最后还是摆脱了。"王秀丽嘲讽地说。

"那马主任让我起草推荐书，向联社推荐你又怎讲？"王斌问。

"那她是怕得罪我这个未来的办公室副主任，做个样子，以顺水人情做给我和别人看的。"

"表姐，你……"

王斌有些恼火地再说不出什么，抢在王秀丽之前，推铁门进了院里，进了库房，见李勇正守着彩电看武打片，也没理李勇，踢脱皮鞋，径自上床睡了。

王秀丽回到自己的宿舍，刚开了灯，做饭的金师傅就跟了进来，问王秀丽吃过饭没有，没吃的话，他还没埋火，安锅做一点。

王秀丽说不用了，饿了她有方便面，王秀丽不想麻烦老金，老金是个很实在的山里人，对信用社每一个职工都像关心自己的子女一样，生怕吃不饱吃不好，从不怕自己辛苦，凡事任劳任怨。

老金师傅在地上站着又有些不安地说，王秀丽要走了，他家里紧巴，也拿不出什么好的东西送她，他让女儿叶子赶纳了几双鞋垫送给王秀丽做个纪念。说完老金师傅就去他屋里取鞋垫。

王秀丽望着老金师傅有点佝偻的背影心里有点难过，她知道，老金师傅对她很有感情。老金师傅家里日子艰难，老伴前些年死于肺癌。还有个儿子叫根儿，去年刚考上同济大学，走时带的学费有一大半是从信用社贷的款。家里还有个比王斌小一岁的姑娘，因家里穷，老金师傅硬着心让女儿叶子退了学，叶子脾气倔，一时想不开，以跳井要挟父亲，被人救上来后，就变得有些痴呆，有时神经发作，哭闹不止。要不是王秀丽劝说老金师傅，又不断借钱给他，老金师傅恐怕连根儿也不让念书，去跟赵虎烧木炭去了。老金师傅走到哪里都念念不忘王秀丽，说信用社的好。

老金师傅很快拿来了鞋垫。王秀丽接过一看，一双比一双纳得精致。王秀丽动情地谢过老金师傅，又从自己衣箱翻出几身七八成新的衣服交给老金，让他带回去给女儿叶子穿。老金师傅万分感激地说："这怎么行呢，这怎么行呢？老是让你破费……"

老金师傅走后，王秀丽久久不能入睡。想着自己就要离开大青山了，心里不免有一种说不出的留恋，是大青山的山，还是大青山淳朴厚道的人……

（十二）

王斌和李勇被马云仙叫进办公室，马云仙告诉他们，她跟在政府做秘书的丈夫张然通过电话了，电话里，张然告诉马云仙，明年动工兴建通往大青山的扶贫项目已在人代会上通过了。施工单位正在招标，政府也考虑到了开发大青山，利用当地石头资源，帮助贫困农民脱贫致富这一问题，并责成松塔镇政府领导把开发大青山石头资源作为今冬明春帮助农民调整产业结构的一项重点工作来抓。

"所以，我社外勤人员要利用下乡收贷结息的机会，大力宣传，鼓励各村农民积极投资开青石、烧石灰、碎石子、磨石粉，解放思想、大胆开发、抓住机遇、脱贫致富。"马云仙停了停又说："同时，要深入调查，把农民在开发前的需求带回来，为信用社扶持提供依据，切实帮助农民排忧解难，尽快上马开发。"

"农民们提出贷款申请怎么办?"李勇问。

"只要是真正投入开发利用的,我们大力扶持。"马云仙说。

"那资金从哪里来?"王斌问。

"我回联社和杨主任说说,看能不能帮咱社想想其他筹集办法,比如向兄弟社拆借,想办法盘活一些不良资产等。反正我们要想尽一切办法为农民开发投入资金,而且还要走在前,如果我社投入不及时,资金实力强的松塔信用社就会乘虚而入,占领我们的天地。我们只有眼睁睁看着兄弟社啃了这块肥肉。那个时候,我社将面临什么局面,你们都清楚。所以,我社必须在大青山这次调整产业结构中做出果断的抉择,紧紧抓住这个机遇发展壮大自己。"马云仙最后总结说。

这时,柳琴走进了马云仙的办公室,她是和马云仙来谈接任会计的事。王斌和李勇先后出了马云仙的办公室,分别到自己所包片的村子下乡去了。

路上雪滑,王斌出于安全起见,决定步行前去。他打算先去黑土岩看看赵虎的木炭点火没有,顺便向他宣传一下开山取石的思路,让赵虎带着大家开山取石。王斌相信只要能发动赵虎,他片上的 8 个村子自然都会动起来,因为赵虎在全大青山的村干部中很有威信,往往赵虎看中的事情办成的多,所以别的村干部也纷纷效仿。种田赵虎也是把式,到了春上,别人都看赵虎种啥,赵虎种玉米他们也种玉米;赵虎种高粱他们也种高粱,往往是收成好的时候多。其次是赵虎为人处事公道,热心帮助别人,他每年烧木炭有时会赔了,但从不欠工人工资,自己没钱从信用社贷上款也得给别人开支,而且不管村里或者村外有人有了困难求到赵虎头上,他只要能办到的都帮,而且从不要别人的好处。有人家里困难寻到他窑上要干几天活,他就收留,大青山 30 多个村子,都有不少人在赵虎窑上干过,凡提起赵虎，都会挑起大拇指："那人，够意思，是个石头汉子！"

走出不远，王斌刚和回信用社送存款的黑土岩信息联络员老冯打过招呼，就听见身后人喊他，他回头一看，是钱水仙，上身穿着红羽绒服，头戴着红绒线帽子，像一团红雾向王斌飘来。

王斌问钱水仙去干啥？钱水仙说和王斌相跟一截去金师傅家，让金师傅的女儿叶子给画个鞋垫样子，她纳鞋垫用。

王斌笑着问："是男人的还是女人的？"

"男人的。"钱水仙毫不隐瞒地回答。

"那一定是纳给你心上人的了。"王斌逗钱水仙说。

"我心上有人家，可人家心上没咱。"钱水仙有些悲哀地说。

"那你干吗自作多情，还不如给我纳哩！"

"你敢要？"钱水仙明亮的眼里透出亮来。

"怎不敢要？"王斌说。

"你不怕柳琴跟你闹？"钱水仙问。

提起柳琴，王斌有些消沉，他叹口气说："你送我鞋垫关她什么事，她对我好为什么不给我纳鞋垫？"

"斌哥，其实我纳鞋垫就是为了送给你的，你心里很清楚，我是非常爱你的。"钱水仙说这话时，眼里燃起了两团火，透射出了一种期待的渴望。

王斌把头扭向远方，远方一片晶莹，他有意避开钱水仙那双渴望的双眼，同时也把话题引开："你知道吗？老主任死后，在他背包里我和马主任发现了五块银圆。我们开始不知是怎回事儿，可后来一打听，才知道是立马村五保户福成老汉的，那老汉在1985年贷款1000元，从此变得游闲懒散，信贷员上门收贷款，他就寻死上吊耍无赖。今年，福成老汉瘫在了床上，我们都认为这1000元贷款没指望了，可老主任还是去了福成老汉家里，自己掏钱买了点心罐头和一个生日蛋糕，陪福成老汉过了八十岁生日，福成老汉被深深感动了，从破棉袄衣角里拆出五块银圆交给老主任让他变卖了还贷结息。可老主任没等将银圆变卖了，他就……"王斌难过地说不下去了。

王斌走出老金家一截，下意识回头看看，叶子不知什么时候已立在自家院里，向王斌这边张望。

王斌叹口气，不由地加快了脚步。

进了深山沟，也就进了大青山怀中，仰脸望去，白雪没有覆盖的地方全裸露着发青的岩石，像一张张唬着的山汉脸。

王斌刚到大青山时，曾听老金师傅给他唱过这么一首当地流传的歌谣：

> 大青山，石头多，
>
> 种上麦子吃不上馍。
>
> 男儿招亲山外走，
>
> 女儿纷纷嫁外头。
>
> 青壮光棍跑太原，
>
> 留下老弱和病残。

多年来，石头严重制约着大青山的经济发展。石头也成了当地人心目中的"晦气"之物，若说某人没脑子，不开窍，人们就会骂一句"笨石头"；若说什么东西没用，扔了也不可惜，人们就说是"烂石头"；若哪个山民没人格，没骨气，人们就会说他"贱石头"；若说谁家日子不好过，人们就说是"穷石头"，总之，石头在大青山人的心目中显得没一点价值。

王斌刚到大青山信用社，还暗地里讥笑大青山人不会讲话，可后来渐渐理解了其中的含意，大青山人之所以恨石头埋怨石头是因为石头给他们带来了贫困。他们恨石头，骂石头，却走不出这些石头的包围，被这些可恶的青石头羁绊了无数辈，贫困了无数辈，困惑了无数辈。

"其实，他们没想到这些青石头是一座取之不尽，用之不竭的宝藏，当这些青石头变成巨大的财富给他们带来富裕时，他们又会怎样来看待和评价这些青石头呢？"王斌这样想着，猛抬头，看到远方山坡上有几股青烟袅袅升起，他知道那是赵虎的木炭窑在点火，王斌不由地加快脚步向那升起青烟的地方走去。

<h1 style="text-align:center">（十三）</h1>

王斌走后不久，马云仙就和柳琴商谈接任会计的事宜，柳琴担心自己平时学习少，怕胜任不了。马云仙说："不干永远干不了，凭你肯钻的劲头用不了一年就是个好会计，你刚当出纳时就会点钞？还不是靠你勤学苦练，第二年就成了全县点钞能手。"柳琴说那就干吧，工作总得有人干，干好干坏是各人的能力问题。

"我相信你一定能干好！"马云仙对柳琴肯定地说。停了一会儿，马云仙又说："你和王斌怎么一回事，该有个结果了吧？"

柳琴没回答，但心里说："我何尝不想有个结果呢！可我自己也说不清是该嫁给王斌呢还是不该嫁给他，有时候把自己交给他觉得可靠，有时又觉得不可靠，我也想改变自己，可为什么这么难以改变呢，像浮在天空的云，有时随风走，有时又静止不动，没有一个目标让自己正确选择。"

马云仙见柳琴低头不语，知道她不愿意回答自己，就让柳琴回营业室叫王秀丽来她办公室一趟。

王秀丽合上账本来到马云仙的办公室，坐在沙发上看着马云仙。

马云仙还和当初一样，很亲热地叫着王秀丽"师姐"，并给王秀丽倒了一杯热水。有些歉意地对王秀丽说，她这几天光顾忙于老主任丧事，没能坐下来跟王秀丽好好谈谈。

王秀丽心说，有什么好谈的，想巴结我，以后让我在联社领导面前替你多说好话。我那年评先进你就没和我坐下来好好谈谈，在评比会上冷不防给我个难堪。

果然，马云仙说："师姐，你到了联社以后，一定要给予咱大青山信用社工作多多帮助，时常回来些，看望你这个师妹哟！"

"那自然，我怎能忘了大青山呢？"王秀丽敷衍着。

"我也想回联社，那儿多好，旱涝保收，工资稳拿，多么清闲自在，可咱就是这命，抱住这穷山窝，舍不得去，也许这就是所谓的热土难离吧！"马云仙感叹着说。

"云仙，你真的不想回联社？"王秀丽问。

"你让我说真话，还是说假话？"马云仙说。

"咱姐妹之间哪有假话呀！谁有假话就是贱石头。"王秀丽说这话时，心里有些内疚，这不是损自己吗？自打和师妹马云仙产生意见后，自己说的假话还少吗？

马云仙笑笑说："说真话，我是想回去。为放弃这次回联社办公室，张然还和我争了一宿，到目前他还想不通。公婆也意见不小，埋怨我说回到城里怕照顾孩子，躲在大青山图清闲。联社有人说我嫌官小……可不管别人什么看法，我最终不能离开大青山，我有我的想法，我有我的追求，我要是贪图享受，早不在大青山待着了，公婆和丈夫的工资足够我回城潇洒一辈子。"马云仙沉默了片刻又说："我也是大青山养大的，大青山富起来也有我的一份责任，更何况党和上级领导又赋予了我帮助大青山脱贫致富的使命，我是个共产党员，怎么带头逃避困难！是这个信念支撑着我一定要在大青山留下来。自老主任死后，我的这个信念显得越坚强了，我总忘不了老主任临死的那句遗憾："我不能就这样走了，我还有五百多万贷款没收回来……'"说到这里，马云仙眼睛湿润了，她为了掩饰自己的感情，借口去上厕所。

这时，电话铃响了，王秀丽接起电话，听出了是张然的声音，说："马主任刚出去，一会儿就回来。"

电话里的张然也听出了王秀丽的声音，他说："不用等她了，告诉她，她托的事办了，你丈夫又被聘请回到了木器厂……"

王秀丽的脑子里在瞬间失去了思维，她没听清张然后边的话，就搁下电话，无力地坐在了沙发上，眼里浸满了泪水。

马云仙从厕所回来，见王秀丽在哭，忙问她怎了。

王秀丽抽泣着说："我……我在想和你去看奶奶……"

这时，只听见柳琴在喊："云仙姐，你奶奶来了。"

马云仙和王秀丽走出营业室一看，果然是马云仙的奶奶。

老人左手拄着棍子，头上包着块紫色毛巾，满是皱纹的脸被寒风吹得通红，深深的眼窝边上挂着冻出的青泪。她右手提着个柳条筐，筐上面蒙着一块白色毛巾。

老人见了马云仙和王秀丽就说："两个懒丫头，每年你俩过生日都去，今年怎了？"

马云仙比王秀丽小一岁，但两人是同一天过生日。往年，她俩过生日都要相跟上到马云仙奶奶家，让老人给包饺子吃。

这几天，她俩各自忙自己的事，倒把自己过生日的事忘了，经老人一提，才知道今天是她俩的生日。

"我一大早就包好了饺子，等你俩回来，可等了半晌，也不见个人影，我怕你们忙，就煮熟了饺子，给你俩送来了。"老人把柳筐递给马云仙，由王秀丽搀着进了办公室。

马云仙像个小孩似地揭开柳筐上的毛巾，用手捏起一个饺子，边嚼边说："唔，真香，师姐，快吃，还热乎着呢。"

王秀丽望着元宝一样的水饺却没有一点食欲，她觉得心里堵得慌，禁不住伏在老人身上哭了起来。

老人不解地望望孙女马云仙，搂住王秀丽抚摸着她的头说："是不是欺负你师姐了，当了官就耍威风。"

"不是，奶奶，师姐要调回联社了，她是舍不得离开您！"马云仙说这话时，心里感到酸酸的，毕竟姐妹相处六年多了。

老人听了，也淌出了泪水，但她还是安慰王秀丽："回联社好，说明你工作干得好，联社领导看重你，你到了联社可得安心工作，别尽想奶奶，奶奶瞅空到联社看你，你过生日奶奶进城给你送饺子……"

"奶奶……"王秀丽哭得越发厉害了。

（十四）

王斌从赵虎的木炭窑上回来，天已微暗，他喝了点酒，觉得身上有些燥热。他心里很兴奋。赵虎一听王斌说石头能变钱，两眼就亮了。答应带头点响开山第一炮，但提出要信用社大力扶持。王斌说："你放心干吧，我们信用社本身就是农民自己的银行，不帮你们帮谁，要干你就快张罗。"

赵虎担心路不好走，石头运不出去。王斌说，县交通局扶贫工作队即将开赴大青山，第一件事就是修路。赵虎听了，更增强了开山取石的信心。

赵虎答应帮助王斌发动各村干部，争取在近日内轰轰烈烈地干起来。

王斌还到几个贷户家中结了息，同时也做了宣传工作。贷户们担心地问："我们还欠着信用社贷款哩！哪有钱开山？"

"你们不能搞股份，一家出一点，众人拾柴火焰高嘛，挣下钱按投资多少分红。"王斌说。

"这倒是个好办法。"众人点头说。

路过一个名叫榆家沟的村子时，王斌忽然想到应该去看看榆家沟煤矿的情况。

榆家沟煤矿是 1985 年建起的，当时乡政府向信用社贷款 500 万元。由黑土岩村的赵生财担任矿长兼党委书记。那阵子赵生财还在乡政府是个林业员，因和当时的乡党委书记有拐弯抹角的亲戚关系，又加之本人有一套钻营取巧的手段，榆家沟煤矿建起后就坐了头把交椅。但赵生财心术不正，把煤矿据为己有，生着法子往自己腰包里捞。没几年，煤矿濒临倒闭，赵生财也辞职回了村。信用社的 500 万贷款没还一分，欠下的利息也快赶上贷款本金了。

王斌知道榆家沟煤矿的煤质好，而且贮藏量大，只是没有用对人。再加上这几年国家煤炭资源整合政策的影响，这里的煤炭资源因交通闭塞无人购买，煤矿处于关停状态。

王斌到了煤矿上，没寻见负责人，看场的李老头告诉王斌说，头儿到松塔乡政府开会去了。

王斌给李老头递了一支烟，感叹地说："唉，总停着不是个办法，该想法干起来才行啊！"

"我们也清楚，可靠自己实在是心有余而力不足，哪怕是有人来经营，我们给人家下窑也行，好歹每月还能开点工资哩！眼下不用说挣钱，连自己烧煤也困难了。"李老头深吸一口烟，叹着气说。

"你们头儿也没想想办法？"王斌问。

"怎不想哩！这次回乡政府就是跑门路去了，听说有一个大公司想购买榆家沟煤矿。"

"真的?"王斌眼睛一亮。

李老头点着头说："那公司的领导还来过一回呢，由乡书记陪着，说咱大青山的煤好，看样子真有心思来开矿。"

王斌听了，心中有些激动，只要煤矿启动了就好了，今年煤炭形势转好，说不定会给大青山人又带来一条致富门路，信用社也因此而扭亏哩！大青山信用社满打满算才不到2000万的贷款，仅榆家沟煤矿就占了500万。当时老主任真舍不得放这笔贷款，他十分清楚这一笔巨额贷款一旦收不回来，大青山信用社也就随之走向风险。但当时的乡党委书记成天给马廷刚做工作，最后竟然要给马廷刚下跪。农行领导也要求支持，老马只好答应了。在签发贷款申请时，人们看到马廷刚的手在发抖，把他的名字写得歪歪扭扭。

最后，结果恰恰成了马廷刚的最坏打算，马廷刚因此向农行提出辞职，要求行领导给予处分。但行领导却向他解释，这不是他的失职，是政策干预造成的。马廷刚想辩白说，政策是死的，人是活的，是人掌握政策，出了问题理应由人承担责任。但他没说，知道这样说行领导也听不进去。最后，回到信用社给自己定了处分，认为自己没尽到一个主任的责任，从今往后，不拿主任岗位补助，至今，信用社账上还放着马廷刚1万多元的主任岗位补助。马廷刚死后，马云仙提出，要把这些钱付给马廷刚的家属，可马廷刚的子女说，他们一向尊重父亲的意愿，就是父亲死了也不能违背。那部分钱就为信用社入了股，成为大青山信用社永远的资产，让父亲在九泉之下得到一点慰藉。

王斌辞别李老头时，已近黄昏，落日的余晖把大青山映照得一片灿烂。

王斌走到深山沟老金家的门前时，见钱水仙和叶子正站在院子里望着他，心里涌过一股暖流。

叶子让王斌进屋里暖和暖和，吃了晚饭再回信用社。王斌说不用了，晚上他值班。

叶子听了，秀丽的双眼即刻黯然失色，她轻轻叹口气，望着王斌和钱水仙消失在暮色中，才无精打采地往屋里走去。

（十五）

王秀丽做好了调回联社的一切准备，在兴奋难眠中焦急地等了好几天，最终盼到联社来人了。

一辆黑色帕萨特轿车缓缓停在大青山信用社门前，车门开处，走下来柳城联社副主任老岳和保卫股长老卫。

老岳和老卫是来检查安全工作的，随着近年来金融系统犯罪率不断升高，县联社加强了对基层信用社"三防一保"工作的领导和督查。分管安全工作的老岳经常亲自带队下乡不定期和不定时检查，发现问题隐患，严厉查处。

今天，马云仙回联社申请拆借资金去了，老岳就借马云仙不在，利用中午时间，来对大青山信用社安全检查。

他们来到大门前，司机小张过去敲门，很快传出狗叫声。"谁呀？"里面老金问。

"我们有事。"小张回答。

"有事等到开门时间再办。"老金说。

"我们是联社的。"小张又说。

"联社的就多个脑袋，官大一品想压死人，这是信用社，放钱的地方，出了事你能顶住?"老金口气很硬。

王秀丽听出是联社司机小张的声音，她心中一喜，忙出了宿舍，来给开门。

开门后，王秀丽抱歉地对老岳说："对不起，岳主任，老金师傅不知道是您来。"

老岳显得很满意，他拍着金师傅的肩头说："金师傅做得对，看来大青山信用社这么多年来'三防一保'工作做得有成绩，也应该给金师傅记上一功啊!"

金师傅不好意思地笑笑："我应该操这个心，马主任开安全会我也参加，有些东西她都给我讲过，我应该这么做，不操心混进坏人怎么办?"

"要真的混进坏人你怎么办?"老卫笑着问金师傅。

"拼上命跟他斗，总不能让他糟蹋咱信用社。"金师傅边说边关好门，忙着到厨房烧开水去了。

老岳让金师傅开了马云仙的办公室，单独叫进王秀丽谈了起来。

老岳显得有些反常，王秀丽正要给他倒水冲茶，他反倒抢先拎起温壶倒了一杯水递给王秀丽后又给自己倒了一杯。

老岳沉默了好一会儿没说话，有时冲王秀丽难为情地笑笑。

"岳主任，你找我什么事儿?"王秀丽先开了口。

"哎，没什么，没什么。"老岳不抽烟，却从茶几上摸起了烟盒，抽出一支却没火，王秀丽要去给他找火，他又说不抽，把香烟送回盒里。

王秀丽感觉出老岳有点异样，她对老岳的脾气有所了解，当他对你客客气气的时候，准没你的好事儿，王秀丽心里有些紧张。

老岳张张口，又把话咽了回去，把眼光移向别处。

　　王秀丽几乎可以肯定了，老岳找她谈话一定有什么不愉快的事情要告诉她。也许是谁给她造了什么谣，她知道信用社里有几个先生小姐专营此道，谁要出头露尖儿往上爬，节骨眼上，给你来一下，让你说不清道不明，不把你整垮，也给你窝囊三月半年的。

　　"有什么事，你就直说吧！"王秀丽心里镇静了许多，身正不怕影子歪，她没做什么见不得人的事。

　　"我和你婆婆在一个信用社待过，我们相处得都不错。你进信用社还是我帮着办的。"老岳终于开口了。"我想和你商量件事儿。"

　　王秀丽揪紧的心开始放松了，这老头准是有事求我，他也知道我和市联社领导关系不错。目前大概遇上难缠的事儿了，让我帮他在市联社领导面前说好话。老岳是个好人，这些年虽然王秀丽很少和他接触，但心里还是很喜欢老岳，很尊重老岳。能帮老岳办点事她乐意。何况人家在她进信用社时帮过一把呢。想到这里，王秀丽心里舒坦多了，脸上开始露出了笑意，目光也柔顺多了。

　　"老岳，你有什么事就直说，只要我能办到，一定尽力帮您。"王秀看着老岳，真心地说。

　　"我知道你。"老岳似乎受了感动，"你和你婆婆一个脾性，有副热心肠子！"

　　"这次'三定'改革，联社调整班子，我就得退了。"老岳叹口气说。

　　"不是说，联社领导可以适当留一留吗?"

　　"不想留了，思想和年轻人一点也不合拍，而且神经非常衰弱，一想问题多了，晚上睡不好觉，头疼得要命。"

　　王秀丽知道老岳有这个毛病，听联社人说，老岳疼起来样子很可怕。

　　这时，司机小张推门进来，用异样的目光看了王秀丽一眼，对老岳说：

"岳主任，我们该走了，下午联社还有您的会呢！"

老岳微微一怔："再稍等一会儿，我们马上就走。"

"哎。"小张点点头退了出去。

小张刚走，老卫又在院子喊上了："老岳，快走吧，赶回去怕要误了开会。"

"我再和王秀丽谈点事儿，一会儿就走。"

"不就是杨主任交代你那事儿吗？你直截了当告诉她不就完了吗？还用费这么大的工夫。"老卫是军人出身，说话爱图利落。

"哎，哎，知道了。"老岳倒好像成了老卫的下级。

王秀丽站了起来，神色紧张地看着老岳，是联社杨主任托老岳的事，肯定跟她进联社有关。王秀丽的心开始怦怦地跳着，手心里渗出了汗珠。

老岳用双手把王秀丽又摁回到沙发里，自己却站在她面前。

"秀丽。"老岳表情呆板地说，"有许多人反映你在信用社乱搞男女关系，生活作风存在严重的问题，联社领导考虑到联社形象，想让你自动退出副主任选拔。这样，我们也好向市联社领导有个说法。"

"什么？"王秀丽像一股电流通遍了全身，每一根汗毛都竖了起来。

"我可没说你什么，我自始至终赞成你进联社。秀丽，你要想开点儿，千万别有任何情绪。"老岳尴尬地笑笑，像逃跑似地快步开门走了。

"哇……"王秀丽趴在茶几上痛哭起来。

王秀丽哭着哭着，她想起前年在青岛的海滩上游泳。那是联社组织的一次夏季旅游活动，每个信用社两个名额，主任一个，老职工一个，王秀丽正好在大青山信用社工龄排行老二，她和老主任马廷刚就去了。

大家坐在沙滩上，围着一个河南游客，挨个儿把手伸在他面前。这家伙成了游客中的中心人物，他给信用社几个年老的，年轻的男女看了手相，准确程度让所有人都非常折服。王秀丽独自一人远远站在齐腰深的海水里，漫不经心地用手往洁白的身子上擦水。海滩上的那一群人一会儿沉默不语，庄严肃穆，一会儿又嬉笑喧哗，大声吵闹。她不喜欢这些游戏，这常常会给她带来不快。在她的记忆里，也曾有几次让别人看过手相或相过面，不是说命中老有小人作梗，就是说事业线时断时续，充满波折，她虽然不信这些，但说多了，就在她心头留下一层阴影。

"秀丽，快来，快来！"城关信用社副主任陈明义在岸上喊她，"看看你丈夫有几个情人。"这是这个游戏中最引人兴趣的项目。

"算了，我不看了。"王秀丽冲陈明义摆摆手。

"那不行，还得看看咱俩到底有没有一段缘分哩！"陈明义向她跑了过来，沙滩上被他踩下两行小坑，陈明义无所顾忌地从水里拉起王秀丽就走。

王秀丽和陈明义是好朋友，她知道拗不过他，只好随他来到河南人面前。

王秀丽把自己那只柔软的右手放在河南人那只粗大的手里，河南人看了半天，沉吟着，一言不发。

"怎么样？爱情线，事业线……"陈明义急不可待地吵嚷着。

河南人突然变得客气而谨慎起来。

"还不错，还不错。"他说。

王秀丽默默抽出自己的右手，向大海跑去，她冲进海水里，飞快地向前游去。

"秀丽，秀丽！"陈明义在海滩上大声呼唤她。

王秀丽听见了，但是没有作声，她跃身跌进深深的浪谷里。

"姑娘！"

王秀丽正继续往前游，忽然，一只粗壮的手抓住她那光滑的胳膊。她回头一看，是那位河南人，一脸沉重的表情。

王秀丽笑了，笑得很响很响。

"你们以为我不想活了吧？"

"我哪里会看手相，都是逗人玩的，不想胡扯一通，居然把他们都给懵了。"河南人诚挚地说。

王秀丽看河南人那副认真的样子，觉得很好玩。

"他们说你最不信这个，我就成心想吓唬吓唬你。"河南人抱愧地说。

"把我吓死怎么办？"她笑嘻嘻地。

"那你们的信合百花园里将会失去色彩，因为少了你这朵灿烂的信合之花。"河南人还很幽默。

"你倒鬼话不少。"王秀丽一头扎进水里。

但是，晚上在旅店里，她却捂着被子哭了半宿。

"命运，原来还是有的。"王秀丽想。

王秀丽的父亲死得很早，她记不得父亲的模样，只听奶奶说过，父亲个儿挺高，面孔也很端正，在人民银行当职员，聪明能干，可惜命不长，刚过三十就离开了人间。见过王秀丽的人都说，她很像她的父亲。父亲死后，她跟着母亲嫁给了一位清洁工人，挣不了多少工资，日子过得很艰难。王秀丽十岁上，母亲和继父又双双死于煤气中毒。王秀丽又回到奶奶身旁。是奶奶把她拉扯大的，她和马云仙有着相同的经历。王秀丽奶奶在她考上师范的第二年也死于宫颈癌，临死前也没见上孙女一面。

从师范毕业了，本来是可以留在城里的，可教育局一位副局长看上了她，想占有她，她不从，并且狠狠扇了那位副局长两个耳光。那位副局长怀恨在心，把她调到了很偏僻，距城很远的老山掌。

在老山掌耐着性子熬了两年，好容易动员婆婆提前病退进了信用社，却又被分配到全县最贫困的大青山信用社。这不，总算有了进联社的机会，却又有人写黑信，不但进不成联社，还背了个作风不好，乱搞男女关系的黑锅。

王秀丽永远忘不了她从师范学校毕业的那一天，她们威严而又寡言的校长在饭桌上送她们的一句话。

"去吧，孩子们，到你们各自的人生旅途上挣扎吧！"

王秀丽真不明白校长为什么要用"挣扎"两个字，甚至心里还引发过一丝不敬。

直到今天，她才对这两个字有了一点理解。

这时，营业室传来卷闸升起的声音，上班时间到了，王秀丽擦了擦泪水，走出了马云仙的办公室。

（十六）

王斌几天来咳嗽得厉害，他认为自己近日来每天下乡受了风寒。到卫生院买了些抗伤风感冒药装到身上，走到哪里吃到哪里，但也见效不大，他也没放在心上，干脆不吃药，过了几天却见轻了，他心说，敢情这病也不能当回事。

昨天，马云仙没有从联社赶回来，王斌也不知道她是否向联社拆借到资金。李勇说，他那个片上不少人听了他的宣传鼓励后，跃跃欲试，纷纷提出贷款申请，准备外出购买碎石机等设备。李勇昨天还去松塔镇政府看望了女朋友项云，项云不但没分流，而且还提升为办公室副主任，并让李勇给大青山信用社捎回一份刚出台的红头文件和一份通知。

王斌翻看了一下，文件大意是，为了帮助农民脱贫致富，让农民在产业调整中走向富裕，各村及驻地单位要以"三个代表"为指导思想，要主动深入群众、察民情、解民忧、帮民富，当好帮助农民转型发展的主力军，在帮助农民脱贫致富的过程中起到先锋模范作用。

通知是让各单位负责人今天去镇政府开会。

马云仙不在，王斌只好代马云仙去。

王斌正要骑摩托出发，表姐王秀丽眼圈发红地也出了大门。她说，她丈夫打来电话，说儿子杨央住院了，得回去看看。

王斌下乡回来就听柳琴说了联社副主任老岳找表姐王秀丽谈话的事，说王秀丽在老岳走后在马云仙的办公室里哭了很久，直至上班后还不住地抹泪。王斌猜想肯定是表姐王秀丽进不成联社了，心里很痛。

王斌在表姐面前停了一会儿，才说："表姐，进不进联社并不重要，千万不要放在心上，糟蹋自己。"

"我才无所谓呢，不进联社才好呢，咱没权没势没靠山，进去也是个无根副主任，尽受别人排挤，成天不用说干工作，光看别人的脸色也够受的了。"王秀丽低头踢着马路边的一块小石头说。"我最受不了的是有人给我造谣，说我作风不正，乱搞男女关系。"王秀丽说着眼圈又泛红了，她忙掏出手绢。

"什么人这么缺德，你找找杨主任，让他拿出证人证据来，不用就不用，干吗给人脸上抹黑，这也太过分了。"王斌愤慨地说。

王秀丽用手绢捂着鼻子没说话。

"就是，秀丽姐，你不是和市联社领导很熟吗？去反映反映，干吗那么让人捏着玩呀！"

李勇要到小卖铺买烟，出门时也停在王秀丽面前说。

"咱就是不在信用社干也得洗个清白呀！"

　　"你们别说了，我回去了，马主任不在，回来给我请个假，假条我交给柳琴了，多留点神，注意安全。"王秀丽说完，向驶来的班车挥挥手，班车停下，她上去走了。

　　王斌对李勇说笑一句："你不和我相跟上去看项云，不怕我在项云面前说你坏话，被我蒙倒，成了我的情人？"说完，也发动了摩托，向松塔镇出发了。

　　王斌和李勇、柳琴是同一天进入大青山信用社的，他们三个处得很好，可以彼此开一些玩笑。

　　在路上，王斌忽然想起去松塔应该给柳琴买些好吃的，把范文的那份补给柳琴。柳琴曾问过王斌说范文给她买的食品哪去了，王斌支吾半天，才说让李勇吃了。柳琴有些不高兴地去问李勇。李勇连连叫屈，说他只吃了一点点，剩下的全让钱水仙享用了。

　　柳琴恨恨地当着钱水仙的面挖苦王斌："拿上别人的东西送人情，讨人家喜欢，还做男人呢。"

　　钱水仙红着脸没吱声，王斌听了很恼火，心说："不就是一包零食吗？范文买得起，我王斌为什么不能。"于是，王斌决定今天去松塔给柳琴买更多更好的食品，大青山买不到的，只有两三个门庭冷落的小卖铺，货架陈设着一些灰不溜秋的日用商品，连盒好烟都买不下，不是商贩们不进，是进下卖不了。比起松塔镇就差远了，整整一条街上商铺林立，各式各样的商品琳琅满目，应有尽有，素有"小上海"之称。

　　王斌知道柳琴非常喜欢吃零食，女孩大多这样。

　　记得王斌在上班第一天，他骑上摩托去柳琴的家里接柳琴。柳琴父亲也是信用社老职工，并和马廷刚很要好，柳琴家距大青山较远，又不通班车，所以，马廷刚就让王斌去接。马廷刚从王斌一进信用社大门就看出这个小伙办事沉稳。

王斌在柳琴门前大声叫着柳琴的名字时，柳琴很是奇怪。柳琴没见过王斌，同时又不好无缘无故同男孩交往。她咬着一袋锅巴出门望着王斌，王斌忙说明了来意。

柳琴把王斌让进家里，看着父母给王斌倒水，递烟，而自己只顾坐在一旁吃那袋锅巴。直到吃完，才去收拾行李。

王斌坐了一会儿，就带柳琴上路了。路上，他对柳琴说，他本想在柳琴家吃了午饭再走，同柳琴聊上半日，因为他在参加工作前因没考上大学感到很苦闷，也很寂寞，很想有个异性伙伴倾诉一下，可见到柳琴一副无所谓的样子，觉得坐着很没意思。王斌说："你对陌生人太不热情了，这不是现代女孩的优点。"

柳琴有时候会回想起王斌接她那天的事。她想：或许是与王斌头一次见面，自己只顾吃锅巴的冷淡给王斌留下了太深刻的印象。以致在以后与王斌的交往中这种印象起了作用，从而左右了王斌的感情。柳琴曾很懊悔，那天自己为啥不主动留王斌吃午饭呢？在父母留王斌吃午饭时，她感觉到王斌有留下来的意思，可自己却始终没开口，要是自己也劝王斌留下来吃午饭，并开开心心和他聊天，或许一切和现在便大不一样了。

只是，那样就比这样一定好吗？有时柳琴又这样想。

那天，柳琴去了大青山信用社，李勇也到了。晚上，老主任给他们开了个认识会。

当时，大青山信用社还没建起新的营业室，办业务住宿全挤在五眼青石窑洞里。老主任马廷刚独自住着一眼，既是办公会议室，又是他的卧室。在红漆文件柜后摆放了一只单人床。文件柜前边是办公桌。办公桌前面靠墙摆了七八把木软椅。王斌和其他人就坐在这些软椅上听老主任说话。

当时，大青山信用社没烧土暖气，还生着火炉。马廷刚的炉子不很热，王秀丽悄悄告诉表弟说，马廷刚是为了节约煤炭，把烧过的炉渣又过了一遍铁筛，尔后把发黑的煤渣二次利用。这样，马廷刚的窑里永远暖和不了。

紧挨着马廷刚办公桌坐的王斌不断地给马廷刚和李勇递烟。使得窑里烟雾缭绕。柳琴感到头很晕。她在王斌发烟的时候才多注意了王斌几眼，发现王斌虽然相貌平平，但那双又黑又亮的小眼睛中却透露出一种很特别，其他男孩很少有的东西。

王斌和李勇分在一个窑里住，那眼窑既是他俩的宿舍，又是金库，一直保留到现在。王斌和李勇晚上大部分的时间值班守库。老主任马廷刚怕他俩寂寞，就把自己窑里的一台彩电安放到库房中。这样，窑里就经常多了女孩子的身影，马云仙和王秀丽不大爱看电视，两人住在一个窑里不是说悄悄话就是看书，看电视最多的是柳琴和后来的钱水仙。

晚上，李勇有时去乡政府找女友项云，就留下王斌和柳琴。柳琴边看电视边嗑瓜子，临走给王斌留一摊瓜子皮。王斌心里不高兴，但没明说柳琴，而是将写有"不要随地大小便"的纸条贴在了电视机后的墙上。柳琴再看电视嗑瓜子时，抬头看到了那张字条，对李勇说："你俩这厕所还挺讲卫生规则的。"

李勇自然倾向王斌，他说："只是女人进了男厕所不讲卫生，随地大小便还无理抢三分。"于是两人就嘻嘻哈哈扭在一起，柳琴闹不过李勇，就向王斌求援，王斌就忙拉架。

王斌、柳琴和李勇很快结成小集团，王斌聪明宽厚，李勇灵活老实，柳琴和他俩最合得来，有两位好朋友相伴，才使远离父母的柳琴没有了孤单和寂寞，在闭塞的大青山里工作和生活的充实而有意义。

第二年，社里安装自来水，老主任马廷刚为了节约开支，给社里职工每人分下一段挖管道的任务。

王斌不但很快挖了自己的一截，而且还帮柳琴挖了不少，然后才帮表姐王秀丽。王秀丽笑着说："斌，你对柳琴比表姐还近乎。"

柳琴听了，脸一红，显得很不好意思，但心里很感激，从那次起，柳琴对王斌多了几分亲近。社里人都说，她与王斌恋爱了，但王斌从没给柳琴买过零食吃，他觉得女孩成天吃零食给人的印象不好，往往因为贪吃零食上了一些不怀好意男孩的当。同时王斌也反对柳琴吃零食，他想改变柳琴，但最终没实现，反倒让柳琴觉得他吝啬，不愿意通过这种交友方式在她身上投资，甚至感到王斌对她的爱近乎虚伪。

范文给柳琴买零食的事深深触动了王斌，尤其是柳琴得知钱水仙吃了范文给她买的零食后，显示出的不满使王斌认识到女孩，特别是像柳琴这样的女孩是很注重这一点的，这重要的一点恰恰被他错误的想法忽略了。

王斌到了镇政府礼堂后，会议已经开了，他悄悄地挨着松塔信用社主任老史坐下。

会上，镇党委书记老刘讲了话，希望撤乡并镇后，大青山和松塔镇的干部群众精诚团结，不要被地方观念束缚，在调整产业结构，振兴地方经济中走向共同富裕的道路。接着镇长老齐向与会人员通报了两件事，一件是某公司购买榆家沟煤矿的事，一件是号召大青山村民开山取石的事。

老史悄悄对王斌说，大青山开发，农民贷款可得尽快解决，目前已有不少大青山人向松塔信用社咨询，问松塔信用社贷不贷给他们款。老史答复他们，能在当地信用社解决的就在当地信用社解决，大青山信用社实在解决不了，就到松塔信用社贷。

王斌听了，说："那你们社就贷给吧，反正我们也快成了你们的分社了。"

老史说："现在还不行，我是希望你们抓住这次机遇，尽快筹集资金投入，只要石头挣了钱，连过去的不良贷款也盘活了，你们信用社搞活了，还愁挣不了工资？"

王斌很感激老史对他们社的支持。

老史说："都是一个灶上的人，我们吃饱饭，你们吃半肚，你们心里不平衡，我们脸上还不光彩呢。"

"那你们能不能拆借给我社一点资金？"王斌不失时机地问。

"恐怕不行，镇上这几年干旱，农民歉收，有两三年的贷款收不回来，外占资金过大，我们刚好能转开磨。说不定过了年政府又会生出什么新项目让扶持，我们也得投入呀！"

这时，李勇的女友项云，一个胖胖的圆脸蛋姑娘来到王斌跟前，告诉王斌回去时给李勇捎上她刚给李勇买的皮手套。项云昨天见李勇来时，皮手套手心磨出了好几个洞，就上街给李勇买了一副新的。

"你真会关心李勇！"王斌有些嫉妒的对项云说，说得项云脸上飞起了两朵红云。

散会后，王斌向项云拿了手套，就顾不上吃饭，径直去了商店。

（十七）

王秀丽下了班车，下班之前，赶到了县联社大楼里。在班车上，王秀丽已经打好了主意，她王秀丽没有那么软乎，不能平白无故背这个黑锅。"这年头，人善被人欺，我王秀丽也不是个好捏的软柿子。"

在楼梯上，她碰到了一个瓜子脸上有几点雀斑的姑娘和办公室主任郑浩。

郑浩看见王秀丽，像是故意对她说的："我给你介绍一下，这位是刚上任的办公室副主任杨钰同志！"王秀丽没见过杨钰，断定她不是信用社内部职工。

那个叫杨钰的姑娘冲王秀丽点点头，算打过招呼，就和郑浩嘻嘻哈哈下楼了。没走多远，王秀丽听到杨钰在楼下怪声怪调地对郑浩说："她就是那个和市联社领导关系不错的王秀丽，是长得够风流的，怪不得把市联社领导也迷住了！"

王秀丽听了，真想冲下楼去给杨钰两巴掌，但她还是克制住了，她敲响了联社主任杨玉春办公室的门。

杨玉春正和两个信用社主任谈工作，两个主任全低着头，杨玉春好像在训他们，王秀丽进去的时候，听见杨玉春说："收贷难收贷难，难也得收，你们当主任的都叫苦，叫职工怎么看，成天口口声声当好火车头，我看你们都是乌龟头，一遇困难就缩脖子……"

王秀丽见势想退出去，但被杨玉春叫住了，他对那两个主任说："你们回去吧，回到社里各自想办法，干不了的就打辞职报告。"

两个主任忙起身，耷拉着脑袋出去了。

杨玉春示意王秀丽坐下。

王秀丽刚要开口，杨玉春先开了口："小王啊，我知道你找我的意图，也知道你想说什么。"

王秀丽听了，眼泪一下子涌出来，她抽泣着对杨玉春说："杨主任，他们凭啥糟蹋人呀！"

杨玉春叹口气说："人言可畏呀，可我相信你，你是个好职工！老岳回来跟我汇报了和你谈话的事，我批评了他，我说他是不是又犯了头疼病，怎么能那样对一个职工讲话呢？如实说不好，干吗非得指上流言蜚语给职工心理上造阴影呢？你说别人说了，就代表你肯定了别人的话，你是联社领导，怎不会考虑到这些呢？如果被谈话的是一个想不开的女职工，还不当下患了精神病，或者人家到法庭告你诬陷罪，让你找证人证据还不找住自己，唉，老领导了，往往做工作还不顾全大局。"

"杨主任，既然你信任我，为啥不让我进联社当办公室副主任，而让不是信用社的职工进入联社担任呢？"王秀丽抹着泪问。

杨玉春沉吟了半晌才说："你觉得我们这样做不合常规吧？"

王秀丽点点头。

杨玉春苦笑笑："我们也觉得不合乎常规，按理选拔办公室副主任应从信用社内部干部职工中选拔，不应该再从外面调进，甚至是一个不懂业务的人提升为副主任，不用说你不服，就是对任何一个信合员工也无法解释，可我们还是这样做了，为什么？就因为人家是咱们柳城县委副书记的女儿！"

杨玉春说到这里，表情很痛苦地扭向了窗外，他平和了一下情绪又说："其实我的压力并不比你小，有人给我扣上了腐败的帽子，说我在搞权力交换，损公肥私，我杨玉春这一辈子在工作上有私心吗？苍天可鉴！可我又不得不面对现实，我不安排人家做联社办公室副主任，人家就生着法儿与咱作对，那时，就不只是在信合队伍中多了一个碌碌无为的员工，而会给我们整体工作造成不必要的牺牲啊！比如去年我社的磷肥事件，建磷肥厂时那位副书记批示，让我社扶持，我社投贷380万元。可磷肥厂经营不善，连年亏损，我社只好以物抵贷。那位副书记不大同意我们的做法，可我们还是做了，我们刚通过各基层信用社向当地农民推销磷肥，技术监督局便浩浩荡荡开进县联社，从联社账户上一下划走30万元罚款。这不仅意味着罚了30万元，同时也意味着300多万元贷款打了水漂，现在磷肥厂倒闭了，生产设备严重老化，生产的磷肥被私人商贩倒卖一空。全贩卖给了外县农民，有商贩还盯上我们查封库存的磷肥，人家用上合格，我们推销就不合格，我们只能眼睁睁看着被查封的磷肥变成垃圾，再掏上运费雇车倒掉。"

杨玉春说不下去了，痛心疾首的神态让王秀丽看了为之动情，她在极短时间内改变了主意，打算离开杨玉春的办公室。但杨玉春叫住她说："小王，你中午有事吗？"

王秀丽不明白杨玉春的意思。

杨玉春忙解释说："我爱人到北京出差了，我妈今天刚从乡下来，我想让你帮我烧几个菜，我妈今天60岁生日，我没空回去，就让人把我妈接来了，我妈又不愿意去饭店。"杨玉春到大青山下乡时，吃过王秀丽炒的菜，知道她厨艺不错。

王秀丽点头同意了。

杨玉春的家安在离联社不太远的建行宿舍楼上，他爱人是建行副行长。本来联社盖家属楼时，杨玉春也集资了一套，但他最后让给了联社一对刚结婚没房住的青年职工。正好建行也集资盖宿舍楼，杨玉春就以爱人的名义集了一套。爱人和他开玩笑，说他是倒插门住户。

杨玉春骑着一辆半旧凤凰自行车。他上下班或是在城里办事或是到离城近的信用社下乡差不多都骑自行车。他说骑自行车既方便又能锻炼身体。

杨玉春骑上车后，让王秀丽坐到后面，驶出联社大门时，下班的人都惊奇地望着他俩。

王秀丽几次要下来，都被杨玉春阻止了，他知道王秀丽怕什么，边蹬自行车边说："身正不怕影子歪，总有一天那些说不三不四话的人会自己打自己的嘴巴子，换一种眼光看人的。"

王秀丽听了，心里涌上一股暖流，她极力坐正身，坦然地露出笑脸，旁若无人地跟杨玉春说着话。

杨玉春把王秀丽引进家，又忙着上街给母亲买生日蛋糕去了。杨玉春母亲是一位手脚闲不住，嘴也闲不住，精神很好的老太太，她一边帮王秀丽洗菜，一边给王秀丽唠叨她和儿子杨玉春的事。

杨玉春的母亲至今独自住在村里，老伴去世后，儿子要接她进城住，她说闻不惯城里味儿，还是在村里待着好。她是村里的老党员，曾在村里担任过13年的妇女主任。她儿子当上联社主任后，老人没有靠儿子享清福，却在村里承包了10亩荒山荒坡，育了3亩苗圃，植树造林，每年收入3000多元，她自己省吃俭用，拿钱接济当联社主任的儿子，目的是让儿子做廉洁清正的"官"。

老人说，她就这么一个独生子，总把他当作心肝宝贝。儿子小时，她就经常给他讲许多做人的道理，总觉得自己是个共产党员，一定要培养好儿子，让他对党、对社会有所贡献。

老人说她们村是一个光荣村，早在1938年就有了党组织。抗日战争和解放战争中，她那个只有500多人的小村就有19位革命烈士。她常对儿子说："咱村是一块革命的土地，英雄的土地，是党把咱们从苦海里救出来的，你可一定要记住啊！"

令老人欣慰的是儿子没有忘记她的话，参加信合工作20多年，把自己的形象擦得干净透明。

后来，儿子当了联社主任，她心里特高兴，有人对她说："你儿子当联社主任，是咱县里的财神爷，你以后可以沾儿子的光，享清福了。老人说："儿子当联社主任，我高兴，只要他能为咱老百姓过上好日子多谋利益比啥都强!"

这几年,党的富民政策使老人浑身有使不完的劲儿,心里总思谋着为村里办点事儿。前十年,她独自一人承包了村里 10 亩荒山荒坡,自个儿育苗,除往荒山上植树外,还支援困难户一点。老人说她村里有个叫徐旺的困难户,老人给了他一些核桃树苗和花椒苗,种上后,当地信用社又对他帮助不小,送信息呀,请技师剪树呀,现在,徐旺一年靠这些树木收入 5000 多元。

自从儿子当了联社主任,回家的次数明显减少了。有时回去,只是晃一下就走,嘴里老说忙。儿子回来时,总是忘记给老人买什么吃的、喝的,哪怕逢年过节也是匆匆一晃。老人有时觉得心里凄凉、难受。可一想,儿子是为党,为全县 15 万农民忙哩!人常说:忠孝不能两全。一想到这些,老人的怨气就全消了。

那是 1993 年,老人的苗圃第一次有了收入,正巧儿子回来了,言谈中提到他儿子去美国留学,家里经济有些拮据。于是老人就取出 5000 元存单送给他,说:"眼下社会上凭权力贪赃枉法的官不少,你可千万不能搞那些乱七八糟的事情,前些日子,我听说你们信用社有一个主任因贪污坐了牢。如果你的钱不够花,妈给。别忘了咱村是光荣村,你我都是党的人……"

王秀丽听着老人的话,心中的一切不愉快在老人的倾吐中渐渐消散,和杨玉春的老母亲比起来,自己是多么的自私、卑微,在她心中陡然拥有了一个坚定的信念:她应该毫无怨言地留在大青山,用杨玉春母亲的高尚品德激励自己,促使自己干好工作,安心工作。

（十八）

王斌把一大包零食交给柳琴的时候，柳琴心里想："看来男人在爱情上也是很自私的，王斌知道范文很爱我，怕我的感情里有了范文的影子，说明我在王斌心目中占有很重要的位置，给钱水仙吃范文买的零食并非是出于对钱水仙的好，而是王斌对情敌的一种报复心理。尽管他表面上和范文很要好，但为了我，有时候也能做出失去理智的事来。"

王斌留下食品，说到马云仙办公室有事，就走出柳琴的宿舍，走到门前，王斌停留了一下，才出门走了。在王斌停留的时候，柳琴很想对王斌说："你多坐会儿，我们该好好谈谈了。"可她说不出口。

"唉，王斌，你在心里爱着我，可为什么总不向我表白呢？"柳琴心中叹着气说。

以前，柳琴和王斌有过不少单独在一起的时候，有时跟王斌骑摩托下乡一走一整天，她坐在王斌身后，显得很活跃，很高兴。她同王斌斗嘴，聊天。两人骑着摩托车下乡，在山里荡起了无数次欢笑，一路上，几乎不停嘴。只是王斌不在信用社时，柳琴感到很怅惘。在与王斌相处中，王斌和她谈了很多很多的话，议论了很多人和事，却好像根本没谈到地方，仿佛还有最重要的内容迟迟未曾涉及。

大青山人都说王斌和柳琴在搞对象，但只有王斌和柳琴两个人心里清楚，他们俩只不过是最要好的朋友，从来没有碰一碰爱情这个话题。甚至，两个人都在躲避这个话题。

现在想来，王斌要是直截了当地提出与柳琴交男女朋友，狂热的范文便无孔可入。

但是，直至现在，王斌什么也没说。

王斌有时觉得自己在某种程度上配不上柳琴，他怕自己表白的言辞过激或太着急而伤害了柳琴，失去了柳琴这个朋友。

柳琴在心里埋怨王斌的同时也觉得自己太矜持太自尊，干吗非要等王斌追求自己才认账。有时，柳琴隐约感到王斌在暗示自己，但她不想要暗示，她认为暗示里面可能还有别的意思。她只想要王斌一句大白话。

然而，柳琴完全错了，错了的还有王斌。

柳琴和王斌在彼此能听到对方心跳的时候往往是沉默不语。柳琴每每想到这些，心里就忍不住伤感。

王斌觉得自己在山坡上桃树林中与钱水仙的那次冲动很对不起柳琴，因为那次之后，他所面对的柳琴不再是先前的柳琴了。在柳琴看来，王斌能和钱水仙那样冲动，也同样容易和别的女孩产生冲动，她讨厌这种心里爱着自己却抱着别的女孩热吻的男孩。

自从范文从大学回来后，柳琴心里经常闪动着范文那张白白的娃娃脸。她觉得很奇怪，自己心中怎么忽然又有了范文，更奇怪那天在通达宾馆与范文见面的事。范文说，那天，他根本没心思去通达宾馆去陪客人，可忽然又产生想去的感觉，他总觉得那里有一个人等他，去了，就碰见了柳琴，尽管范文在请柳琴吃饭时借酒向柳琴倾吐了心中积郁的情感。但柳琴并未做出什么热烈的反映，甚至从范文的手中极力挣脱自己的小手，逃也似的跑回自己的房间，并关上了房门，很快，门外传来了范文的敲门声，并近乎哀求地要柳琴给他开门。

但柳琴最终没开，范文歇斯底里地喊着："柳琴，我爱你，我永远爱你，我这辈子非你不娶。"

此时，柳琴还在幻想，假如门外是王斌那该多好啊！可为什么偏偏是范文呢?

第二天,范文又来了,又请柳琴吃饭,在饭桌上,范文苦笑着对柳琴说:"柳琴,你真心硬!"

柳琴说:"我心软,早被你的狂热融化成水了。"但柳琴心里觉得对不起范文,自己不该那样对待范文。一个男人爱一个女人没有错。

范文告诉柳琴他遇见王斌并送王斌到车站的事,还狡黠地说,为了不让王斌察觉到自己知道柳琴在通达宾馆参加面授的事,故意买了食品让王斌给她带回去。

柳琴说:"你真是用心良苦!"心里第一次为范文起了热浪。

"你真的要帮王斌给大青山找项目?"柳琴问范文。

"哪里呀,其实这事儿我们交通局早有打算了,明年,县委扶贫办将派我们局的扶贫工作队到大青山蹲点,我们总得表示一下,做点扶贫成果嘛。"范文回答。

"这说明你是打着别人的旗号给王斌卖好哩!"

"我这样做只是让王斌觉得我并未因为和他同样爱着你而把他当成情敌。你想,现在,搞一个大项目凭我一个小小的设计员怎么可能?这里面包含的东西复杂呢!范文做出对世事有着非常深刻认识的样子说。

范文的话使柳琴感到了范文处世的圆滑,她觉得王斌在这方面远远不及范文。

晚上,柳琴寻出过去范文写给自己的一大沓情书,全都细读了一遍,在心里问自己,是不是该考虑一下范文了,可要是王斌知道自己心中有了范文,看到自己和范文在一起,心里又该有多痛苦呀!

柳琴这样想着,心里比王斌知道自己和范文在一起时的那种心情还痛苦。

王斌从柳琴屋里出来,很是沮丧,为什么自己放下食品就走呢?倒像是一个偷了老师的东西，又还给老师，怕老师批评，连坐都不敢坐一下，扭身就走。

直到走进马云仙的办公室，脸上还带有情绪，使马云仙错误地理解为王斌去松塔镇开会带回了什么不好的消息。正如她昨日的县城之行。

在县联社，马云仙见到了联社主任杨玉春。杨主任听了马云仙的汇报后，沉吟着说："思路不错，应该大力扶持大青山人开发青石资源尽快脱贫致富，据我所知，县交通局扶贫工作队也将开赴大青山，希望你们和当地政府、县交通局扶贫工作队的同志多联系、多协商，切实帮助农民抓住机遇，在产业结构调整中闯出一条新的脱贫致富路，这不仅仅是大青山农民的一个机遇，也是你们社的一个机遇，用得好，你们社就很有希望了，联社尽量解决你社资金不足的问题，但你们要尽量用好这笔资金，要把贷款投到实处，规范每一笔贷款程序。同时，要密切关注有不法分子在这次大规模资金需求情况下，利用我们信用社资金有限，服务不到位的空档，放高利贷扰乱金融市场，给我们带来不良影响，如有发现，马上向公安局举报，协助公安机关严厉打击不法犯罪分子，净化农村金融市场，你去找老弓谈谈，让他帮你想想办法。"

马云仙在笔记本上记住了杨主任所说的工作要点，然后告别杨玉春去找信贷股长老弓去协商拆借资金事宜。

老弓得知马云仙的来意后，为难地说："你们社信贷风险逐年上升，目前不良贷款占到各项贷款的75%，存贷比例居高不下，严重亏损，你们以前因发生支付困难已向联社拆借近50万，我们得慎重考虑一下。"

马云仙知道老弓的脾性，老弓是个责任心很强的同志，近年来，面对各基层社数目惊心的沉淀贷款感到痛心疾首。他认为自己作为审批的信贷股长应负有一定的责任，大多时候忙于联社工作，浮在上面多，深入实际调查少，太相信基层信贷员，只靠股里的一位女干事在贷款申请上盖"同意办理"章。有时候老弓觉得联社审批贷款成了一种形式，前些年，某村一位贷户向当地信用社申请贷款 1 万元养猪，申请由信贷员带回联社信贷股，女干事在申请上例行公事盖了一个章，1 万元贷款就放出去了。后来才知道那个村民是拿上贷款还了赌债。

后来，老弓成立了一个信贷督查小组，不定期下乡抽查贷款投向是否与申请内容所写一致。发现投向不实严厉查处经办信贷员，使信贷员在发放每一笔贷款时增强了责任感，注重了调查落实，效果不错。

马云仙清楚老弓是怕她把拆借资金投入沉淀。她理解老弓的心情，也没说什么，站起身来要走，老弓说："再拆借放贷也行，不过你社要在收回旧贷上狠下工夫，各项存款有明显净增。"

"你这不是借机赶鸭子上架吗？"马云仙苦笑笑说。

"你们基层这些主任，有几个是自动飞上架的？"老弓也笑了。

马云仙从联社出来，打算回趟家，看看儿子。走出不远，碰见一位开夏利车的贷户。这个贷户前两年从大青山信用社贷了两万元，进城开了个拉面馆，生意很好，又买房子又买车就是不还贷款，信贷员寻他，他就推三躲四。今天倒让马云仙给碰上了。

那位贷户见了马云仙，知道今天躲不过去了，于是见风使舵地先向马云仙数落了一顿自己的不是，又用车把马云仙拉到自己的拉面馆，让服务员摆上了酒菜，说让马云仙边吃边等，他去建行给马云仙取款。

马云仙没动饭菜，就坐在拉面馆等那位贷户，可等了将近一个上午也没等见那位贷户，服务员过来告诉他，刚才老板打电话回来，说别让马云仙等了，他去广州办事去了，恐怕一个星期也回不来，贷款的事过几天再说吧！

"真是鬼养的！"马云仙真想立即到法院去起诉这位贷户，但转念一想，自己刚主持工作，不了解这位贷户的情况，不能贸然行事，如果能做通思想工作更好。

马云仙回到家里，儿子新新患有轻微的感冒，见了她就哭着扑进怀里叫妈妈。公婆对马云仙很有意见地说："你要是调回联社，孩子还用受那份罪！"

"那有什么？你们俩不是照顾的他挺好吗？"马云仙耐着性子说。

"我们连自己也照顾不好，再说我们已经尽了养儿育女的责任，不能再在孙子身上费心血了，我们也该享几天清福了。"婆婆说。

马云仙再没说什么，给新新加了件衣服，带上儿子就走，婆婆在身后问："你带孩子去哪里？"

"回大青山。"马云仙头也不回往外走。

马云仙带儿子刚到汽车站，丈夫张然匆匆骑着自行车就赶来了。马云仙知道是婆婆给丈夫打了电话。

张然担心儿子到大青山后马云仙忙于工作，对儿子照顾不周，感冒加重，坚决反对马云仙带走新新，说他有能力说服母亲看儿子。

马云仙说："我怕儿子影响你爸妈享清福！"然后，上班车走了。

班车驶出一截，马云仙回头望望，只见丈夫还站在车站门前。寒风中，丈夫没穿外套，单薄的身躯有点弱不禁风，她扭回头，鼻子有些发酸。丈夫和她感情一直很好，自己在大青山待了七八个年头，把整个身心扑进了工作上，对家庭付出的甚少，可丈夫从没怨言，即使心里有苦也是自己默默承受，虽然在马云仙放弃调回联社的问题上丈夫有情绪，可过后再没提任何异议，一如既往地支持着马云仙的工作。马云仙能理解丈夫，丈夫是怕自己把儿子带走后，他会失去欢乐。没了儿子可爱的笑脸，丈夫会承受更大的孤独和寂寞，想到这些，马云仙的泪水在眼窝里开始打转,她怕儿子看见，忙用手抹去泪水，逗儿子去眺望车窗外的雪景。

（十九）

王秀丽在回家的路上，遇上了城关信用社副主任陈明义，陈明义开车捎了王秀丽一段。路上，陈明义问："秀丽，听说你进联社的事儿黄了?"

"没什么，是我向联社提出不干的。"王秀丽说这话时很坦然，像什么事儿也没发生过。陈明义很是惊讶地回头望望王秀丽："你不是伤风感冒发烧说胡话吧，你为了进联社费了那么多心血，就一句话了啦!"

"在哪儿不是为了干好工作，越是不好干的地方才越能激发起人的工作热情，体现出一个人的工作能力大小和实现价值的多少。"王秀丽说。

"如果你体现自己，干脆下岗还是回老山掌教书去吧!"陈明义半开玩笑地说。

"也许会有这么一天，人往往是走弯路的多，绕了半天，才发现自己站在生活的起跑线上。哎，你们村还没去了教师?"王秀丽问陈明义。

"去倒是去了一个小姑娘，可没待了一月，就哭着鼻子走了，说半夜老听见庙里有响动，她怕得了精神病。"陈明义苦笑着说。

"是啊，那老庙也够吓人的，你们村真穷，连个学校也盖不起。"

"县教委主任说了，再没人去，就得把我们村的学校撤了，让学生们到20里外的乡小学读寄宿。"

"就你们村那生活条件，在本村读书还交不上学费呢，去乡小学读寄宿，有三分之二的学生得退学。"

"可不是，村里人也都为这事愁死了。"

王秀丽上楼，碰见了丈夫正出门要去医院。王秀丽家也没进，就随丈夫去了县医院。

早上，王秀丽很早就醒来了，她回想着昨天在县人民医院医生办公室的事情，竟像做梦一样，一切都不曾发生过，但是她看了看枕头边那两条湿漉漉的手绢，便不再怀疑那一切。

昨天下午，在医生办公室，一位主治大夫用低沉的口气告诉王秀丽夫妇：杨央恐怕不是一般的感冒，让他们带杨央到省城大医院好好诊断一下。

王秀丽一听，心里一沉，知道情况不好，她说话的音调马上变了："医生，我儿子的病危险不危险？"

医生苦笑一下："难说，要真是……"医生没说下去，他也不希望杨央得了那种病，那是个多么天真可爱的小家伙呀！

王秀丽还想问，但医生推说看病人走了。

王秀丽站在办公室里，脑子一片空白，过了许久才神情木然地走出医生办公室。

丈夫比她起得更早，独自坐在儿子床边抽闷烟。见王秀丽也起了床，说："该带的东西我都收拾好了，等央央醒了我们就走。"

王秀丽挨着丈夫坐在儿子床前，望着儿子安详的睡态，她的泪又涌出了眼眶，禁不住伏在丈夫肩上低声抽泣起来。

"别哭，儿子醒了看见不好。"丈夫安慰王秀丽说。"别听医生瞎诈唬，咱儿子能有什么大病？你别听风就是雨。"

丈夫说这话时，烟头已熄灭，他还在吸。王秀丽知道丈夫心里并不比自己好受，儿子在丈夫心中是棵希望树。儿子身上寄托着他无限美好的梦，儿子的生命就是他生命的延续。假如儿子的生命枯萎，那么，丈夫的生命也将失去支柱。自从丈夫和王秀丽之间产生了那种无言的冲突后，丈夫从没当着儿子的面对王秀丽在言语上有过任何撞击，在举动上不流露出任何不满的情绪，对王秀丽依旧温顺如初，使儿子感觉不到父母间的半点不和，在他的生活空间里依旧充满了家庭的温馨。

晚上，王斌的父亲上来坐了一会儿，询问了一下，就满脸忧郁起身走了。

丈夫得知王秀丽昨天进联社的事后，他很快就明白了一切。他叹口气，将王秀丽搂在怀中，像哄孩子似的说："别伤心，进不进联社无所谓，在哪儿工作都一样，家里有我撑着，你尽管安心工作。"

"我不是伤心自己，而是伤心别人说我，就连你也那么看我。"王秀丽说。

"我相信你永远爱我！"丈夫喃喃道。

"那你为什么那么对待我?"

"其实我是太爱你了，我真怕有一天突然会失去你。"

"怕失去我，你应该对我倍加呵护才对，那样对我，不是更伤害我了吗?"

"这也许正是我们男人感情上存在的严重缺陷，当怀疑妻子有外遇时，就失去了应有的理智，不能冷静下来思考怎样用爱感化妻子，而是一味指责妻子，伤害妻子，最终使妻子彻底背叛自己。"丈夫说。"你就差点儿踏上这条不归路。"王秀丽含泪笑着说，她紧紧搂住了丈夫的脖子，心里在想，其实夫妻间沟通并不用过多的语言，只要两人真心相爱，迷雾迟早会散去，蓝天会重现。

王秀丽躺在丈夫的怀里，猛然间有了一种冲动，她白皙的脸上布满了红晕，眼里充满了渴望，搂着丈夫脖子的手臂不由自主地缩紧，丈夫低头吻住了她的双唇……

王秀丽和丈夫等儿子杨央醒后，给儿子穿衣服，哄儿子说带他到省城里买电脑。王斌来了，还给杨央带来了玩具。

王斌进门时咳嗽得很厉害，看上去他感冒得很严重。他说是接到母亲的电话后，骑摩托在天快黑时赶回来的。

"有什么急事，你妈打电话要你回来？"王秀丽问。"妈说，爸要跟她离婚。"王斌说。

"真是的，都 60 多的人了还离什么婚。"王秀丽让丈夫给儿子去找鞋。

"我也劝了，可爸听不进去，他说主意定了，如果再在家里待下去，怕活不出今年。"王斌咳嗽了几声说。

"你爸和你妈离了婚，他不在这个家到哪去？"王秀丽丈夫拎着儿子的旅游鞋进来说。

"他说他到老山掌买荒山栽树。"王斌说。

"这是何苦呢？"王秀丽叹口气。

"杨央的病怎么说，我听爸说，你们要带他到省城去检查？"王斌问。

"没什么大不了的事。唉！"王秀丽嘴上这么说，眼里却充满了忧郁。

"柳琴昨天让车撞了。"王斌说。

"谁撞的？"王秀丽惊问。

"范文。"王斌说。

王斌告诉王秀丽，昨天中午，范文开车去看柳琴，教柳琴学开车，之后把车停在一个小坡上，范文让柳琴到车后面去看转向灯亮不亮，柳琴就去看了，但柳琴刚走到轿车后面，轿车突然溜开了，柳琴惊叫一声倒在了地上。范文说手刹没拉紧。

"这人怎么这么大意。"王秀丽埋怨地说。

"我看他是有意的。"王斌心说，范文在抱柳琴上车的时刻，对闻讯赶出信用社大门的王斌笑了笑，王斌分明从范文的笑脸中看到了一种得意，那种得意只有作假成功的人才有。

柳琴并未伤着，只是觉得有些腰疼，她被范文抱起之前，想挣脱范文自己站起来，但却无力挣脱范文的手臂，柳琴看到王斌跑出信用社大门后，她下意识闭上了眼，装出失去知觉的样子，任范文把自己放进轿车，疾驰而去。

王斌望着疾驰而去的轿车，猛然感到了一种悲哀，感到了一种从未有过的心灰意冷，他很奇怪地意识到柳琴这一去，将会从此掳走他心中的一线希望。范文对柳琴的用心良苦是王斌永远望尘莫及的。

"你该去医院里陪陪柳琴，这种时候她最需要你。"王秀丽对王斌说。

"我却感到自己去是多余的。"王斌叹口气说。

"李勇的父亲也死了，他今天要回去操办父亲的丧事。柳琴又住了院，你还得忙杨央的病，这些事儿怎就都凑到了一块儿呢，马主任又和公婆翻了脸，把孩子带到信用社，给奶奶送去吧，她又怕奶奶年纪大，照顾不了孩子，只好一边工作一边照顾孩子。眼看就要年底决算了。"王斌说着又咳嗽起来。他跑到卫生间吐了一口痰，痰里掺有几丝血。王斌没有在意，以为自己咳破了嗓子。

王斌出了卫生间，对王秀丽说要到电视台一趟，把一些欠贷钉子户的名字公布一下。

"这管用吗?"王秀丽问。

"试试看吧。"王斌说完就走了。

王斌走后，王秀丽突然改变了和丈夫陪儿子上省城的主意，她告诉丈夫她要回大青山。

丈夫明白王秀丽的心思，他知道大青山信用社现在更需要她。

丈夫没说什么，默默地拉着儿子向门外走去。

丈夫刚开了门，王秀丽又把丈夫叫了回来，低声对丈夫说："我这一去，恐怕过了年底决算才能回来，儿子有什么意外，你别告诉我，我怕自己支撑不住，影响了工作。"

丈夫点点头，"你放心去吧，儿子有什么事，我等你回来再说。"

丈夫拉着儿子出门了，门外，儿子问丈夫："妈妈为啥不陪我去？"

丈夫回答："妈妈还有很重要的工作，你要学会理解妈妈。"

"唔，我要从省城给妈妈买好吃的。"儿子甜甜地说。

王秀丽听了，止不住地往外涌着泪水，她在心里暗暗为儿子祈祷平安。

（二十）

大青山信用社通过在县电视台播放催贷通知，使得部分欠贷户觉得丢了面子，尤其是在城里开拉面馆的那位贷户，怕自己没信用影响到自己的生意，在电视台播放催收通知后的第二天，就开车到了大青山信用社结清了所欠贷款本息，并一再要求马云仙在电视台将自己还款的事儿公布一下，以挽回丢了的面子。

短短几天，大青山信用社通过这一举措收回不良贷款 200 多万元。马云仙称赞王斌出了个好点子。

王斌说："收贷不仅要多跑，更重要的是多动脑筋，想办法，因贷制宜。板着面孔，例行公事行不通了。"

王斌边说边咳嗽着。

马云仙说："王斌，这段时间下乡多，别光顾收贷结息累坏了身子，支撑不了就休息几天。"

"哪儿能歇得住，在这节骨眼上社里缺人手，不干怎行！再说，你也不轻松，你也当心别把你这个火车头拖垮了。"王斌说。

"昨天，张然打电话来告诉我，县交通局扶贷工作队在近日开赴大青山，他们进驻大青山办的头一件实事就是修通扶贫公路，为石料运出打好基础。"马云仙说。

"咱们得尽快想办法筹集资金，准备为山民投放贷款。我听水仙说，赵生财从咱社取了所有的存款，我想他一定要搞什么鬼名堂。"

王斌说："他敢放高利贷，只要让我抓住证据，就把这龟孙子送进劳改所。"

"我也早想惩治这个赵生财，利用下乡之便，到几个曾贷过他高利贷的农民家中调查过，动员他们检举揭发赵生财，可这些人不仅说没贷过赵生财的高利贷，而且还夸赵生财是及时雨。"马云仙说。

"这其中定有缘由，听人说赵生财和城里一些地痞有勾结，这些贷户一定是怕赵生财打击报复。"王斌说。

"有这个可能，黑土岩的一位村民到期还不了赵生财的高利贷，有几个城里的地痞逼这位村民偿还，这位村民顶了几句，就被打折了一条腿，至今还躺在炕上，我去动员他揭发赵生财，可这位村民却说自己的腿是上山砍柴跌断的。"马云仙叹口气说。

"马主任，你也要当心啊，赵生财见你断他的财路，一定会找你麻烦的。"王斌有些担心地说。

"我还盼他找我麻烦呢，他找我麻烦，他也不得好，我个人遇难事小，可大青山的金融市场就干净了。"马云仙无所谓地笑笑。

王斌咳嗽着摸出一支烟，刚想点火，被马云仙抢了去，揉碎，扔到了烟灰缸里："你咳嗽成啥了，还抽。"

王斌感激地望望马云仙，干脆把烟全扔在了茶几上："听你的，从今天起戒烟，这盒烟就当给信用社待客烟吧！"

"就你这 5 元钱的烟，还不把客人都呛跑才怪呢？"马云仙半开着玩笑说。

王斌站起身来，说要到深山沟下乡，一位姓杨的贷户今天给儿子办喜事，请王斌当礼账先生。

"是想借机巴结你，不想还贷款吧！"马云仙知道王斌说的这位姓杨的贷户在信用社贷了 5000 元快 3 年了，信用社催了无数次，姓杨的贷户总是以没钱拒不还贷。

"是怕请神请成鬼。"王斌冲马云仙狡黠地笑笑。

马云仙不解其意地望着王斌走出了她的办公室。

王斌走出马云仙的办公室，在院子里看见老金师傅引着马云仙的儿子新新逗狼狗"黑头"玩。

老金师傅这几天成了马云仙的保姆，做完自己的工作，就逗新新玩，把新新逗得直喊老金师傅"爷爷"，连晚上都要跟老金师傅睡。

王斌告诉老金师傅要到他们村去，问老金师傅有什么事让他捎办。

老金师傅说叶子捎话来说家里没面了，让王斌用摩托给家里捎袋面粉，并很难为情地让王斌先垫上钱。

王斌知道老金师傅的儿子根儿又写信要钱，老金师傅刚问马云仙预借了 500 元工资给根儿寄去。

王斌把摩托推出大门，刚要发动，钱水仙跑出来，让王斌问叶子再给她要几双鞋垫样子。并低声问王斌："你也不去医院看看柳琴？"

王斌没回答，一脚踩响了发动机。

"昨天，柳琴打电话，问你在不在大青山，我问她有什么事，她却说没事，她说她伤得不重，让你放心。"

"让我放心！"王斌冷笑一声，眼前便出现了柳琴被范文抱在怀里的情景，"她伤轻伤重与我有什么相干。她明知自己没伤，却为啥要让范文抱，而且那么紧搂着范文的脖子，是成心做给我看的吗？"王斌心里说。

钱水仙从王斌的脸上看出了王斌的心思，她心里暗自庆幸王斌对柳琴失去了信心，她不失时机地表现自己："我刚给你做好一双鞋垫，晚上回来你到我屋里拿。"

王斌想想说："好，我一定去！"说完踩下档，一加油门到粮油店里给老金师傅买面去了。

王斌从粮油店里出来，碰到了小学校长陈老师，陈老师告诉王斌，前些日子，他回县里开会，听人说在东湾煤矿职工子弟小学教书的王斌的姐姐王云要服毒自杀，被人发现后抢救及时才脱离危险。

王斌听了，心里一沉，鼻子有些发酸，眼泪差点儿掉下来。

"二姐，你终于还是这样做了。"王斌心里在哭喊。

王斌的姐姐王华和王云从小就没得到过多少父爱，父亲留给她们的只有仇恨。

她们姐妹俩是王斌母亲两朵美好的希望之花，王斌的母亲曾发誓，一生再辛苦，也要将两个女儿培养上大学，但王斌母亲的愿望只是一个美好的幻想而已。

王云和王华是孪生姐妹，高中毕业后都没有考上大学，两人结伴一起走入了改革开放之初的打工队伍里。两个姐姐的一些事情，王斌早先并不清楚，是父亲和母亲争吵时，王斌躲在床上听母亲边哭边数落他的父亲，才明白两个姐姐为什么要选择她们现在的生活。

王斌被两个姐姐的事震惊得心都在发抖。

王云和王华高中毕业后，因为父亲只顾忙工作，又不善拉关系走后门，对两个女儿安排工作的事没放在心上，当时白云公社的书记曾主动提出要帮王斌的父亲把两个女儿安排在城里的化肥厂工作，王斌的父亲很是感激。可后来才明白这位书记之所以热心帮他，是为了和他达成一笔肮脏的交易。那位书记要王斌父亲利用手中的职权放给他 5 万元贷款，而贷款人并非这位书记，而是一位病入膏肓的五保户。

王斌的父亲坚决不答应，当然，两个女儿安排工作的事也就泡汤了。

王华和王云闲在家一年多，曾多次求父亲帮她们找工作，但最后彻底失望了。于是，姐妹俩就自己出门去打工，到了一家个人制鞋厂。在一个春天的夜晚，厂里的人都进城看歌舞去了，王华因王云生了病便留下来照料妹妹。厂里看门的光棍老头儿拎着两瓶橘子罐头进了门。

老头儿说是见王云病得可怜来看看。

王华和王云同这老头儿也一向很熟，什么也没在意。王华还一个劲儿向老头儿表示感谢。

王华在和老头儿谈话中，渐渐发现老头儿有点不对劲儿，他的眼睛突然大放异彩，一向佝偻的背也伸直了。

王华没来得及设防，便叫老头儿铁钳似的手给挟住。王华挣脱不开，只一会儿，她便倒在了地上。

老头儿扒净了王华的衣服，完成了他蓄谋已久的阴谋。临走时，还把橘子罐头打开倒进碗里端到王云的床前。

王云当时正发高烧，迷迷糊糊地目睹了姐姐被蹂躏的心痛场面，她想哭喊，但喉咙嘶哑得喊叫不出。没等老头儿从姐姐身上爬下来，王云就恐惧得昏了过去。

第二天，这件事传遍了全厂，王华和王云躺在床上不吃不喝，老头儿不久就被公安局抓去了。

而厂里人却很同情老头儿，并几次为老头儿求情，说他是打了一辈子光棍，实在熬不住才这么干的。厂里人不觉得老头儿是干了一件伤天害理的事。

王华和王云日日以泪洗面，觉得无脸见人。更为糟糕的是，两三个月后，王华发现自己怀孕了。厂里人都视为稀奇，因为老头儿年近60了，却能让王华怀了胎。

王华没胆量去医院打胎，更不敢回家告诉父母，眼瞅着肚子一天天隆高。在这当口，那老头儿的侄儿找到王华，说他愿和王华结婚，共同抚养这个孩子。厂里老少都说这是再好不过的事。

王华已有了破罐子破摔的念头，便同意了。

王华结了婚之后，王斌的母亲和父亲才知道了这件事。王华事后又生了一男一女，死心塌地做了农夫之妻。王云却一直没有结婚。后来到附近的东湾煤矿当了工人，再后来又做了煤矿职工子弟小学的教师。

王云心如枯井，过着单调的生活，什么人也动摇不了她独身的决心。也许是那个晚上可怕的场景给姐姐留下了一生的阴影，王斌常这样想。

王云才40出头，乍望去，已拥有50多岁妇人的苍老和病弱。人们都说王云活不到50岁，她自己也常作如此之想。王斌有一次去看望二姐，王云说如果有一天她死了，请王斌多多替她帮助姐姐王华，姐姐是因为她才弄到这一步的。当时，王斌没有在意二姐的话。

王斌未曾想到，二姐王云居然真的走了这一步。

两个姐姐如此不幸难道全是父亲的责任吗？如果当时自己是父亲，会答应那位书记的那笔肮脏的交易吗？不，不会的，为了个人利益损害集体利益者大有人在，可父亲却没和他们同流合污，正因为这样，才拥有了一包红色的荣誉证书，在那些红色荣誉证书中，只有王斌和父亲才能感受到任何人都感受不到的一种沉甸甸的苦情；才能看到任何人都看不到的那流动的泪水。

王斌忽然想到该给二姐王云好好写一封长信，把自己的想法写给她，也许会帮助二姐走出历史的阴影，对父亲有一个全新的认识，同时也鼓舞起她对生活的激情。

王斌想着不觉走进了深山沟，他听到了欢庆的鼓乐声。

（二十一）

王秀丽到大青山第四天，就接到了丈夫的电话，丈夫在电话里告诉他，儿子杨央经检查没什么大病。

"我说那个医生在瞎诈唬嘛！不过，检查一下也好，花钱消灾。对了，我给儿子买了台电脑。"丈夫在电话里说。

"你哪有那么多钱？"王秀丽问。

"寻朋友借的。"丈夫回答。

"你呀！和你妈一样，儿子要啥给啥，哄哄他不就完了，当真给他买呀，还借了那么多钱。"王秀丽责怪着丈夫。

丈夫在电话里叹口气，沉默了一会儿。

"喂，你怎么不说话了？"王秀丽问。

"哦，我……我没事了。"丈夫回答得有些支吾，尔后搁下了电话。

王秀丽放下电话，笑语一句："你呀！"心里却舒展多了。几天来的担心使她多次打错数字，后来干脆推开算盘，合了账簿，坐在椅子上用两手托着下巴望着对面正在点钞的钱水仙发呆。

"秀丽姐，我脸上有戏呀！你这么盯住我看。"钱水仙笑着问王秀丽。

王秀丽忙改变了姿势，把眼光抛向营业室外，又移到钱水仙的手上。

"水仙，你手指上带顶针干吗？"王秀丽想跟钱水仙闲聊一阵，驱散一下心中的烦闷和急躁。

"叶子教会了我纳鞋垫，我正学着纳哩！"钱水仙回答时略带羞涩。

"是纳给哪个男朋友的？"王秀丽笑着问。

钱水仙没回答，红着脸低下了头。

"一定是纳给我表弟王斌的，对不对？"王秀丽依旧笑着问。

"秀丽姐，我对王斌那么好，可在他的心里为啥老是柳琴比我重要呢？"钱水仙突然问王秀丽。

王秀丽说："男人和女人之间的感情很复杂，也是一种很微妙的东西，女人对男人再好，也未必能激起男人对女人的好感，尽管男人对女人有所回报，也不是出于对女人的真爱，而只是一种回报，女人也一样，面对许多向自己讨好，大献殷勤的男人，她只能对一个男人真爱，对其他男人只是要好，爱和好这两个字之间是有一定的差距的。"

"那王斌和柳琴之间是真爱还是要好？"钱水仙问。

"是真爱，又是要好。"王秀丽说。

"为什么这么说？"钱水仙问。

"柳琴在感情表达上太矜持，又自尊心极强，明明自己心里爱得别人发狂，可偏要等别人向她求爱，自己把自己的感情封闭得让人难以捉摸。王斌呢，虽然爱柳琴，可面对柳琴封闭的感情显得不知所措，找不到一种合适的表达方式向柳琴吐露心曲。他又怕柳琴回绝了他，不仅得不到柳琴，而且还会因此失去柳琴这个好朋友，所以，在这样一种环境里，他俩只能在各自心中埋藏真爱，难以冲出感情的围城，到目前，依旧是一对要好的朋友。"

"那么，他俩的结果呢？"钱水仙问。

"哪有什么结果呢，你不看那个叫范文的男孩又出现了吗？这个男孩在讨女孩欢心上比王斌强百倍，柳琴迟早会投入范文的怀抱。"

"王斌失去了柳琴，心里一定很痛苦。"钱水仙满脸忧郁。

"因此，在这个时候，你要抓住王斌，王斌对你很好，这个时候需要你去安慰他。"王秀丽说。

钱水仙点点头，陷入了沉思。

王秀丽得到儿子平安的消息，悬挂着的心终于放进了肚子里，工作起来也轻快多了，她飞快地拨打着算盘，为年底决算做准备。这时，马云仙走进营业室，询问存款净增数字，问完后，马云仙苦笑一下："储蓄存款只完成了联社下达指标的75%，对公存款和没增一样，离决算只有不到一个星期了，我们得想点办法。"

钱水仙说："实在不行，我给我爸妈打个电话，让他们筹些资金，帮我们社度过年底，完成任务。"

"我有个同学小娟在鼓乐班子，她答应我帮我完成储蓄任务，她说凑个几十万不成问题。噢，对了，今天深山沟有家姓杨的给儿子办喜事，就是请的小娟她们的鼓乐班子，等中午下了班我去找找她。"王秀丽也说。

"只能这样了，"马云仙无可奈何地笑笑，"咱们在这地方，老百姓没钱存，外地人还嫌不方便，每年完任务，存款每年前增后减，年年是个和尚的帽子——平顶子，农民不富，信用社难兴啊！"

接着，马云仙又告诉王秀丽和钱水仙，她下午要到县联社开会，顺便再从城里寻点存款。再从城里托人跑跑报社，发篇通讯，不然，联社又要罚职工们的工资，职工工资本来就没有多少。

"宣传报道什么？存款上不去，贷款收不回来，工资挣不下，联社有时候真能给基层社出难题，他们办公室里的秀才们尽是吃干饭的。一年省地级好几篇，咱是记者，还是报社是给信用社办的？"钱水仙不满地嘟囔着。

营业室门外忽然响起了汽车的喇叭声，马云仙她们透过玻璃一看，见帕萨特轿车上走下了联社主任杨玉春。

杨玉春是去松塔信用社下乡后专程到大青山信用社来的。

杨玉春给马云仙带来了好消息。城关信用社等几个效益好的兄弟社对大青山信用社很支持，纷纷表示尽量挤出一些资金帮助马云仙。让马云仙尽快写出拆借申请，办理拆借手续。

其次是杨玉春和松塔镇政府交涉过了，决定拍卖榆家沟煤矿，这样可以盘活500万元沉淀贷款。

"可煤矿是人家镇政府的，咱们能拍卖？"马云仙问。

"为什么不能，煤矿抵押贷咱信用社的500万，现在煤矿评估也不过值五六百万，按照法律，是完全可以把榆家沟煤矿抵偿贷款的，我们要尽快到县法院起诉榆家沟煤矿，收回煤矿所有权。"杨玉春说。

"这说明我们得跟松塔镇政府打官司了。"马云仙说。

"怎么，不敢？为了维护信用社的利益，该和政府打就得打，不然我们什么时候能收回这500万贷款，指望镇政府还，希望很小。不要担心，县联社出面帮你打这场官司。"杨玉春说。

"我担心什么，只要500万贷款能收回来，我就是解甲归田也乐意。"马云仙充满信心地说。

午饭时，杨玉春照往常到大青山信用社一样，让做了酸汤荞面饸饹，他抱着马云仙的儿子边吃边表扬了马云仙在电视台上播催款通知的做法。并对王秀丽说，他母亲对王秀丽的印象很好，想认她做干女儿。

王秀丽说："我还想认大娘做干娘哩，我从小没了父母，半路有了这么好的干娘，我感到自己是世界上最幸福的人了。"

"那好啊，等有空儿，我派车来接你去拜干娘。"杨玉春笑着摸着额头的汗珠子说。

"那现在先给干哥磕个头。"马云仙开着玩笑对王秀丽说。

钱水仙在一旁抿着嘴笑。

老金师傅又端上一碗荞面饸饹放在杨玉春面前说："杨主任，真没官架子，跟职工们处得跟一家人似的。"

"有官架子也不能放在饭桌上呀，不然能吃出你金师傅这荞面饸饹是啥滋味来。哎哟！这小家伙对我有意见怎的？"杨玉春忽然喊了起来。

马云仙一瞅，才发现是新新给杨玉春尿了一裤子。

围着桌子吃饭的人都笑了。

(二十二)

王斌给叶子送进面粉时，看出叶子想留他坐一会儿。王斌不想让叶子为他伤心，出于对叶子的安慰，王斌坐了下来，但他和叶子却不知该说什么好。

王斌见墙上挂着一支二胡，就过去取了下来，为叶子拉了一首现代流行歌曲，叶子听了，高兴地直拍手掌，王斌也显得很兴奋，望着叶子让人怜爱的模样，他觉得自己好想亲亲叶子。

"你的二胡拉得比我父亲好听。"叶子很温柔地给王斌冲了一杯蜂蜜水。

王斌喝了几口水，又为叶子拉了几首曲子，叶子坐在王斌对面，用右手托着腮，很痴迷地听着，王斌在叶子那副痴迷的神态面前有些迷醉，让他由叶子想到了柳琴，过去柳琴也这么痴迷地看着王斌拉过二胡。

王斌觉得眼前坐着的分明是柳琴，他猛然把二胡丢到一旁，把叶子揽入怀中，叶子脉脉含情地注视了王斌一下，就闭上了好看的眼睛，呼吸急促地等待着，两个人感觉到了彼此的心跳，王斌慢慢地低下头……

恰在这时，有个女孩在院子里喊叶子去看鼓乐班吹唱，王斌迅速恢复常态，他对叶子说："对不起。"

叶子眼睛里很快流露出无限的失望和惆怅。

王斌和叶子还有喊叶子的那个女孩一同向鼓乐响着的农家小院走去。

他们老远望见，杨家窑前上空蒙着一块耀眼的红色篷布，走近时又看见篷布下面正中挂了一块大红毛毯，毛毯上贴了花团锦簇、龙凤呈祥的双喜剪纸，再前面摆了一个长条桌，桌子上蒙着粉红色的线毯子，桌上摆着白瓷盘子，盘子里分别盛着纸烟和喜糖，显然是拜花堂的地方。

院子东边半壁院墙上搭了一个帆布小帐篷，几个厨子正满头汗水为中午的酒席做准备，各种香味弥漫在院子里，又散发到村子里，引来了好几只狗，聚在一边等待厨子的施舍，有不老实的贼狗乘厨子不备，想从大扁锅里叼条鸡腿，被一个胖厨子及时发现，一炒勺打在贼狗头上，贼狗负痛落荒而逃。

院子西边，一个土坯子围成的炭火正旺，鼓乐班子的吹鼓手们围着炭火正摇头晃脑，卖力地吹奏，一个长相不错的女子正表演晋剧清唱《劝宫》，王斌走进院子时，那个清唱的女子用会说话的眼睛对王斌笑了一下，王斌想了半天，才恍惚觉得这个女子去过信用社找过表姐王秀丽，表姐向他介绍过是她的同学。

主人老杨正盼着王斌来，贺喜客人已到了不少，等王斌记礼账。

王斌进门没顾上喝一口茶水，就忙着给主人记起了礼账。

中午时，王秀丽也到了杨家院子里，她是来寻小娟吸储的。

小娟一见王秀丽，很热情地把王秀丽介绍给自己的孙班主——一个留着背头，很有点艺术人派头的中年人。

孙班主看见王秀丽，眼里就有一丝亮光闪过，他很热情地给王秀丽让坐，倒茶。当他得知王秀丽是寻小娟吸储时，很慷慨地对王秀丽说："没问题，我们给你凑 50 万，不够我还能寻些。"

"太感谢孙班主了，等有机会让小娟带你到我家玩。"王秀丽不胜感激，心里说，"这人还不错。"

"一定一定，希望我们能成为朋友。"孙班主做出一副殷勤的神态忙不迭地说。

孙班主听小娟说，王秀丽歌唱得不错，就极力撺掇王秀丽唱一个。王秀丽被孙班主劝得不好意思，就在鼓乐伴奏下唱了一首《父老乡亲》。

王秀丽的歌声一落，满院子响起了热烈的掌声。

孙班主边为王秀丽鼓掌边对王秀丽说："唱得和明星没差别，唱到了以假乱真的地步。你到我班子里来，我保你一天挣 200 元。"

王秀丽笑着说自己工作忙，哪有时间搞第二职业。小娟悄悄告诉王秀丽，其实一天不只挣 200，有时点歌的人多，一天能挣个四五百块。

"怪不得你改行了，以前吹鼓手是下九流，现在比国家主席都挣得多，个个都成了令人眼红的暴发户。"王秀丽感叹地说。

王秀丽坐了一会儿，说下午还得上班，就告辞了小娟等人，出了院子。那位孙班主也紧跟着王秀丽出了院子，把一张印有自己名字、电话、手机号码的烫金名片递给了王秀丽，并一再叮嘱王秀丽以后多联系。

直到王斌出来寻王秀丽，孙班主才恋恋不舍地回到院子里。

王斌把王秀丽叫到一个背人处，将一沓钱塞到王秀丽手里。

"你这是干啥?"王秀丽不解地问。

"这是杨家欠的贷款,我从礼账中扣下的。"王斌咳嗽着说。

"杨家人知道不?"王秀丽问。

"知道我还能扣下?"王斌说。

"你不怕人家找你麻烦?"王秀丽担心地问。

"只要你把钱带回去,我干人一个,他能把我怎样,再说欠债不还钱,他家在这场合还敢张扬,只好有苦憋在肚里了。"王斌说。

"你呀,就是在工作上鬼点子多。"王秀丽装好钱,回信用社去了。

王斌回到杨家,把主人叫到一个无人屋里,把剩下的礼钱和一份收贷结息票据交给了主人。

主人认为王斌做得太过分,便拉脸和王斌吵了起来,很快屋子里挤满了人,新媳妇也过来看发生了什么事。王斌对杨家主人说:"这不,人都来了,你新媳妇也在,你当着他们的面讲讲。"

这位贷户自觉理亏,哪敢在众人面前再和王斌争吵,马上转变了态度,朝众人挥挥手说:"没事,没事,刚才我喝多了。"并让人拉王斌去入席。

王斌坐到席上,胡乱吃了一点,就告别姓杨的贷户要回信用社,临走,他对这位姓杨的贷户说:"老杨,别记恨我,咱们做人要讲信用,不然以后怎么和别人处事?"

老杨带着悔意说:"是我糊涂,我哪能记恨你呢?以后我有了困难还得求信用社哩!"

"这就对了,勤借勤还,再借不难,私人公家共事应该都一样讲信用。"王斌说完,发动摩托走了。

路过老金师傅院子,王斌见叶子站在院子里望他,他想停住车,对叶子说些什么,但又很快转变了想法,只朝叶子按了按喇叭,就从叶子面前一闪而过。

叶子好失望，她目送王斌一直消失在村路拐弯处。

王斌在回信用社的路上，并没有因为今天的收贷成功而感到兴奋。相反，他的心情坏极了，情绪像落入了大青山坡上的冰雪中，范文抱柳琴的一幕总是在王斌头脑中闪现。那一幕王斌看得真真切切，在那一刹那，王斌像当头挨了一棒，同时也看透了柳琴的心思，柳琴和他好，只是需要他这个朋友。假如王斌冒冒失失地亲近了柳琴，柳琴说不定会打他一个嘴巴，或痛骂他是流氓。

记得有一次王斌和柳琴到柳琴的一个女朋友家里做客，王斌与女主人找不到话题，便躲进里间去翻杂志，外屋柳琴和女友的谈话真真切切地传到王斌耳朵里。

"柳琴，里面是谁？你的男朋友？"柳琴的女友笑嘻嘻问柳琴。

柳琴也笑嘻嘻的回答："不是，他和我在一个信用社工作，顺便有事就和我相跟上来了。"

那女友说："人们都说你的男朋友也在大青山信用社工作，我就不相信，我说怎么会呢，像你这么漂亮的女孩，那样高的眼光怎么会瞧得起一个普通信用社职工呢，是吧？"

柳琴说："就算是吧。"

那女友又说："里面那位是追你的吧？小心中计哟，现在的男孩，鬼得很，什么本事没有，勾引女孩无师自通，你不会落到他手上吧？"

柳琴说："不会，我们只是一般朋友，你可别在别人面前乱造谣呀！"

王斌在里屋听得脸色发白，从柳琴女友家出来，王斌的脸色很难看，一直没跟柳琴说话，柳琴有好几次表露出要亲热的举动，都被王斌有意避开了。

实际从那次开始他就感觉出柳琴是不可能属于他了，但为啥还那样深恋着柳琴呢？王斌想不出为什么。

王斌觉得自己有些一意孤行的做法，像一个明知前边是悬崖断壁，却要一直走上去使自己彻底绝望的人。就是在范文抱柳琴上车的那个时候，王斌猛然间对柳琴彻底绝望了。

王斌从柳琴被范文拉走的那一天起，他总怀着一种淡淡的哀愁。有时有几分莫名的恼怒，甚至这样想着，"我自然攀不上你柳琴，我却能放弃你去寻一个老实温柔，头脑简单的女孩吧，她永远不会嫌弃我，而且还会永远崇拜我，她只为我而活，一切都是为了我。"

王斌的心目中蓦然间有了钱水仙那张可爱的笑脸。

（二十三）

那位孙班主果然信守诺言，没几天，就给王秀丽送来了50万元钱。王秀丽问他存活期还是定期，孙班主说随你便。

王秀丽让钱水仙给孙班主填写了一张定期一年的存单。孙班主接过存单，就走了，尽管他有些不舍马上与王秀丽告别，但冬天农村婚丧嫁娶事情多，他的鼓乐班很忙。

钱水仙也从她父母那里动员回几十万元，社里储蓄任务超额完成30多万元。

马云仙在城里没动员下多少存款，她寻过几个熟识的大户，人家张口就问马云仙给什么回扣，并说，有的银行不但给利息，还给奖金。马云仙听了，再没张口。

马云仙从城里回来，就开了个职工会，她传达了县联社关于做好年底决算的文件，并告诉大家，联社要在年前进行"三定"考试，并给每个职工发了一份考试复习提纲。提醒大家利用工作之余好好复习，迎接"三定"考试。

会上，马云仙还宣布了县法院将榆家沟煤矿判给大青山信用社做资产的判决书，并告诉大家，县联社与购买煤矿的公司几经商谈已签订了拍卖合同，众人听了，无比兴奋。大青山信用社四分之一的不良资产被盘活，职工工资也意味着能足额发放。

王秀丽心里也特别兴奋，只要工资发全了，儿子买电脑所欠下的钱就可以还人家，可能的话，再请老师给儿子辅导几个月，把学习成绩好好提高一下，她和丈夫也可以腾出时间安心工作。

开完会的晚上，王秀丽就给丈夫打了个电话，把大青山信用社的变化兴奋地告诉了丈夫，并问丈夫儿子上学情况怎么样了。

丈夫告诉她，儿子上学了。

王秀丽要和儿子通话，丈夫说儿子正在学电脑，别惊动儿子。

王秀丽在电话里听到丈夫话音有点低沉，就问丈夫怎么了。

丈夫回答说，厂里出了点技术小问题，和他有关，他情绪不大好。

王秀丽信以为真，搁下电话打算回宿舍复习一下考试提纲。

王秀丽路过李勇的宿舍，突然想进去看看李勇，李勇这几天正生病输液。

李勇在办完丧事的第二天就回到了大青山信用社，他左手臂上蒙着黑纱，精神显得很疲倦。但为了完成因办父亲丧事而落下的收贷任务，他顾不得休息，又匆匆踏上了收贷结息之路。

前些天，李勇从他片上的一个贷户家中赶回十只羊作为抵贷，他赶羊走到半路，一只母羊突然生下一只羊羔，李勇认为不应该多占贷户便宜，又不顾夜冷天黑把这只产下羊羔的母羊给那位贷户送了回去。那天，李勇感到很冷，回到信用社就发起了高烧。

这位养羊贷户被李勇的还羊行动深深感动了，又赶回了自己的羊，七拼八凑还了贷款本息。

王秀丽感觉到屋里有人，她轻轻咳嗽一声，才走了进去。

王斌不在，李勇已输完了液，正与面红耳赤的女友项云坐在床沿边，项云头发有些凌乱，王秀丽立刻明白她进来之前，李勇和项云正在干什么，她不觉自己脸一热，和李勇搭讪了几句，就出去了。

王斌在钱水仙的宿舍，王秀丽回到自己的宿舍时，听到王斌正与钱水仙快乐地说着什么。

"看来他俩是有希望的。"王秀丽心说。

王秀丽躺在床上大概翻看了一下复习提纲，觉得不怎么难做，就有些放心了，她觉得自己有把握能考好。

暖气烧得不太热，王秀丽感到身上有些冷。她忽然想起自己给市联社领导女儿打的那件毛衣。"过了年底，得赶快给人家送去。"王秀丽心想。

年底决算很顺利，并排在了全县的前茅。

王秀丽在元旦上午回到了县城，她从街上顺便买了不少菜，打算和丈夫儿子好好过个元旦。

可回到家里，王秀丽却没看到丈夫和儿子，她放下菜，心里直纳闷，"学校今天放假怎么不见儿子，也许到婆婆家去了？"

王秀丽没有再细想下去，她打算先收拾一下凌乱的屋子。在电脑旁，王秀丽看到了儿子打下的一段文字：

"我去省城做检查，从医院出来，我看到爸爸哭了，我问爸爸为什么哭？他说，天太冷把他冻哭了。我在超市里给妈妈买了好多好吃的，可妈妈总不回来吃，我很想妈妈，妈妈你快回来吧……"

王秀丽看了，心里有些发酸，心说："儿子，妈妈欠你的太多了，妈妈曾无数次答应过你多回家，可这种许诺往往变成了谎言。"

王秀丽曾记得儿子刚学会弹电子琴时，她让儿子给她弹一首《世上只有妈妈好》，儿子不想弹，他说，一弹《世上只有妈妈好》，他就想哭。王秀丽知道儿子为什么想哭，儿子承受的孤独太多了。

王秀丽正拖地时，王斌的父亲走上了楼。

王秀丽忙让舅父坐了。

王斌的父亲坐下沉默了一会儿，才声音低沉地说："杨央住院了。"

"什么时候?"王秀丽大吃一惊。

"今天早上杨央起床后突然呕吐，晕倒在地上。怎，他爸没告诉你?"王斌的父亲问。

王秀丽摇摇头。"他在电话上告诉我，杨央检查没事，已上学了。"

"唉!"王斌父亲很痛苦地长叹一声："他是怕影响你的工作，杨央被检查出了先天性心脏病，恐怕……恐怕……"

王斌的父亲说不下去，用双手抱住了头。

王秀丽呆了许久，便发疯似的冲下楼，拼命地朝县医院奔去。

天空骤然飘落起了雪花，很快染白了整个世界，迷茫了街上所有行人的路。

(二十四)

元旦，大青山信用社只留下了王斌和钱水仙。马云仙引上儿子去看奶奶，老金师傅也回了家，李勇到松塔镇看项云去了。

王斌走进钱水仙宿舍时，钱水仙正洗衣服。

王斌说："你真勤快。"

钱水仙笑着说："比你是勤快。"

"难道我懒吗？"王斌问。

"怎不懒，人家柳琴住院了你也不去看一看。"钱水仙说。

王斌苦笑一下，没回答。

钱水仙站起身来，紧身的毛衣将她的身子裹得线条十分清晰，硬挺挺的乳房便呈现在王斌面前。"你把衣服拿来，我顺便给你洗洗。"

王斌没动，他望着钱水仙十分可人的样子，感到一阵感动，他想，"这样一个女孩子对我好，我还有什么不满足的呢？"

王斌异样地叫了声"水仙"，便冲了上去。

钱水仙乘势倒进了王斌的怀中，用湿漉漉的双手搂紧了王斌的脖子。说着"我爱你"之类的话，王斌就吻了钱水仙，钱水仙的嘴唇湿润饱满，吻了许久，两人情不自禁地倒在了床上……

正在这时，大门外有人在开门，很快院子里出现了柳琴的身影。

柳琴是搭乘到大青山蹲点扶贫的县交通局扶贫工作队的车回来的。

其实，柳琴并不需要住院。可范文坚持为她办了住院手续，让她住进了高级单人病房，范文每天过来陪她，马云仙到联社开会，也代表全社职工到医院看望了柳琴，柳琴很内疚地对马云仙说："我的储蓄任务没有完成，赶上旺季工作忙，又住了医院……"

马云仙安慰她："好好养病，社里工作有我们顶着。"马云仙稍坐了一会儿，就走了。范文的父母——两个官味十足的中年人也专程过来看望了柳琴，为柳琴带来了小山堆一样的水果和营养食品。

范文的父母走出病房时，柳琴听见范文的母亲对丈夫说："还可以，做我家媳妇蛮够格。"

柳琴听了，红着脸低下了头。

范文说："柳琴，嫁给我吧，我爸妈有能力把你调回城里。"

柳琴依旧低着头没言语。

范文猛地抱住柳琴狂吻起来，柳琴没有反抗，任范文继续。

然而，当范文颤抖着把手伸进柳琴的内衣时，柳琴却不知为什么用双手紧抱住自己。

范文以为柳琴初行男女之事，有些害羞，他嘴里说着："你我迟早是那么回事儿。"就有些失去理智地上床强行把柳琴压在身底，用劲往下撕柳琴的内衣。

柳琴突然间爆发了，猛地把范文掀翻在床下，并打了范文一记耳光，打完，柳琴伏在床上哭了，她在刚才的一刹那，只觉得病房的门自动开了，王斌无声地走了进来，站在地中央，用很悲哀的眼神望着柳琴和范文，直望得柳琴想哭。

"我要回大青山，我要回大青山……"柳琴摇着范文的肩哭着说。

范文默默地离开了病房，给柳琴办了出院手续。范文要亲自送柳琴回大青山，柳琴不同意，范文只好让柳琴搭乘局里去大青山扶贫的吉普车。临别，柳琴低声对范文说："范文，对不起，我也爱你，可我觉得自己更爱王斌，他是那么有磁性，无论我走到哪里，总吸着我的心去想他。"

范文长叹一声说："爱不一定用心良苦就能拥有，即使拥有了，也只是虚伪的，男女之间最重要的是缘分。祝你和王斌幸福！"

柳琴感动地想哭，她扑在范文的身上，紧紧搂着范文，亲吻了很久，直到楼下的吉普车按响了催促的喇叭，柳琴才与范文分手。

柳琴坐在吉普车上，与同行的人不认识，悄悄坐在一边听这些人谈有关到大青山扶贫的工作思想，修山路、开石场、种草、种树，发展畜牧业等，这些人谈了很多。直到柳琴下车时，一位负责人模样，车上人都叫他张队的中年人才问柳琴在大青山做什么工作。

柳琴回答说在信用社。

张队说："这回我们到大青山扶贫，还得依靠你们信用社大力帮助啊！"

柳琴说："在你们来之前，我们马主任早带头深入村户，宣传发动广大农民开山致富了。"

"你们信息好灵通哟，不愧是服务'三农'的。"张队赞叹地说。

他们把柳琴送到大青山信用社门前，又掉转车头到松塔镇政府报到去了。

柳琴走进宿舍，看见钱水仙正满脸通红，王斌也看见柳琴，说声"你回来了"，就忙快步回到了自己的宿舍。

王斌刚回到自己的宿舍，柳琴就跟了进来。王斌忙胡乱抓起一本业务书，乱翻着掩饰自己的神态。

柳琴说："王斌，我想跟你好好谈谈。"

"有什么好谈的，我在你心中已经是一个多余的人了。"王斌沮丧地说。

柳琴听了，觉得心里很痛。但她不介意，她料想到王斌会有如此想法。

"我到现在才明白，我们是那么的相爱，却又在用爱来折磨自己，我犯了我们女孩常犯的错误，摆出一副高高在上的姿态只等男孩开口求自己，而又对别人无意犯下的一点小错太计较。我为什么不能对你说一声：'王斌，我爱你！'王斌，我想和你结婚。"

王斌听了，手中的书猝然落地，他面对柳琴一双火热的眼睛只能在心里哭："柳琴，你终于说了，可是已经晚了。"

他听到钱水仙喊他提水，就低头从柳琴面前匆匆走过，柳琴猛地抱住王斌，一边狂吻王斌，一边喃喃地说："王斌，我爱你，我不能没有你，我会原谅你过去的一切。"

"可我不能原谅自己，更要对得起水仙。"王斌心里这样喊着推开柳琴，冲出信用社。

柳琴神情麻木地回到宿舍，坐在床上发呆。她不知道王斌突然这样对待她是为什么。钱水仙见王斌像一阵风走出了信用社，她慢慢站起身来，目不转睛地盯着柳琴。

柳琴好生奇怪，钱水仙为什么会这样看她。

钱水仙冷冷地问柳琴："你干吗老缠着王斌，人家又不爱你？"

柳琴说："你怎么知道他不爱我，我缠王斌与你有什么关系？你有什么权力干涉我们？"

钱水仙说："我当然有权利，因为我和王斌的关系已经定了。"

柳琴怔住了，说："什么关系？"

钱水仙说："当然是夫妻关系。"

柳琴笑了起来，说："胡说八道，你是想男朋友想疯了吧？"柳琴知道王斌从没动过要娶钱水仙为妻的念头。

钱水仙又冷笑着说："你才是想男朋友想疯了，王斌跟你说他要和你结婚？他说过他爱你？告诉你，王斌在你回来之前全对我说了。"接着，钱水仙为了使柳琴对王斌彻底绝望，她又忍不住详细说了王斌怎么拥抱她又怎么温柔地吻她。"我没想到和王斌在一起有那么美妙。"钱水仙满脸红晕，幸福地回味着刚才和王斌的欢乐。

柳琴听得毛骨悚然，两眼涌满了盈盈的泪水。

（二十五）

王秀丽心急如焚，赶到县人民医院急救室，见儿子杨央面容苍白躺在病床上，凭直觉，儿子病得不轻，丈夫守在儿子床前，一言不发，望着儿子发呆。

王秀丽扑在儿子身上"哇"的一声哭了，有护士很快进来阻止了王秀丽，王秀丽只好低声抽泣着，哭了半天，她又扑到丈夫怀里，捶打着丈夫的前胸："你为什么不告诉我，为什么不告诉我……"

丈夫也流泪了，他用手为妻子抹着泪安慰王秀丽："别哭，杨央会好的，我们的儿子会没事的。"

这时，上次让王秀丽夫妻带孩子到省城检查的那位医生走了进来，带着埋怨的口音说："你孩子检查出来，就应该赶快住院治疗。"

"我们经济条件不好，一下筹不起那么多费用。"丈夫说。

"你妻子在信用社工作，工资那么高还没钱，别舍不得花钱，耽搁了孩子。"医生话里有挖苦的意思。

丈夫苦笑笑，他没法向医生解释。

"赶快转院吧，别再耽搁了。"医生说完走出了病房。

杨央很快被转送到省城一家大医院，用于治疗心脏的药大都是十分昂贵的。仅仅一个星期，就花了几万元，还得有人陪侍，王秀丽的丈夫干脆辞了职在医院陪侍儿子。医院准备为杨央做心脏手术，让王秀丽夫妇在短时间内尽快筹集昂贵的手术费用。

王秀丽让丈夫陪侍儿子，自己一人回去奔波，她要付出一切给儿子治好病，她不能没有儿子。

王秀丽回到柳城刚进门，王斌和钱水仙就来了。

王斌是昨天和钱水仙一块儿进城的，本来王斌不愿带钱水仙到他家。

钱水仙问："怕你父母不待见我？"

王斌说："不是，我爸妈爱吵架，怕你撞见难堪。"

钱水仙说："老了还吵什么！难道他们就不通情理，见未来的媳妇头一次进门也吵？"

争了半天，王斌只好硬着头皮带钱水仙到了家里。

家里很安静，只有王斌的母亲在，他母亲悄悄告诉王斌，他父亲去了白云信用社有好几天了。

"爸，还提离婚的事？"王斌私下问母亲。

"离就离吧，我就当他没从白云回来一样。"母亲有些伤感地叹口气。

"妈，你真舍得爸走？"王斌问。

"谁晓得，他和我在一块待了几年，这猛然一走，倒觉得很孤苦，有时很想你爸。"母亲说。"大人应该都这样，在一块儿成天吵吵闹闹，谁也不服气谁，一旦分开，又觉得谁也离不开谁。我也不晓得你爸想我不。"

"怎不想呢，等爸回来，你好好跟他谈谈。你们也该过几天安静日子了。"王斌安慰母亲说。

王斌母亲说："我试试吧！"就提了篮子上街买菜去了。

王斌母亲一走，钱水仙要吃橘子，并让王斌剥了喂她，王斌只好剥给钱水仙吃。他剥着剥着，想起了柳琴，柳琴已有好多天不理他了，见面头一低，匆匆而过，王斌也尽量避着柳琴。他觉得欠了柳琴一辈子还不完的情债。

"你想什么，莫不是想柳琴？"钱水仙嚼着橘子问。

"我在想你不该对柳琴那样。"王斌听钱水仙说过那天他走后她对柳琴说过的话。

"我要让她彻底绝望，把她这个情敌打得一败涂地。"钱水仙得意地说。

"没想到你们女孩吃醋比我们男人厉害，说话做事都酸得让人掉牙！"王斌挖苦地说。

钱水仙不依了，她从沙发上跃起，把王斌扑倒在地板上，把嘴唇压在王斌的嘴唇上，含糊不清地说："我让你尝尝到底有多酸。"

王斌母亲回来时，透过半掩着的门，看见儿子和钱水仙在床上拥在一起，她叹了口气进了厨房。

很快，王斌也跟了进来。

王斌母亲问："斌，你觉得水仙适合你?"

王斌说："我感觉还可以。"

母亲又问："柳琴比她差吗?"

王斌说："不，是我比柳琴差，我不配柳琴。"

王斌母亲长叹了口气说："柳琴在你回来之前给我打电话，把一切告诉了我，你对她伤害太深了，你不该错过柳琴。"

王斌觉得母亲的话出于一种偏见，直到后来，他才晓得母亲的判断是何等的正确，他的判断才是出于一种偏见，他被这种偏见左右了自己的感情，从而失去了一生中最重要的东西。

王斌从母亲嘴里得知表姐的儿子杨央的病情，就上来询问情况。

王秀丽含着泪把儿子的情况告诉了王斌和钱水仙。

钱水仙听得眼圈发红，也陪王秀丽掉泪。

王斌说："表姐，别担忧，还有我们哩！"

钱水仙也点头称是。

王斌说："表姐，你向马主任申请一下，先贷上款给杨央做了手术。"

王秀丽说："咱们社资金不多，又赶上大青山农民开山取石，资金缺口很大。我不能张这个口，这时候，农民更需要这些贷款，十多万元贷款可以治好杨央的病，但更能帮助千百个大青山人脱贫致富。再说，假如我贷了款，我什么时候能还上，大青山信用社因为我造成这么多资金外占，失去流动性，会给信用社带来多大损失啊！"

王斌听了心里一阵感动，他说："表姐，大青山人和大青山信用社在你心目中的位置比你的亲人更重要。"

"我应该这样，你们更应该这样，所有的信合人都应该这样，我们才能干好信合事业，对得起自己的良心。"王秀丽感慨地说。

"那你从哪里想办法筹这么多钱？"钱水仙问。

"我尽量想办法吧。前几天我听朋友说有位大款为母亲换肾，正寻求捐献者，出价很高。"王秀丽说。

"你要卖掉自己的肾吗？"王斌和钱水仙都吃了一惊。

"为了杨央，我只能这样做了，再说少了一个肾脏对身体也影响不大。"王秀丽动情地说。

王斌和钱水仙走后，王秀丽也下了楼，她要去找那位朋友与买肾的老板取得联系。天空飘着雪花，老周师傅依旧撑着太阳伞在微笑着等人来买书，他见王秀丽走过他的书摊，拢着手站起身来，亲切地问："孩子住院了？"

王秀丽不晓得老周师傅是怎么知道她儿子生病的，她有些迷惑地朝老周点点头。

老周从书摊里拣了十几本儿童连环画，递到王秀丽面前："孩子生病住院一定很寂寞，你把这些书带给孩子，让他解闷。"

王秀丽心中涌过一阵感动，她说不出什么感谢的话，默默地接过书，深深地给老周鞠了一躬。

(二十六)

钱水仙要王斌陪她到联社微机里输贷款。王斌咳嗽起来震得胸脯子很疼，不想去，但拗不过钱水仙，只好陪钱水仙去。

其实钱水仙是另有用意，她想带王斌去她家，让父母看看王斌，确定一下她俩的关系。

路过钱水仙家时，钱水仙用自己的钱买了许多水果，交给王斌拎着。

王斌不明白钱水仙的意思，钱水仙也没说什么就引着王斌回了家。

钱水仙的家里装潢得非常豪华，一对很富态的中年男女正坐在真皮沙发里闲聊，好像是在谈论股市行情。

"这是我爸和妈。"钱水仙给王斌引见时，王斌才明白钱水仙买水果的用意。

钱水仙父母，对王斌显然有些冷淡，这使王斌和钱水仙有些尴尬，稍坐了一会儿，钱水仙和王斌觉得无聊，只好告辞。

王斌和钱水仙出了门外，听见钱水仙的母亲对钱水仙的父亲说："水仙这孩子，是不是和这男孩搞上了？要是她要跟这个男孩，我可不同意，像咱在县城这么有名气的家庭，有了这样一个女婿，岂不让人笑话。"

"都是你惯的，找男朋友也不和家里打个招呼！"钱水仙父亲显得很生气。

王斌和钱水仙听了，都心里一怔。

一路上，钱水仙没有了过去的活泼，沉思着没说话。到了联社，钱水仙到微机房，王斌没事，想去办公室寻郑浩打听一下关于"三定"改革的具体内容，他路过联社主任杨玉春的办公室时，突然萌发了一个念头，想进去跟杨主任谈谈表姐王秀丽的事，想让杨主任在全县信合系统发起为杨央献爱心活动，帮助表姐解决一下实际困难。但又想到杨主任忙得很，会不会关注这件事呢？

王斌在杨玉春办公室门前徘徊了片刻，最后还是敲门走了进去。

杨主任正好送购买煤矿的公司经理离开。见了王斌，他长舒一口气："又有 500 万不良资产盘活了。"并心情不错地询问着王斌找他的原因。

王斌就把表姐王秀丽儿子的事说了一遍。"她太让人感动了，在儿子生死的关头，心中念念不忘的依然是大青山父老和大青山信用社集体利益，而却要卖肾为儿子治病。"王斌动情地说。

杨玉春听了，没说话，用笔在纸上画着，半晌，才激动地说："没想到我们信合队伍中竟有思想这么高尚的职工。我们不仅要向他的儿子献爱心，更应该以王秀丽这种高尚的思想对全县职工开展一次教育啊！"

王斌和钱水仙从联社出来，路过钱水仙家时，钱水仙让王斌进去，王斌说他在再进去显得没多大意思，钱水仙没说什么，独自回家去了。

王斌到车站坐上了回大青山的班车。

去大青山的班车上人很多，不少是大青山的农民，他们热烈地讨论着同一个话题，开发大青山，依托石头脱贫致富。

王斌也坐在他们中间兴奋地听着，一位满脸胡须的农民说他想开白灰窑，这次出去是寻烧窑师傅去的，并充满信心地说："这回可是天时地利人和了，镇政府给咱寻到了市场，交通局给咱铺平了公路，大公司还要开煤窑，咱大青山人好活的日子就要来了。"

车上有的人说想开方块石，有的要磨石子，一张张被山风吹皱的脸上荡漾着对好日子到来的憧憬。

和王斌熟的人就打听贷款发放的情况。

王斌说："你们放开手脚干吧，信用社绝拖不了你们的后腿。"

"听黑土岩的人说，他村的赵生财发起了善心，谁家想开山就借给谁家钱，不要利息。"

"别上他的当，他是猫给老鼠送饭，没安好心，他的钱你能白用，怕你借钱借下害呢！"一个白发农民说。

"你们坚决不能上赵生财的当，有困难找信用社，我们会尽量大力扶持你们脱贫致富的。"王斌说。

"有你这话我们就放心了。"

"就应该这样，不然怎么说信用社是咱农民自己的银行哩！"

众人七嘴八舌，议论纷纷。

王斌下了班车，路过乡政府大院时，看到院里停放了几辆修路用的推土机和挖掘机。不时有穿交通局制服的人进出，一块"交通局扶贫工作队驻地"的白底黑字方木牌显眼地挂在乡政府大门上。院里许多人围着筑路机动车看稀罕。

"看来，大青山要热闹了。"王斌心里想着。

在马云仙的办公室里，坐了很多人，马云仙的奶奶也提着一竹篮鸡蛋，还有干枣、核桃来看重外孙。赵虎等一些村干部被扶贫工作队召到一起开了个碰头会商讨修路事宜，比如占用土地、临时用工，等等。开完会，就到马云仙的办公室，边喝茶边向马云仙介绍自己村里谁要开灰窑，谁要办石场，谁能干，谁的信用度高，为马云仙在放贷扶持上提供了很好的依据，同时也掌握了放贷规模的大小，在安排资金上能合理调剂。

马云仙边听边在笔记本上做着记录，同时心里在想，应该建立一个严格的资金跟踪管理机制，以确保这次农贷资金的安全高效运转，每个信贷员必须建立好贷款登记手册，投放一笔登记一笔，提高信贷员对市场的预测能力，哪一笔在营运中有问题，应及早解决，排除风险隐患。对每笔贷款进行全方位、多环节监测，确保每笔贷款的安全性。

马云仙还和村干部们探讨了如何以石头开采为依托，利用石头的经济效益大力发展后续产业的问题。其中的关键是在小水利上做好投资，蓄住地表水，开发地下水，使旱地变成水浇地，为农、林、牧发展打好基础，调动农民在产业结构调整中的积极性，提高土地利用率，形成平地种粮菜，坡地种林的产业新格局。

众人正谈得热烈，王斌走了进来。

王斌向大家讲了王秀丽儿子的事，众人听了不由得一阵感叹，马云仙的奶奶听了，流着老泪说："这闺女命真苦，怎就把伤心事儿全摊到她头上呢，从小死了爹娘，到大了，儿子又走在了鬼门关上……"

"我们得帮王秀丽一把。"赵虎说。

"就是，这些年信用社帮助我们，我们不帮就歪了心眼了。"有人又说。

"对，秀丽的事就是我们大青山的事。咱们添柴没能力，添把草也应该。"

马云仙和王斌听了，心里顿时涌过一股暖流，心说：多么好的农民啊，他们把我们信合人当成了心中的亲人，愿与我们同悲、同喜、同患难，义无反顾地为我们信合人分忧解难，我们还有什么理由不把农民视为自己的父老，为他们过上好日子奉献一切呢？

（二十七）

　　到了信用社信息联络员开会的日子，十几个联络员中唯有黑土岩村的老冯没回来，马云仙让王斌骑摩托车去看看，怕老冯路远一下子赶不过来。王斌知道老冯孤身一人，给信用社当代办站代办员十几年兢兢业业，后来银监会撤销代办站，老冯又被信用社聘为联络员。黑土岩村到大青山信用社较远，路也不好走。

　　老冯在生产队时当了多年的会计，实行责任制后，就辞职了。老主任马廷刚对老冯很了解，觉得老冯责任心强，靠得住，就有意发展他做代办站代办员，可老冯说自己已 50 多了，干了那么多年会计干烦了，不想在数字上操心了，但后来的一件事却使老冯自动寻求马廷刚要求当代办站代办员。

　　老冯节俭，一辈子省吃俭用，攒了不少钱，但他只在信用社存了一少部分，大部分攒在家里，认为花起来方便。

　　老冯觉得钱放在哪儿也不安全，后来就把钱缝进褥子里，他认为自己的褥子又黑又脏，没有人往褥子里想。入了冬的一个晚上，老冯炕太热，半夜着了炕洞，不但烧了褥子，也把褥子里近万元全烧得残缺不全。老冯气得差点晕死过去。恰好，老主任马廷刚来黑土岩下乡，听说后，主动找到老冯，帮助老冯兑换了全部残币，老冯很受感动，同时也认识到信用社在农村经济建设中的重要性，就打定主意找到马廷刚做了代办站代办员。多年来，老冯对信用社各项工作兢兢业业，从没出现任何差错，并连续十年实现了存款兑付安全无事故。

　　王斌刚发动着摩托车，马云仙喊住他，说让柳琴和他一起去。她答应过与黑土岩相邻的红柳村干部让王秀丽帮村里新上任的会计立立新账。王秀丽不在，就让柳琴去帮助一下。

柳琴已有好多天没理王斌了，虽然柳琴觉得此生此世都不会同王斌走到一起，但柳琴摆脱不了对王斌的依恋。这份依恋是用时光积累成的，依恋越深时痛苦愈重，而表面上，柳琴却永远摆出一副对王斌无所谓的姿态。

柳琴常想，如果世上不曾有水仙，那该会怎样呢？

设想过之后，柳琴会很清楚地回答自己，那将还会有木仙、火仙、土仙之类，王斌抵抗不了那种诱惑。

柳琴面对王斌和水仙的亲近，极力让自己在别人面前表现得镇定自若。让别人看不出王斌对她的伤害。若有人问她："柳琴，你怎么和王斌吹了？"

柳琴总是大大方方地回答："什么呀，我从来就没和王斌好过，我们只是一般朋友。"

但柳琴和王斌单独在一起，坐在一个摩托车上行驶在通往黑土岩的山路上，她却掩饰不了自己内心的激愤，无法做到镇定自若。

柳琴伏在王斌背后，费了很大的劲才把随时都会夺眶而出的眼泪压抑住。

沉默了许久，王斌觉得自己应该对柳琴说些什么。

王斌想了想，才寻找到话题。

王斌说："你怎么啦？一言不发？"

柳琴说："没什么。"

王斌说："是不是因为我和水仙，把你这辈子也得罪下了。"

柳琴说："你还能得罪了我，再说，就是得罪了我，我又算什么呢？"

王斌说："那你为什么不理我？"

柳琴说："好笑，我们只是一般朋友，高兴了多说几句，不高兴就没话。"

王斌说："这不是你的真心话。"

柳琴说："当然不是真心话，你也一样，如果对我真心，会轻而易举地放弃我吗？"

王斌说："照你的话，一切都是我的错了。"

柳琴说："不是你的错又是谁的错，我恨你，会恨你一辈子！"

柳琴终于还是暴露了自己。她泪雨滂沱、泣不成声。

王斌无语了，他加大油门，骑着摩托车在山路上颠簸飞驰。

王斌到了老冯家，见老冯家里挤了很多人，村主任赵虎也在。

赵虎望着昏睡在炕上的老冯沉痛地告诉王斌，他今天一大早上木炭窑，在半路上，觉得尿憋，就在朝路边的山沟里尿，尿完，他无意一低头，猛然看见沟底雪地上有一条扎着口子，鼓鼓囊囊的麻袋。

赵虎好奇地绕道走下沟底，打开麻袋一看，原来麻袋里装的是个人，还是他村的老冯。

赵虎吃了一惊，他摸摸老冯的鼻子，还有气息，忙背起老冯回到村里。

"老冯肯定是得罪人了，要不人家会这样治他？"人群中有一个妖气十足的高个子女人说，王斌认得这女人就是赵生财的老婆。

"老冯哪会得罪人了，在村里与咱们共处了几十年，对谁不是和和气气的。"有人立刻反对赵生财老婆的话。

"人心装在肚子里，他不得罪村里人，就不得罪村外人？"赵生财老婆撇撇嘴，不服气地说。

"莫不是有人想谋财害命，觉得老冯为信用社办事有钱。"又有人瞎猜测。

"难说，这世道乱哄哄的，一点也不太平，谁知道自己倒什么霉哩！"赵生财老婆唉声叹气地走了。

王斌问赵虎："报案了没有？"

赵虎说："我回来就觉得事情严重，马上给松塔派出所打了报警电话，现在也该来了。"

正说着，一阵警笛声由远而近，很快在老冯家大门口停下了一辆蓝白相间的警车，三名公安干警走下车，快步进了老冯家里。

一位自称姓刘的所长把村主任赵虎叫到院子里询问案发经过，另两名干警对老冯的保险柜进行了检查，没发现打开过的痕迹。

这时，老冯总算苏醒了，他很惊讶地望着屋里所有人，不相信自己还活着。

刘所长在院子里听说老冯醒了过来，忙和赵虎回到屋里，对老冯进行询问。

老冯被人扶着坐起来，喝了点开水，开口就骂："巴你个赵生财，你就是把老子冻死，也休想让老子昧良心。"

原来，赵生财为了乘大青山开发之际，大放高利贷，发不义之财，他从大青山信用社取走了所有的存款，想通过老冯为信用社办事的身份，办理假贷款手续欺骗农户，为他的高利贷披上合法的外衣。但老冯坚持原则，对赵生财许诺的种种好处视若粪土，义正词严地拒绝了赵生财的非法要求，并告诉赵生财，他若再敢用高利贷危害乡里，就到公安局举报。

赵生财见软的不行，就从城里雇来了两个地痞，半夜窜到老冯家里威吓。说老冯不答应他的要求，就用麻袋装了老冯，扔到山沟里活活冻死老冯。

老冯冷笑着说："你把我喂了狼也不答应，我不能做坑害信用社和乡亲们的事。"

"叫你这老东西嘴硬!"赵生财雇来的一个地痞一拳打昏了老冯,之后老冯就什么也不知道了。

刘所长马上派干警到赵生财家里去拘留赵生财,可两名干警去了不大会就回来了,报告刘所长说赵生财跑了。他们审问过赵生财老婆,赵生财老婆哭着说,赵生财本想让那两个地痞吓唬老冯一下,不想那俩小子果真把老冯装进麻袋扔到山沟里。她丈夫听她回去说,老冯差点冻死,而且村主任赵虎向派出所报了案,就知道闯下大祸了,吓得带了家里所有的钱跑了。

刘所长听了,觉得案情已明确,就让老冯和王斌上了木炭窑。

屋里只剩下老冯和王斌,王斌对老冯说:"老冯,你平日温温顺顺的,到了关键时刻竟这么硬。"

老冯笑笑:"山里人嘛,没一点石头性子还算什么山里汉子。再说,咱是农民,信用社又是咱农民自己的银行,咱不能昧着良心干有损信用社和乡亲们的事啊!"

王斌听了,在心中暗暗为老冯点头。

王斌为老冯做了午饭,和老冯吃了,告诉老冯多注意身子,告别老冯到红柳村接柳琴去了。

(二十八)

联社主任杨玉春也打来了电话,他在电话里告诉王秀丽,他对小杨央的不幸表示同情,也为他这支信合队伍里有这样一位伟大的母亲而荣幸,他已向全县信合干部职工发出向小杨央献一份爱心的倡议。

　　联社主任杨玉春很快亲自把全县 300 多名信合干部职工捐赠的近 5 万元人民币交到王秀丽手中，王秀丽含泪颤抖着双手接过了捐款，并向杨玉春深深鞠了一躬。

　　一位经信用社扶持脱贫致富的农民不但给王秀丽汇来了 500 元钱，还写来了一封信，心中的话代表了所有捐款农民的共同心声："当我们这些农民在贫困线上苦苦挣扎的时候，是信用社向我们伸出了帮扶的手。如今，我们大部分农民过上了好日子，饮水思源，我不能忘记自己银行里的亲人，你的困难就是我们的困难，请收下我的这点心意，让杨央这个小信合人重新回到校园，长大后，成为帮助我们农民致富的有用之才。"王秀丽读着读着，"哇"的一声哭了起来。她没想到儿子的不幸会引起社会上这么多人的关注，儿子杨央是不幸的，更是无比幸运的。

　　王秀丽曾教过书的老山掌村也派人送来了用红布包着的捐款，王秀丽打开一看，见里面大多是 10 元以下的零币。来送捐款的村民代表说："我们虽然没钱，但我们有心，王老师是在我们村待的时间最长，待娃儿最好的老师。"

　　听了这位村民的话，王秀丽心里万分愧疚，不禁问自己："我为什么要离开老山掌，离开那些渴望知识的山里娃呢?

　　"村里去了老师了吗?"王秀丽问那位村民。

　　"唉，娃儿们早散学了，那庙被一场雪压垮了，全村 20 多个学生娃过了年就有大半不念书的。"那位村民叹着气说。

　　"得赶紧把学校盖起来。"王秀丽说，"孩子们不念书，一辈子就完了。"

　　"有什么办法，村里穷啊! 不念就不念吧，几十辈老山掌人没念书也活了一辈又一辈。"

"可不能产生这种想法，治穷先治愚，没有教育就会永远穷下去。"王秀丽说。

"穷就穷吧，饿不死就行。"那位村民说。

王秀丽无话了，她面对这位淳朴善良的村民再也讲不出什么启发的话来，同时，她在心里自责："你自己讲得好听，当初为什么没认识到这些，拼命要调出老山掌，而老山掌的乡亲们对自己的离开却没有一点嫉恨，反倒是埋怨因为他们村太穷，没照顾好自己呢。"

王秀丽清晰地记着她离开老山掌那天的场面，全村的男女老少几乎全汇集到村口，争着往王秀丽车上放鸡蛋，放土特产。

汽车已驶出老远，王秀丽回头望去，见村口的人们还伫立在那里，像在等待着什么。他的几个男学生跟在汽车后一直跑出很远，王秀丽看到这一切，她真想让司机停下来，把自己送回去，可她没有，没有一点勇气这么做。

刚过了中午，王斌和黑土岩的赵虎也来到了王秀丽的家。

赵虎把一沓不太厚的捐款递到王秀丽面前，有些惭愧地说："对不起，钱不太多。"

"但分量重着哩！"王秀丽动情地说。

王斌很沉痛地把一叠5000元的存单和一小包零钱交给王秀丽，告诉她这是马云仙奶奶让他捎来的。

赵虎听王斌说出马云仙奶奶时，也难过地低下了头，王秀丽马上察觉出不对。

"奶奶她……"王斌说不出口，泪水夺眶而出。

赵虎含泪告诉王秀丽，马云仙奶奶为了动员大青山人给杨央捐款，挨门挨户去求，有时还给人下跪，由于年老，腿脚不灵便，下一条山坡时，滑进了山沟，是王斌下乡时发现的，老人用尽最后一点力量把捐到的钱交给王斌就永远走了。

"奶奶……"王秀丽撕心裂肺地哭喊了一声，双膝一软，跪在地板上，一个头深深地磕了下去。

王秀丽带着足够的医疗手术费，激动万分地赶到儿子治病的医院时，丈夫告诉他，儿子已成功地做了心脏移植手术。

王秀丽惊奇丈夫怎么会有这么多钱为儿子支付手术费，而且不通知她一声。丈夫却告诉王秀丽，手术费是一个陌生人支付的，他也没见着这个陌生人，听医生说的，好像是柳城人，在为杨央支付手术费时那人感叹地说了一句："没想到我为母亲买肾脏，会买出一个催人泪下的母爱故事。"

王秀丽即刻明白了，为儿子支付手术费的正是那位为母亲买肾脏的大款。王秀丽又情不自禁地哭了。

丈夫说："你让这位好心人感动了！"

王秀丽含泪说："近日来，我每天被许多好心人深深感动着。"

王秀丽把她回去所发生的一切全讲给了丈夫，整整讲了一个下午，直讲得丈夫泪流满面。

晚上，王秀丽和丈夫坐在医院附近的一家小餐馆里，他们该好好吃一顿饭了，这么多日子里光顾着儿子的病，从没正儿八经地吃一顿。

丈夫要了酒，满了三杯，很庄重地泼在了地上，他说这三杯是敬九泉之下的马云仙奶奶的。

王秀丽看了心里又是一阵酸楚。

吃饭中，王秀丽提到捐款的事，问丈夫怎么办。

丈夫说："退是没法退，不如我们也捐了吧，你不是说老山掌的学校塌了吗？我们给老山掌盖个学校，以大家的名义。"

　　"你倒是会借花献佛，积德从善，拿上大家的钱实现当年自己的承诺。"王秀丽说。

　　丈夫说："我何尝不想为老山掌修一座像样的学校呢？何尝不想依靠自己的努力去实现当年的承诺呢？可我没钱，为了使自己有钱，我自动下岗，想自己闯一片天地，干一番事业，挣了钱给老山掌盖座像样的学校。可我想得太简单了，现在的市场经济不能靠苦力、靠手艺，更主要的是靠适应市场的头脑，可惜我正缺乏一颗这样的头脑。"

　　王秀丽说："回去你还得接着闯，木器厂刚上任又让你辞去了。"

　　丈夫说："我当然要闯，不过不在城里，我想到老山掌和你舅父去承包荒山，给那里的父老乡亲留一片青山。"

　　王秀丽："我支持你，如果这次'三定'改革我下岗了，也去老山掌，继续教书。"

　　王秀丽说完这话时，把眼光投向窗外，窗外的夜景，是那么的美丽动人。

（二十九）

　　柳琴的父亲在雪路上滑倒，打了石膏，躺在家里下不了炕，柳琴得知后，急得淌出了泪，下午下班后，让李勇骑摩托送她回去。

　　李勇推说肚子不舒服，还是让王斌送吧！柳琴说："你是故意把我和王斌往一块扯吧！"李勇忙说，"不不不，我真的肚子不舒服，今晚还得做信贷台账，写贷款评估调查报告，这几天找我贷款的人很多。"

　　李勇支吾了半天，还是对柳琴说："其实王斌是很爱你的，他跟我说现在是没脸跟你说，心里觉得自己错了，嘴上又不好意思承认。"

　　柳琴冷笑一声算作回答，心说，"王斌你被钱水仙用脚踹了就又来怀念我了。"

王斌和钱水仙到底还是分手了，分手是钱水仙提出的。钱水仙的父母坚决反对女儿找王斌这样一个平凡的信贷员，并警告女儿，她要和王斌结婚，就别再进这个家，更别想要家里的一分钱。钱水仙胆怯了，她怕失去一笔丰厚的遗产。在父母威吓面前，不得不打了退堂鼓。王斌想为钱水仙作一番努力，就让钱水仙告诉父母说，她和王斌已有了夫妻关系，钱水仙又把这话对父母说了。

钱水仙的母亲得知女儿不是黄花闺女了，一怒之下，要到法院起诉王斌强奸罪。

钱水仙的父亲不同意，他说，女儿和王斌的事不算强奸，再说把女儿的事弄得沸沸扬扬，对女儿的前程也不好，在人前总是抬不起头来。

钱水仙的母亲恨恨地说："总不能就这样便宜了那小子。"

钱水仙父亲冷冷一笑："哪有好事便宜他。"

于是，钱水仙父母便打电话到王斌家要求王斌父母赔女儿的青春损失费。正好王斌刚从大青山回来，接了电话，王斌觉得恶心，但不想跟钱水仙的父母讨价还价，答应付给钱家 5000 元。

取钱的时候是钱水仙的母亲到王斌家的，正好王斌父母听说女儿王华自杀未遂，忙跑去看王华去了，家里只有王斌一个人，王斌黑沉着脸，恨恨地把 5000 元摔倒钱水仙母亲手里，那是赵虎刚还得 5000 块，票面脏脏的，涂着木炭黑。

钱水仙回到大青山，这件事不知怎么就传回了大青山信用社，有人说是钱水仙自己告诉别人的，柳琴在夜里睡下与钱水仙闲聊时曾问过钱水仙，钱水仙就哭着把经过一丝不漏地讲给柳琴听，并告诉柳琴，她在大青山信用社无法待下去了，已向联社递交了辞职申请，和父母到南方做生意，柳琴听了没说什么，她不知道该说些什么，只有陪钱水仙流泪，她在哭钱水仙的同时也在哭自己。

柳琴见李勇不送自己，就说："那我再找人送。"

李勇跑回宿舍，对正在写贷款调查评估的王斌说："柳琴要回家看她父亲，天快黑了，你去送送她。"

柳琴走了一截，听到身后有摩托车跟来，知道是李勇让王斌跟来了，她没回头，一直朝前走着。

王斌见柳琴不理自己，就加大油门，超出柳琴，然后熄了火，回头望着柳琴，并从身上掏出纸和笔，匆匆写了几个字，在柳琴走到近前时，王斌就把纸张递给柳琴。

柳琴迟疑了一下，展开纸，看见上面写着一句话："我从此永远爱你！"柳琴的泪打湿了手中的那张纸，她怕王斌看见自己为他而流泪，扭着头上了王斌的摩托车。

在柳琴家门口，王斌临走时对柳琴说："难道你真的不会原谅我？"

柳琴说："我可以原谅你，但永远不能原谅你用5000块钱做了一个女人很多次丈夫。"

王斌顿觉有些无地自容，他猛地踩着摩托，风一样地开走了。

王斌回到信用社，李勇正复习考试提纲，见王斌回来，告诉他马云仙让他过去一趟。

王斌走进马云仙办公室，马云仙正在写工作总结，她见王斌回来了，就停下笔，叮嘱了王斌几件事。

其一是，马云仙安葬奶奶要请几天假，让王斌和职工们做好各方面工作，尤其是注意安全，这些时候，库存现金多，又遇上年关，容易发生事故。

其二是，钱水仙向联社写了辞职申请，要随她父母到南方做生意，联社很快派人来审计，让王斌接待，协助工作。

其三是，公布贷款投放情况，让农民了解贷款投向的真实性，了解贷款的对象用途，请农民做好监督员，增加贷款透明度，以此密切信用社与广大农民的鱼水关系，真正使每笔贷款投得准，用得好，有效益。

其四是，红柳村有几户农民要联合买断本村水利资源，实行改造，变旱地为水地，进行立体种植，并向信用社提出贷款申请。

"这是个新项目，又是现代农业基础项目，我们应大力扶持，促进当地产业结构调整，我觉得这几位农民思路很好，现在开石头的人很多，公路建设项目并非年年有，而且石头腿不长，将来肯定会出现市场疲软，倒不如在土地上做文章，民以食为天，只要土地不受旱，年年好收成，粮菜一起种，经济效益不见得差。"马云仙说。

王斌点点头，说："所以，我们在投放石头贷款中更要认真调查分析，贷款应针对一些信用度高，开山技术好，经营手段强的农民，这样既控制了石头贷款规模，又避免了一哄而上，同时也减少了贷款风险。"

"是的，对那些非要贷款开石头的农民，决不能打闷棍，拒之门外，那样会伤害他们与信用社的感情，我们应利用下乡，主动找上门与他们谈心，帮助他们开阔思路，放远眼光，在别的项目上动动脑子，比如退耕还林，种树种草啦，养羊养牛啦，等等。"马云仙说。

马云仙和王斌谈完时，一看表，已是深夜 11 点多了，马云仙在王斌离开时问她在路上和柳琴谈没谈，柳琴是否能回心转意，王斌叹口气："一只碗摔破后，便很难完整地黏合在一起，尽管勉强粘好也可以盛水盛饭，但那又何尝不是一只破碗呢？柳琴是不愿端起我这只破碗的。"

（三十）

王秀丽回到大青山信用社，头一件事就是到大青山信用社对面山坡上，给马云仙奶奶烧了纸，马云仙奶奶生前曾对马云仙说过，她死后不要把她埋回村里，要把她埋在信用社对面的大青山山坡上，让她天天看到信用社。看到信用社，她就看到了孙女马云仙。

痛哭一场，陪王秀丽去的马云仙也拉不起王秀丽，干脆也跪下来陪王秀丽哭。两个人整整哭了一个多小时，太阳西沉时才回到信用社。

王斌到吃晚饭时也没回来，老金师傅收拾好厨房，告诉马云仙说他回家看看叶子，多日没回家，他很想女儿。走时又叮嘱李勇帮他照看一下锅炉。这时，天已经黑了下来。

老金师傅骑了辆旧"飞鸽"自行车，借着雪光小心翼翼地骑着回到深山沟。

老金师傅推车走进自家院子，看见窑里一片漆黑，而且有叶子的哭泣声，老金师傅就觉得不对劲，他一边喊叶子的名字，一边快步往窑里走，一进门，与一个正夺门而出的男人撞了个满怀。

老金师傅见这个人夺门而走，就晓得不是善良之辈，他一把抓住那人的衣服，往进一拉，随即把屋门用后背顶住。

那人见跑不了，就"扑通"一声给老金师傅跪下了，一边磕头一边向老金师傅求饶："金大伯，您就饶了我吧！我该死呀！"

老金摸索着拉着电灯，见跪在自己面前的是村里的二流子光棍赵三。望着赵三衣衫不整的狼狈样，金师傅就知道这小子在他家没干好事。

老金师傅拎着赵三进了里屋，看到叶子正赤身蜷缩在被子里哭泣，老金马上明白了所发生的一切，他使出全身力气照赵三的瘦脸就是两个耳光。

天快黑时，赵三从一个寡妇家出来路过叶子家院子，见叶子正站在院子里张望什么，就嬉皮笑脸问叶子："叶妹子，等你赵三哥哩！"

叶子没理赵三，扭头回了屋里，赵三也跟了进来。叶子撵赵三出去，赵三死皮赖脸不走，叶子就不理他了，忙着做晚饭，对赵三也没存什么防备之心，以前赵三常这样，叶子一直不理他，他就讪讪地走了。

今天晚上，赵三坐在炕沿上一直抽烟，叶子吃了饭洗了碗，上炕装出铺被子的样子，没好气地对赵三说："我要睡觉，你快出去。"

赵三没吱声，猛地往地上一扔烟卷，淫笑着说了一句："我陪你睡。"就扑上炕，死死地把叶子压在身底，叶子想喊，但被赵三的大手紧紧捂住，捂得她有些窒息，叶子很快就软成一团，任赵三另一只手扒去身上的衣服……

赵三一动不动任凭老金师傅用拳脚在他身上发泄痛恨。

这时，有摩托车停在了老金师傅院子里，王斌来到老金师傅家，他是去红柳村调查那几户联合水利建设情况的。路过金师傅院子，看到金师傅的自行车停放在院子里，知道老金师傅回来了，打算和金师傅稍坐一会儿再回信用社，没曾想，碰上了金师傅正教训赵三。

叶子见王斌进来，用被子捂住头，哭得声音更大了。

王斌问金师傅发生了什么事。

金师傅用脚一踹赵三："你问这畜生。"

王斌马上明白了所发生的一切，他恨恨地说："该打，像这狗东西还让他臭在这里干啥？我给派出所打个电话。"

金师傅有些犹豫。

王斌说："留着也是个祸害。"

很快，松塔派出所来人把软瘫在地上的赵三带走了。

王斌走后，老金师傅坐在炕沿上，垂着头直叹气，他不知道如何安慰女儿，虽然叶子不是他的亲生女儿，但二十几年的父女情深，金师傅一直把叶子当亲生女儿看待。

过了许久，老金师傅才为叶子掖了掖被角，"叶子，别哭了，怨爹没有照顾好你！"

叶子止住哭声，抽泣着说："我不只为赵三欺负了我伤心。"

金师傅问："那你还伤心什么？"

叶子说："我更伤心，王斌从没对我重视过，这下他更瞧不起我了。"

金师傅这才知道叶子一直在深深爱着王斌，老金师傅也非常希望王斌成为自己的女婿，可王斌的一切他都清楚，王斌心里只有柳琴，虽然王斌拥有过钱水仙，但那只是一种出于激情，而真正在王斌心中的唯有柳琴，叶子爱王斌只能是一种自己对自己的感情折磨。

老金师傅想对叶子说，"你别想王斌了，你们走到一起是不可能的事。"但他说不出口，如果他这么说，叶子听了会更伤心的，不如让叶子就这样一厢情愿地深恋下去，终有一天她会想透的。

王斌回到信用社在马云仙的办公室里把叶子的不幸遭遇讲给了马云仙和王秀丽，她们听了，很为叶子难过。说："以后让老金师傅晚上多回些家，别让叶子再有什么意外。"

王斌也表示晚上锅炉由他和李勇轮流烧。

走出马云仙的办公室，王斌路过柳琴宿舍时，听见有男人说话的声音，细听是范文。

回到宿舍，李勇就告诉王斌，说范文到大青山扶贫来了。

"不是扶贫队里没他吗?"王斌说。

李勇说:"是他主动申请来的,和一位不想在大青山蹲点的同志换了。"随即李勇又对王斌说:"你可要当心啊,来者不善!"

王斌无所谓笑笑:"我成全他们。"

李勇问:"真的?"

王斌消沉地说:"我如今成了一只破碗,哪个女孩愿端着破碗吃饭呢?"

王斌很憋气,就和衣躺在床上,可心里总在想那边的范文和柳琴,然后鬼使神差地又想起了钱水仙。

钱水仙离开大青山信用社的当天下午,她来到王斌的宿舍,求王斌原谅她,她表示到南方挣了钱一定还王斌的5000元钱。王斌冷冷一笑,一言不发,起身离开了自己宿舍,身后很快传出了钱水仙的哭泣声。过了一会儿,钱水仙红肿着眼睛到马云仙办公室给父母打电话,让父母租车来接她,马云仙说:"不是说好明天走的吗?"钱水仙听了,泪水又涌了出来说:"云仙姐,我多待一晚上又有什么意义呢?"

马云仙听了,叹口气说:"由你吧,到了南方后就打电话来,给我和大家报个平安。"

傍晚时分,出租车来接钱水仙,马云仙等人帮钱水仙把行李搬上车,钱水仙和大家一一握手道别,轮到王斌时,钱水仙没有勇气把手伸给王斌,头一低,匆匆要上车。王斌却拦在了她面前,用双手抱住钱水仙的肩头,动情地说:"水仙,我原谅你,谢谢你对我的爱,祝你一路平安!"

钱水仙听了,"哇"的一声哭了出来,她扑在王斌怀里,抱住王斌的头狂吻了许久,才上了车。

出租车驶开了,钱水仙摇下车玻璃,伸出泪流满面的脸向身后久久凝望着……

王秀丽正要走出马云仙的办公室时，电话响了，马云仙接起电话一听，是王秀丽丈夫打来的，就把话筒给了王秀丽。

王秀丽接过话筒问："什么事？"

电话里丈夫问："你把钱送到希望工程办公室没有？"

王秀丽回答："我一从省城回来就直接到了希望工程捐款办公室。"

丈夫又问："你告诉他们是捐给老山掌修学校用的吗？"

王秀丽回答："说了，办公室同志说，过了年就动工修建。"

丈夫说："那就这样吧。"

王秀丽又问："杨央好吗？"

丈夫说："很好，他说很想你。"

王秀丽搁下电话，马云仙向她投来无比钦佩的目光。

（三十一）

王斌为了方便农民贷款，减少农民误工，就背上背包下乡现场办理贷款，地点就设在黑土岩信用社老冯家中，老冯气色好多了，腿脚不闲满村跑，给王斌通知贷户，不一会儿，老冯家里就挤了不少人。

"信用社想得真周全，贷款给咱送到门上了。"一位村民满意地说。

"可不是，我正谋划着去信用社呢！"有一位村民说。

"信用社给咱送信息又送贷款，服务这么好，我们可得给人家信用社长脸，拿粉别往屁股上搽，好好干，尽快还贷款，存存款，让咱黑土岩村人进出信用社也神气点儿。"赵虎走进来说。

"就是，以前咱一进信用社就觉得理亏，不是借贷就是结息，别人问起来还不好意思说。"一个村民附和说。

"老赵说得对，希望大家拿到贷款后，要用好，用得有效益，不能借贷借下债，这样既苦了自己也对不住我们信用社的一片苦心！"王斌望着一张张充满希望之光的棕色面孔说。

"那是自然，那是自然。"众人点头说。

王斌给一位姓孟的贷户办贷款手续时说："我觉得你开石头不合适，不如拿上这 3000 元买十几只小尾寒羊养，不比开石头少挣钱。"

"我也寻思想再养羊，又怕像以前一样倒了霉。"姓孟的贷户心思不定地说。

王斌知道这位姓孟的贷户在前几年也从信用社贷了 5000 元养羊，没曾想，赶上了一场羊瘟，眼睁睁看着几十只羊一只只全死掉，全埋在深沟里。这位姓孟的贷户省吃俭用了几年，才还清信用社的贷款，同时也相信了一句老话："是嘴的不贪"，从此打消了养羊的念头。

王斌说："那回是预防管理没跟上才造成羊瘟泛滥。放羊也要讲科学，土洋结合，才能发羊财。"

姓孟的贷户想了想说："那就再试养一回，不过你们信用社要多扶持一些，你们认人多，门路广，联系良种呀，请兽医呀。"

王斌说："一定，过几天，我带你到县畜牧中心走一走，让你也开开眼界。"

"把我们也带上，车费饭钱我们包了。"许多人这么说。

"真是羊性子！"赵虎笑呵呵地说。

等众人走了，王斌问赵虎："你村的贺文辉怎没到信用社贷款，他是村里有名的贫困户，不想利用这次机遇翻翻身？"

"唉，那人灰败了，哪有心思挣钱啊！"赵虎叹口气说。

赵虎告诉王斌，贺文辉老婆因为家穷，成天跟丈夫闹离婚，带着孩子到娘家已经住了半年多没回家了。贺文辉自认命穷，思想也疲沓了，成天懒得什么也不想干，躺在家里睡大觉。

"我们不能眼瞅着贺文辉这样毁了。"王斌对赵虎说。

正说着，贺文辉蓬头垢面地跟着老冯走了进来。

老冯一边进门一边教训贺文辉："你也不是块'笨石头'，鬼点子不比别人少，就情愿让人喊你'贱石头'，甘愿做块'穷石头'？"

贺文辉看见了王斌和赵虎讪讪一笑，问赵虎要了一支烟，蹲在地上。王斌看看贺文辉说："老贺，你真的什么也不想干了？"

"我还能干个啥哩！"贺文辉两眼无神地苦笑笑。"家里一分钱没有，别人又不肯借给咱，生怕把羊借给狼，还欠着人家信用社 2000 元，想贷也贷不出来。英雄没钱寸步难行啊！"

王斌说："如果信用社扶持你，你干不？"

"怎不干，咱总不能做一辈子'贱石头'吧。"贺文辉站直了身子。

王斌说："榆家沟煤矿马上要开了，这不交通局也快开始修路了，我们贷给你款帮你买辆农用车搞运输行不？"

"行行行。"贺文辉说完又犹豫了："可谁肯给咱担保哩，抵押吧，家里什么值钱的也没有。"

"我给你担保！"老冯说。

"我也算一个！"赵虎也说。

贺文辉感激得几乎流出了泪。

王斌说："担保就让老冯吧，老赵你还有事。"

赵虎问："什么事？"

王斌说："帮老贺把娃儿老婆接回来呀！"

赵虎说："那是一定！"

贺文辉听了，泪还是止不住地涌了出来，他说："这回我要是变不出个人样来，你们把我扔到沟里喂狼。"

"狼还嫌你没油水呢！"赵虎笑着说。

王斌忙完，天已不早了，老冯坚持让王斌吃了饭再回信用社，赵虎说他拿酒。

王斌说："集体开支的酒我可不喝。"

赵虎瞪圆了眼："把我小看成啥人了，我赵虎就连酒也给你喝不起？"

王斌忙说："不是那个意思。"

王斌因为喉咙一直不好，只和赵虎、老冯、贺文辉各干了一小盅。

赵虎对王斌说："你得赶紧到医院检查一下，别把病耽搁了。"

"我能有什么大病，活了20多年感冒这么长时间是头一回。"王斌不以为然地说。

"话可不能这么说，我村的田老汉活了80岁没感冒过一回，没喝过一只药片片，可突然病了，让医生一检查是胃癌，只活了一个月就死了。"老冯说。

"是哩，病可不能大意，小病大意成大病，该看还得看。"贺文辉也说。

接着，老冯又说山上白天有枪声，村里半夜老有狗叫。

正说着，李勇骑摩托车来了，神色紧张地告诉王斌，老金师傅被赵生财打倒在卫生院，马云仙让王斌赶快回去。

下午，马云仙的儿子新新缠着老金师傅上山采沙棘吃，老金师傅就带新新上了山。

老金师傅抱着新新走到半山腰，猛然看见赵生财正鬼鬼祟祟钻在一片沙棘林里。原来赵生财雇人把老冯装入麻袋后，得知老冯没死，公安局肯定要抓他，就跑到山里避难，赵生财认为老冯没死，案不大，躲几天就没事了，所以他白天背着土火枪满山转悠打野味，直到晚上夜深人静才神不知鬼不觉跑回家。所以，老冯听见白天山上有枪响，半夜有狗叫。

没想到，今天让老金师傅撞见了。

老金师傅心说，你这个狗东西原来在这躲着哩，不行，我得赶快回信用社告诉马主任，通知公安局来抓这狗东西。

老金师傅抱着新新转身往回走，没曾想赵生财追了上来，用火枪托狠狠砸到老金师傅的脑袋上。

马云仙觉得老金师傅走的很长时间还没回来，怕山高雪滑有意外，就让李勇骑摩托车看看。

李勇寻到老金师傅时，老金师傅正倒在雪地上，流了很多的血，把雪地染红了一片，新新在一旁吓得已哭不出声。

李勇抱起老金师傅，呼喊了一阵，老金师傅才睁开双眼，用微弱的声音对李勇说："赵生财……在山上……"说完又昏过去了。

李勇忙背起老金师傅，抱着新新送到了附近的一个小村子里，让村里人帮着把老金师傅和新新送回信用社，告诉马云仙所发生的一切，让马云仙通知派出所上山捉拿赵生财，他自己叫了几个年轻的人，又返回山上，寻找赵生财。

很快，派出所干警鸣着警车上了山，后面还跟来了不少愤怒的大青山人。

经过派出所和村民们的共同搜索，终于在一个牧羊人圈羊的山洞里抓到了抖成一团的赵生财。

李勇回到信用社，听王秀丽说，马云仙和老金师傅到了大青山卫生院，就又赶到了卫生院。

在卫生院病房外，院长正与马云仙说老金师傅的病情。

"我看老金师傅恐怕不行了，失血太多。"院长说。

"你能不能再想想办法？"马云仙有些哀求地对院长说。

院长摇摇头，马云仙感到心里一阵冰凉。

她见李勇来了，就和李勇进了老金师傅的病房。

老金师傅摇摇头："我心里清楚，我不怕死，我是丢不下叶子和根儿啊！"

"你放心，我会照顾好她姐弟俩的！"马云仙抹着泪说。

老金师傅又摇了摇头，对马云仙说："我想在临死前对王斌说几句话。"

马云仙说："我这就让李勇去寻王斌。"

王斌和李勇回到了大青山卫生院，来到老金师傅的病房。马云仙正等得着急，见王斌来了，就俯下身去对老金师傅说："你有什么话就和他说吧！"

老金师傅努力半睁着眼，看着王斌，声音有些含糊地对王斌说："王斌，我……我想在临死前，求……求你一件事。"

"金师傅，您说吧，只要我能办到。"王斌说。

"叶子很爱你，她一直想嫁给你，我希望你能娶我女儿叶子，虽……虽然她被赵三糟蹋了，但是……她还是一个好姑娘，把叶子托给你，我放心，根儿念大学也有人管了，我不能让根儿念不成大学，行不，王斌，我求求你……"老金师傅声音微弱到了几乎听不见的地步。

马云仙和李勇都望着王斌，期待着王斌。

老金师傅的眼里更是充满了乞求。

王斌面对老金师傅的最后乞求，感到自己有些身不由己，他深深地点点头："我答应你。"

"不行，你……你得给我……我磕头……"老金师傅使出最后的力量说着。

王斌毫不犹豫地跪在了地上，深深地给老金师傅磕了三个头。

老金师傅头一歪，含笑离开了人世。

（三十二）

柳城县信用联社进行了全县信合员工"三定"考试，考试分业务和文化两个项目，考场设在县城某中学。

王秀丽从考场里出来，很是兴奋，她觉得自己考得很不错。

王秀丽在学校门口见着马云仙，马云仙问她考得如何。王秀丽说："考个90多分没问题。"

"不愧是当过教师，行。"马云仙佩服地说。

"行个屁，再考得多，还不是在大青山待一辈子吗？"那位联社办公室副主任杨钰撇着鲜红的嘴皮子，路过损了王秀丽一句，扬长而去。

王秀丽马上火了，刚才在考场里，杨钰就坐在王秀丽前面，直望着试卷发呆，后来，就不住地扭回身给王秀丽使眼色，意思让王秀丽给她传答案，王秀丽没理她，杨钰气得低声骂了一句："神气什么，骚狐狸！"

王秀丽听了，真想给杨钰两耳光，可她最后还是忍住了。

"你站住，你嘴里干净点。"王秀丽就要冲上去，马云仙和一群人才劝住王秀丽。

陈明义也过来劝王秀丽，马云仙趁机把王秀丽架上陈明义的车，催陈明义发动车走了。

"和她计较有什么意思?"陈明义在路上劝王秀丽。

"我是咽不下这口气,真想一下掐死她。"王秀丽恨恨地说。

"是出于嫉妒,杨钰顶了你副主任职位?"陈明义说。

"也不全是,我是想给信合队伍除掉这个白吃闲饭的东西。"王秀丽说。

"全县就杨钰一个吃闲饭的? 还有不少,近年来,信用社职工素质偏低,为啥,还不是挤进了这些皇亲贵族,我们城关信用社,百分之八十的职工是有来头的,不是老宋制度硬,早不成摊子了。"陈明义说。

王秀丽说:"其实早该实行'三定'改革了,打破铁饭碗在改革开放不久就在全国推行了,可在部分信用社依旧盛行。职工们端着铁饭碗,吃饭不愁,谁还流汗出力,都被大锅饭吃成了懒散病,工作没劲,学习没劲,一有困难就喊苦,各项工作越做越差劲,倒能一个劲儿埋怨市场竞争太激烈,农村经济太疲软,农民不讲信用,政策干预太多,这回好啦,能者上,平者让,庸者下。看谁还能糊弄着吃饭。"

陈明义说:"是啊,只有不断改革发展,信用社才有出路。不然,迟早我们自己会毁了自己。"

王秀丽说:"可是现在还有许多职工认识不到这一点,只觉得'三定'改革只是一种形式,是挂在墙上的纸老虎,改不改还是老样子。"

陈明义说:"改革首先是思想的改革,信用社职工的头脑中被'大锅饭'思想根深蒂固地占据着,要使这种不良思想改变,需要一个很大的转变过程。"

两个人沉默了一会儿,陈明义问王秀丽:"你儿子的病怎说?"

王秀丽说:"再有一个多月就能出院了。"

陈明义说:"我回村里听人说,你为老山掌捐了款,让村里盖学校?"

王秀丽纠正说:"是大家为老山掌捐了款而不是我个人。"

陈明义说："不管是谁的钱，那你也是为老山掌人办了件好事。"

王秀丽说："我应该这么做。"

陈明义一踩刹车，王秀丽家到了。

王秀丽让陈明义上家里坐坐，陈明义说回社里还有事，掉转车头走了。

王秀丽没有回自己家里，而是先进了王斌的家。她想和舅父舅母说一下王斌和叶子的婚事。叶子住到了信用社，接了父亲做饭的班。马云仙提议赶在年前把王斌和叶子的婚事办了，以慰老金的在天之灵。

马云仙让王秀丽跟王斌的父母说一下，征求一下两位老人的意见。

王斌父母刚从女儿王云那里回来，为了女儿王云自杀一事两人吵了一路，又吵到家里。

他俩见王秀丽进了屋，才安静下来，王秀丽说："成天吵个什么，事实已成事实了，再吵半天能改变了？"

"谁跟谁吵哩，我是为女儿打抱不平。"王斌母亲说。

"这一切全是我造成的吗？如果她俩不去制鞋厂打工，如果你那时不放她俩走，王华和王云会遭罪，受人欺辱吗？王云会自杀吗？"王斌父亲寸步不让。

"瞧瞧，又来了，儿子还让我跟你好好谈谈呢？这能谈到一块儿吗？一张口就瞪眼。"

王斌母亲委屈地说。

王斌父亲说："你跟谁瞪眼，提着屎盆子光想给别人头上扣。"

"行了行了，舅父你别说了。"王秀丽把舅父推进王斌的房间，拉住了门。

"秀丽，有什么事？"王斌母亲问王秀丽。

王秀丽就把王斌和叶子的事儿讲了一遍。

王斌母亲听了，叹口气："我没啥，只要他们俩同意就行了，该操办什么我和他爸帮着操办。"

王秀丽又进了王斌房间，把刚才的话讲给了王斌的父亲。

王斌的父亲也和妻子意见一致。

王秀丽出来，对王斌母亲说："舅母，你看有什么需要我帮忙的，尽管说。"

王斌母亲说："我手笨，从没给王斌纳过鞋垫，你帮王斌纳双结婚鞋垫吧。"

王秀丽突然想起老金师傅送过她几双鞋垫，就对王斌母亲说："我也不用纳，家里放着现成的。"说完就回去取了叶子送她的鞋垫来交给舅母。

王斌母亲接过仔细一看，嘴里啧啧称奇："纳得活灵活现，这纳鞋垫的人一定是个心灵手巧的俊姑娘。"

王秀丽告诉王斌母亲，这双鞋垫就是叶子纳的，让她父亲老金师傅送给她的。

王斌母亲听了，高兴地说："这么说，王斌找了个好媳妇。"

(三十三)

当王斌告诉柳琴他要和叶子结婚时，柳琴淡淡地说："我祝你们一生幸福！"可说完这话时，她的眼眶就涌满了泪。

正好，范文开车要送柳琴回家，柳琴尽力止住泪水，快捷地钻进了范文的奥迪车内。

柳琴和范文回到家里，邻居说，柳琴父亲和母亲白天进城到县医院了，柳琴父亲的腿发炎了。

范文说："我现在送你进城去医院看你父亲。"

柳琴没吱声。

范文又说："那你回去吧，我明天早上来接你。"

柳琴忽然扭转身，扑在范文怀里，哭了起来，哭了一会儿，她用乞求地泪眼望着范文说："你住下陪我好吗?"

范文抚摸着柳琴的长发点点头。

做晚饭时，范文没让柳琴动手，自己下厨很利落地做好了西红柿炸酱面。

柳琴很香地吃着炸酱面。

范文从厨房出来，坐到柳琴对面，说："怎么样，服务还周到吧? 本人愿为柳小姐如此服务50年以上。"

柳琴笑笑说："你今天反客为主了。"

范文说："不敢，我只是争取，你觉得呢?"

柳琴说："我觉得快争取到了。"

范文说："真的，我看到你上车时，眼里有泪，你为什么哭，王斌对你说了些什么?"

柳琴说："你想知道什么?"

范文说："我想知道你们是不是一刀两断了。"

柳琴说："是又怎么样?"

范文说："是就是给了我机会。"

柳琴心动了动，她瞥了一眼范文，范文正目光炯炯地盯着她。

柳琴笑了笑说："你太晚了，我和王斌已经把关系定下来了。"

范文说："真的?"

柳琴说："不骗你。"

范文垂下了眼帘，眼睛盯着桌上，停了停才说："那我还有什么可争取的。"

柳琴心里一热，她觉得范文的话忽然打动了她。她叹口气说："王斌告诉我，他要和叶子结婚了。"

范文问："哪个叶子？"

柳琴说信用社做饭的老金师傅的女儿，老金师傅为了抓赵生财，被赵生财打死了，临死前，求王斌娶叶子，王斌就答应了，还给老金师傅磕了头。"

"王斌为什么这么做？"范文问。

"我也不知道，金师傅对他并没有多大的恩惠啊！"柳琴说。

晚上，范文要柳琴讲她和王斌的故事，柳琴见范文一副很诚恳、很温柔的样子，突然产生了一种倾诉感，她好想把心里郁积了许久的痛苦、彷徨以及欲爱不愿、欲罢不能所产生的千般焦虑，统统地倾泻出来。

柳琴点点头，让范文坐在她对面。

于是，一个很久远的故事，一字一句地从柳琴的心底扯了出来。柳琴说到钱水仙时便开始流泪，往后，她的泪越涌越多，最后泣不成声。

柳琴不知什么时候靠近了范文，也不知什么时候被范文搂在怀里。柳琴将脸贴在范文的胸脯上，哭得十分伤心。范文不停地抚摸着柳琴的长发和浑圆的肩头。

范文说："你承受的苦闷太多了，王斌不值得留恋，更不值得在以后的日子里去想他。"

柳琴哭着说："可我忘不了王斌，你说怎么办？"

范文说："用新的生活来冲刷掉你心头的伤痛。"柳琴说："可我心里老忘不掉王斌，无论什么时候对他总有一种牵挂。"

"我会让你忘掉王斌的。"范文说着低下头开始吻柳琴，当范文的嘴刚触到柳琴的嘴唇时，柳琴有一种被火烫了一下的感觉，她下意识地将头向后仰去。但她触到范文热烈而充满情欲的目光时，浑身开始发软了。她感受到一种召唤，这种召唤超越了她的理智，直接从她的体内深处得到了回应。

柳琴在一刹那间没有了思维，她闭上眼沉入了范文狂吻不休的世界里。

范文使劲吻着柳琴，柳琴感到透不过气来，可同时又盼望范文能永久这样吻下去。许久，范文终于将手放在了柳琴的裤腰带上，范文低声问了一句："可以吗？"

柳琴焦渴地说："我要你。"

当一切结束后，柳琴躺在范文的怀里，激动不已。柳琴想，这是怎么回事？我怎么突然间就成为一个真正的妇人了？我怎么就这样轻率地将自己交给了这个年轻人？然而，那一切，又是多么的美好，多么不可思议，多么快乐。

范文抚着柳琴说："柳琴，你好像很有经验。"

柳琴说："水仙一点一滴都告诉过我，你呢？好像也懂得很多，不至于有水仙那样的女孩告诉你怎么做吧？"

范文不语，柳琴翻身坐起，说："你有过？她是谁？"

柳琴不觉落下泪来，范文慌了，也坐了起来，他为柳琴抹着泪，说："那是大学里的事，一场游戏而已。"

柳琴说："讲出来。"

范文说："上大二的时候，我们班到郊区农村学习劳动，我和另一个女孩分到田里割玉米，歇下来，听一块儿干活的农民讲了许多黄色的故事，那女孩听了就控制不住了，乘别人不注意悄悄拉着我到了玉米田深处。"

柳琴问："后来呢?"

范文说："后来,寂寞时我俩也到小旅馆里同居过几次,再后来,毕业后再没见面。"

柳琴再次躺下,她在想,"事情实际上就这么简单。有时人为了简单的事竟做了那么多复杂的铺垫。男人女人最终的目的只有一个,何故又去制造许多中间环节呢?爱有多大意义呢?不爱又会少了什么呢?不过如此。"

柳琴自己觉得自己有一种彻悟,她觉得自己把一个并不要紧的东西严密看守了许多年,待有一天拿出来后,才发现什么也不值。

当范文再次凑近柳琴时,柳琴仍膨胀起激情迎接他。柳琴想这就是男人,这就是女人,这就是人类最高尚而又最污浊,最美丽而又最丑恶,最亲密而又最遥远的时刻,是每个男人和女人最公平也最秘密,最渴望、最真实也最虚幻的事。

范文说："我们结婚吧。"

柳琴点点头,偎依在范文怀里,柳琴心说:"我这就要做这个男人的妻子,为这个男人生儿育女,传宗接代了。"

王斌来到叶子的住处,问根儿放寒假回来不。叶子说:"不回来,根儿写信回来告诉家里,利用放寒假打工挣点钱,帮父亲减轻些负担。"

王斌说:"你父亲的死要告诉根儿吗?"

叶子说:"先搁着吧,别影响了他学习。"

王斌说:"听人说,你的手很巧,纳的鞋垫很好看,心里对我好,怎么就不想着送我一双呢?"

叶子说:"也想过,可怕你不收,纳好了一双不敢给你,就送别人了。赶结婚,我给你纳一双。你想要什么花样的?"

王斌说:"你看好的就行。"

王斌说完，又咳嗽起来。叶子心疼地忙给王斌拍着后背："等你有空了，我陪你到医院看看。"

王斌听了，心里一热，他扭身抓住叶子纤细的手，用热切的目光望着叶子说："我想亲你。"

叶子顺从地闭上眼睛，王斌把嘴唇贴上去，拼着力吻着叶子湿润饱满的唇，像要把叶子一口吞进去。

王斌吻着吻着，把手伸进了叶子的腰间，却被叶子用手推开了。

王斌说："怕什么，你已经有过一次了。"

叶子说："虽然我破了身子，但我还是想把它留在新婚之夜给你。"

王斌没有勉强叶子，告诉叶子早点歇息，他去烧锅炉，就出了叶子的屋子。

李勇还没睡，趴在桌子上呆呆地看项云的照片。王斌知道李勇心里难受，前些日子，项云提出和李勇分手，项云陷入松塔镇政府一位副书记精心编织的情网，不得不和李勇分道扬镳。

"别伤心，走了项云，还有朱云，世上女孩多的是。"王斌安慰李勇。李勇叹了口气，说："我没有你那么幸运，有好几个漂亮的女孩爱着你，走了水仙，又有那么温柔的叶子投进了你的怀抱。"

"那把叶子嫁给你算了。"王斌开着玩笑说。

"我要是娶了叶子，把她当祖奶奶看待。"李勇说。王斌说："睡吧，失恋可别失眠，这样身子骨吃不消，雪上加霜，厉害着哩！"

李勇说："好吧，听你的，做梦交个女朋友吧！"

王斌笑笑，铺开了被子。

(三十四)

王秀丽把月报表送到财务股，办公室主任郑浩让她过去一下。

郑浩进门对王秀丽说："恭喜你，考了个状元。"

王秀丽接过郑浩递过的考试分数通报表一看，果然是她排在第一位，业务和文化全是，而排在最后的是西北乡信用社会计刘改云。

王秀丽心里立刻涌上一种兴奋和自豪。

王秀丽见办公室里没有了杨钰的影子，就问郑浩。

郑浩说："前不久杨钰的父亲被停职检查，据说有贪污受贿重大嫌疑，反贪局正在对他调查。杨钰见父亲这棵大树倒了，这回考试差点儿交了白卷，没法再在联社大楼里待下去了，就辞职回家了。"

王秀丽说："她倒知趣，看来这越有来头的人越靠不住。"

郑浩说："昨天早上，领导们开社务会，有人提出还是让你回联社当办公室副主任。"

王秀丽说："我行吗？"

郑浩说："怎么不行，做个副主任蛮够格。"

王秀丽笑笑，没说话，在心里说："当初你们就没说这话。"

郑浩说："犹豫什么，抓住机会进吧，别人想挤还挤不进来呢。"

王秀丽说："我是在大青山工作的命，全县信合员工比我强得多的是，你们还是另选贤能吧。"

郑浩扶扶眼镜，不解地望着王秀丽说："过去你不是为进联社费了很多心机的吗？怎么忽然对进联社又看得这么淡？"

王秀丽淡淡一笑："过去是过去，现在是现在，人是个捉摸不透的东西，得不到的时候挖空心思想得到，得到的时候又觉得不过如此，得到和得不到一样，只不过多了一点争取的希望。"

郑浩说："你这是在报复我们过去对你的看法。"

王秀丽说："我有什么理由报复联社领导？你们又有什么错？协调好上级领导关系很重要，这也是当领导的一种手段。"

郑浩说："假如社务会决定了，杨主任找你谈话，你还会坚持你的想法吗？"

王秀丽郑重其事地点点头："会的，我还会对杨主任说这办公室根本不需要什么副主任，纯粹是虚设的一个职位。"

郑浩说："办公室很忙，我应该有个助手。"

王秀丽说："郑主任真的很忙吗？联社大楼的人真的都很忙吗？可忙来忙去，忙出全县三分之一的社经营管理不好，难道全是基层社的责任？是的，有的人是真正在忙工作，像杨主任。可有的人呢？他们在忙什么，一年到头利用手中的人事权、财务权忙于拉关系、捞油水，就连送款的人也好意思向我们这些贫困社要烟抽、要酒喝，他们从来不觉得那是自己的工作，应该那么做，而光认为是帮了别人的忙，应该得到别人的酬谢和回报。"

郑浩说："你扯得太远了。"

王秀丽说："我觉得不远，这都是严重损害我们信合集体利益的阻力。作为一名有正义感的信合员工应该有责任把这些病症指出来，更有义务帮助上级领导做好工作。正因为我们信合队伍里有许多人不敢讲真话，有许多人说假话，才使许多职工素质低下，给信合事业的健康发展造成了许多风险。"

郑浩说："我把你叫来，让你捎表，你倒给我上起课来了！"

"对不起，郑主任，我是一时冲动，并非针对你的，我得走了。"王秀丽站起身来。

"回大青山信用社？"郑浩问。

"不，上电视台，想做期节目。"

郑浩问："你想出名？"

王秀丽说："我已经出名了，我是想让电视台到老山掌一趟，把那里的情况编个节目，引起社会关注，让人们献出一点爱。"郑浩最后说："就冲你这一点，我一定从大青山把你拉回联社来。"

王秀丽笑笑说："就怕你拉不动，大青山上的老松根牢固着哩！"

王秀丽出了联社大门，忽然想起应该看看门房的老张，从那次在老张的门房和老张坐了一回后再没进去过，王秀丽每月回联社开会计例会，总是匆匆来又匆匆去。

在老张的门房里，传出一个女人的呜咽。老张则坐在木椅上一支接一支抽烟。

王秀丽认出抹泪的中年女人叫刘改云，是西北一个信用社的会计，老张没退休时和她在一个信用社工作。

刘改云见王秀丽进来，不好意思地抹抹泪，要告辞，老张把刘改云送出门外时，王秀丽听见刘改云在对老张说："你成天和领导打交道，尽量和领导们说说，我下了岗可咋活呀？"说着又哭开了。

老张说："你抽空也找一下杨主任，把实际困难给杨主任讲一讲，我不信杨主任不会理解。"

刘改云说："我从没跟杨主任说过话，我一进他的办公室就慌得说不出话来。"

老张说："你的饭碗都快没了，还这么护脸面，时候不一样了，你不争别人就争去了。"

刘改云点点头走了。

老张回来后，王秀丽问："刘改云真的有可能下岗？"

老张说："有百分之九十的可能，这回'三定'改革看来是动真的了。"

王秀丽说："刘改云对下岗显得很悲观。"

"怎能不使她悲观呢？"老张叹口气说，"她的家底我最清楚，丈夫原来是信贷员，在收贷中骑摩托和汽车撞到一起，落下了个下身瘫痪，还有两个儿子都在上大学，他们夫妻俩在的信用社效益不好，工资都不高，这几年的日子够苦了，有人见刘改云到菜市场买菜，因为卖菜的少找了她一角钱，就和人家打了起来，最后还说卖菜的欺负她，让卖菜的赔了她100斤毛白菜。"

王秀丽听了，像是有了一桩心事，和老张胡扯了几句，就要告辞。

老张拦住她说："你得给我买好酒。"

王秀丽说："我凭啥给你买好酒？"

老张说："你考了全县第一，还有人说又要把你调回联社来了。"

王秀丽说："酒我一定给你买，不过不是贺喜酒。"

老张说："那是什么酒？"

王秀丽咯咯一笑："下岗酒！"说完一阵风似的走了。

"这丫头。"老张冲王秀丽的背影笑着摇摇头。

(三十五)

马云仙让王斌和李勇去参加榆家沟新矿的挂牌开业典礼。

"为什么你不去?"王斌问。

"你们能喝酒呀。"马云仙笑着说。

"就不怕把我们喝坏?"李勇说。

"所以让你俩一块儿去,喝坏好有个照应。"马云仙说。"我今天回联社开会。"

"马主任,听说榆家沟新矿的老板要在我们信用社开户?"王斌问。

马云仙说:"开户是手段,借款是目的。这些商人精明得很,不要看他连本带利把 1000 万拨到了咱们账户上,一生产开,就以资金周转不够等理由找我们贷款,再生法子把 1000 万套弄回去,挣了钱后,把资金全带走,扔下煤窑顶贷款。"

"那我们也不能不支持人家呀。"李勇说。

马云仙说:"支持当然要支持,人家也是对大青山经济有益无害的,但要在怎么支持上动脑筋,我想了好多天,觉得应该对榆家沟新矿实行存贷挂钩。"

王斌问:"怎么个存贷挂钩法?"

马云仙说:"多存多贷,少存少贷,不存不贷(特殊情况例外),这样迫使他们有借有还,同时对我社均衡收贷,优化资金存量,活化贷款资金有很大的好处。"

王斌和李勇齐声说:"这个办法不错。"

马云仙说:"今天不是派你们去喝酒,而是要完成一项任务。"

　　马云仙从抽屉里拿出起草好的协议交给王斌："这是我起草的银企'双保'协议，让煤矿老板过过目，顺便和矿上的财务管理人员认识一下，以后得通过他们收回在矿上工作的欠贷工人贷款。榆家沟新矿在你片上，以后你要多操心。"

　　王斌点点头，和李勇相跟上走了。

　　王斌和李勇刚出门，叶子追了出来，对王斌说："到了矿上尽量不要喝酒，你咳嗽得这么厉害。"

　　李勇嫉妒地说："但愿我也能娶上一个这么知冷知热的老婆。"

　　叶子脸一红，跑回了信用社。

　　王斌和李勇到了榆家沟新矿，看到张灯结彩、敲锣打鼓的样子，还有不少县乡领导的小车停着，心说，"还挺隆重的。"

　　王斌在联社杨主任办公室见过榆家沟新矿老板一面，这位老板也认出了王斌，非常热心地招呼人给王斌和李勇递烟、倒茶。

　　王斌把马云仙起草好的银企双保协议交给榆家沟新矿老板。老板看了后，很赞同地说："这个办法好，这样可以帮助我们保证正常所需流动资金，可以把钱捆起来花，为我矿解决额度较大的急需用款。"

　　"从这份协议看，你们马主任是一位女才子，怎么今天没来？"老板笑着说。

　　"她今天到联社开会去了。"王斌回答。

　　王斌和李勇又经老板结识了他们矿的财务管理人员，向他们提出了通过他们收贷的想法，矿上的财务人员表示大力支持。

　　中午吃饭中，李勇见项云也和那位副书记坐在了一个单间里，李勇便端了酒杯进去走到项云身边，举杯对项云和那位副书记说："祝你们幸福。"

那位副书记问项云："这位是……"

项云红着脸没法回答。

李勇说："一个和她睡过觉的男人。"

项云的泪马上涌了出来，那位副书记的脸上一阵青一阵白。

李勇仰头将酒一饮而尽，头也不回地离去。

王斌问李勇干什么去了。李勇说："到里间寻痰盂吐了一口痰。"

王斌喝了一杯酒，突然觉得浑身无力，有些昏迷，最后昏倒在了酒桌下。

李勇抱着王斌喊也喊不醒，榆家沟新矿老板出来向众人敬酒时看到了一切，他马上用自己的奥迪轿车把王斌送到了县人民医院。

王斌被送到医院后，经医务人员全力抢救，才醒了过来，李勇怕王斌发生意外，给王斌确诊一下病情，尽快治好王斌的病，就让医务人员给王斌做了全面检查。

检查完后，医生告诉李勇，王斌得的是肺癌，而且到了晚期，活到明年就算不错了。

王斌问李勇："自己到底是什么病？"

李勇强笑笑，说："没事，只是一般感冒。"

王斌不信，说："小感冒我还在这儿躺着干什么？走，回大青山。"

李勇没办法，只好含泪把病情如实告诉了王斌。

王斌听了，发了一会儿呆，又将眼睛闭上，足足静默了15分钟，他将就要流出的泪全压了回去，像平常一样坦然，说："不就是肺癌吗，有什么可怕的，人迟早一死。"

李勇说："可你死后，你的父母，还有叶子怎么办？"

王斌说："父母倒无所谓，他们有工资养活他们，可叶子就苦了，谁知她会又找下个什么丈夫，还有根儿在读大学。"

王斌想了想，很认真地对李勇说："你娶下叶子吧！"

李勇没说话。

王斌说："把叶子交给你我放心。"

李勇终于点了点头，但他又说："可叶子会接受我吗？"

王斌说："我会说服她的。但你要珍惜叶子，让根儿无牵无挂读完大学。"

李勇庄重地说："我会这么做的。"

王斌伸出双手，李勇知道王斌的意思，他趴到王斌身上，与王斌紧紧拥抱在一起。

叶子得知消息，哭成泪人似的到医院来看王斌时，王斌提出了自己的想法。

叶子哭得更厉害了，她依偎在王斌的胸前，抽泣着说："我俩虽然没有结婚，但你一天不走，我就一天把你当我的丈夫看待。"

王斌听了，也禁不住落下泪来，他不知道该如何安慰叶子，叶子那么爱他，他却给叶子带来了绝望和痛苦。

这时，王斌的父亲来到了病房，当他看到一对年轻人相拥而泣的场景，也落下泪来。他哽咽着告诉王斌，他和王斌母亲商量过了，决定收叶子做干女儿，绝不让叶子再受一点苦。王斌含泪感激地对父亲说："爸，谢谢您！就让叶子替我给您尽孝吧！……"

然后，王斌又对叶子说："叶子，好好替我孝敬爸妈，我活了这么大，还没给爸妈端过一盆洗脚水，可我……"王斌说不下去了。

叶子也哭得说不出话，只是点着头。

过了一会儿，叶子出去给王斌买水果，王斌问父亲："爸，你不是要跟我母亲离婚？去老山掌栽树吗？"

王斌父亲说："和你母亲说离婚那是气话，我们的争吵并非感情上的破裂，而是多年的分居，在很少得到对方的爱后，感情上出现了枯萎，为了感情需要做出一些超越理智的事，这是人一生中难免的，可我心里很清楚，你母亲是爱我的，而且爱得很深，但却得不到我热烈的回报，由爱生恨罢了。到老山掌栽树我在退休前就有这个想法，但想到40年来把你母亲丢在家里，为了我失去了很多，就压抑了这个念头，想回来在晚年多陪陪她，尽一点做丈夫的责任。"

王斌问父亲："你为什么要到老山掌去栽树？"

父亲说："因为老山掌穷，我在白云干了近40年，40年来老山掌的山还是一片荒芜。面对荒山秃岭，老山掌人竟显得那么愚昧无知，我鼓励了40年，他们竟无动于衷，没有一个人情愿扛锹上山，政府年年号召上山栽树，年年不见树，让人看了心痛啊！"

王斌说："你是想通过自己的实践来启发老山掌的村民，从而带动他们。"

王斌父亲点点头："我有这个责任，我在白云信用社打了近40年扶持农民致富的旗号，可至今老山掌人还那么穷，我面对那一包荣誉证书感到心中有愧啊。"

王斌说："爸，我想让你抱抱我，我活了这么大，您从没抱过我。"

王斌父亲流泪了，他抱住王斌失声痛哭。

（三十六）

王秀丽走出信用社时，听到远山里响起了"咚咚"的开山炮声，她不由得抬头向山上望去，见不远处冒起了滚滚浓烟，王秀丽知道，那是几户农民的灰窑刚点火，刚刚铺开的公路路基宽阔而平坦，来往的车辆也一下子变多了，有拉着齐齐整整的青石头的，有拉着雪白的灰粉的，还有拉颗粒均匀的石子的，还有细如黄沙的石粉。给大青山增添了从未有过的喧闹，但这喧闹大青山人爱听，很多人跑出家门，立在路边，陶醉在这欢快的喧闹声中，人人脸上荡漾着暖洋洋的笑，好像春天早早地降临到了他们的脸上和心上。

王秀丽缓步向山上走去，她要好好看一看大青山，在离开大青山之前，她非常奇怪自己在大青山7年多了从未有过这个想法。

昨天，王秀丽到医院看望了王斌，然后又到了联社，走进了联社主任杨玉春的办公室。

"啊，是秀丽，我正想找你谈呢！"杨玉春热情地和王秀丽打着招呼。

"是吗，找我谈好事还是坏事？"王秀丽也笑着说。

"当然是好事，来，喝水。"杨玉春忙着给王秀丽倒水。

"我自己来吧！"王秀丽抢过杨玉春手中的温壶，先给杨玉春添满杯子，才给自己倒了半杯。

杨玉春把一份打有任命办公室副主任的红头文件递给王秀丽说："自己看吧！"

王秀丽看也没看，就放回了杨玉春的办公桌上："你还是另选别人吧！"

杨玉春有些吃惊地说："你不是早就想进联社吗？"

王秀丽说："我进联社能干什么？"

杨玉春说："当办公室副主任呀！"

王秀丽说："办公室副主任是干什么的？"

杨玉春说："协助联社领导和办公室主任工作呀！"

王秀丽说："办公室现在已人满为患了，再设副主任，岂不是画蛇添足？再说办公室那么多的人，成天闲着无聊打毛衣，工作不够干，我进来有什么干的？我可享受不了'一杯茶水一支烟，一张报纸看半天'的福。"

杨玉春有些不高兴地问："那你想干什么，办公室主任，联社副主任，还是让我让位？"

王秀丽淡淡一笑："我没有那么大的领导能力，我想下岗！"

杨玉春愣愣地望了王秀丽片刻，问："为什么？"

王秀丽说："没有为什么。我只想干点我该干的事情，把自己的岗位让给一个有下岗可能的同事，让她激起对生活的希望，挽救一个不幸家庭。"

杨玉春说："我听不懂你的话。"

王秀丽就把自己要下岗到老山掌教书和刘改云的家庭情况对杨玉春讲了一遍。

杨玉春听了，好久没说话，半天才问王秀丽："你决定了？"

王秀丽认真地点点头。

杨玉春叹口气，说："说心里话，我可真舍不得放你走，你一走，我的队伍里就会减少一名优秀的人才啊！"

王秀丽说："可我会培育出更多比我更优秀的人才。"

杨玉春点点头，说："你离开之前有什么要求，我会尽量去帮你。"

王秀丽说："我只要求你帮一下刘改云，她的丈夫也是为信合事业致残的。你作为联社领导应该让刘改云夫妇感觉到信合大家庭的温暖。"

杨玉春说："我一定帮她解决上岗问题，你个人就没一点希望我做的？"

王秀丽说："我只希望咱柳城县信合事业通过这次'三定'改革取得更好的发展，为柳城县农民脱贫致富架起桥，铺好路，当好农民信赖的贴心人，为农民办好自己的银行。"

"你哪天去老山掌，通知我一声，我派车去送你。"杨玉春说。

"我已经和县教委联系过了，想尽快去那里，因为老山掌的娃儿们已经因为没老师停了一个多月课了，眼看快期末考试了，我得把课给他们赶出来。"王秀丽说。

王秀丽想着，不知不觉来到马云仙奶奶的坟前，望着白雪覆盖下的坟堆，王秀丽心里一酸，泪就滚落下来。

"奶奶，我要走了，这一回真的要走了，我离开您后，您老不要难过，我会在每年的清明节来给您上坟的，等杨央出院了，我一定带他来给您磕头……"王秀丽含泪跪下，恭恭敬敬磕了三个头，在冰凉的墓碑上抚摸了许久。

回到信用社，王秀丽见马云仙的办公室里坐了很多人，见王秀丽回来啦，马云仙说："你到哪里去了，让大家等了这么大工夫。"

王秀丽问："有什么事吗？"

马云仙说："大家听说你要走，想给你摆桌酒席为你送行。"

王秀丽心里一热，说："眼下大家钱很紧，摆什么酒席。"

众人七嘴八舌说："这是大青山的规矩，我们钱再紧，也能摆得起桌酒席，定好了，明天中午，我们这就置办去。"

众人说完走了。

王秀丽来到叶子的住处，见李勇也在。王秀丽拉着叶子的手动情地对李勇说："李勇，别忘了王斌的话，好好待叶子。"

李勇认真地点点头："我会的。"

王秀丽从身上掏出 500 元放进叶子手里说："我也不知道该给你买什么好，这 500 元你拿着，就算秀丽姐送给你的嫁妆钱。"

停了停，王秀丽又说："叶子，你以后就把王斌当成你的娘家。"

叶子扑进王秀丽怀里，哭着说："秀丽姐，我真舍不得你走。"

"我何尝不是呢?"王秀丽的泪也涌了出来。

王秀丽来到马云仙的办公室，两人什么话也说不出，含泪相视许久，猛地拥抱在一起失声痛哭起来。

夜深了，马云仙、王秀丽、李勇、叶子四个人坐在一起，全都低着头，什么也不说，他们也不知该说些什么。

这样沉默了好半天，王秀丽说："云仙，我想明天早上就走。"

马云仙说："不是说好后天走的吗? 柳琴和范文旅游结婚该回来了。"

王秀丽说："我以后向柳琴解释吧!"

王秀丽说着从身上掏出 200 块钱递到马云仙面前说："你把这 200 块交给村里人，他们挣钱不容易，买下酒菜让他们自个儿吃吧，他们也该好好吃一顿了，如果他们坚决不收，就给他们中欠贷款的结了利息。"

马云仙不收，说："这件事我会处理的。"

王秀丽说："这是我的事情，我有权处理。"

马云仙只好接住钱，在接过钱的一刹那，马云仙觉得这 200 块钱比平常沉重了许多，她深知她接在手中的不仅仅是 200 元钱，而是信合人赋予广大农民的一片深情。

早上，王秀丽在马云仙的陪同下等来了第一趟班车，王秀丽和马云仙再一次含泪拥抱，登上了班车。

班车徐徐开出一截，王秀丽下意识地抬头望去，她刚抹去的泪又涌出了眼眶。在寒风中，前边的公路两旁，站了许多人，用不舍的目光为她送行，人们拦住班车，拉开车窗玻璃，一个劲儿往里塞着柳筐，柳筐里有鸡蛋，有干果，还有一片片重如山石的情……

(三十七)

王斌要出院，对父母说："别拿钱往无底洞里填了，倒不如省下几个给根儿做学费，我注定是死的人了，多活一天也没意义。"

父母听了，心里就哭了，他们不想让王斌生气，只好给王斌办理了出院手续。

王斌回家后的头一件事就是问母亲要了纸和笔，他要把自己片上贷款户的情况一户一户写出来，形成文字，使接任他的信贷员干起来顺手。

第二件事是给大青山信用社打了电话，马云仙接了电话，王斌在电话里让马云仙告诉柳琴，他想见她一面。

王斌等了好几天，也不见柳琴来。

王斌母亲说："斌，柳琴不会再来了，你就死了那份心吧！"

王斌问："为什么不会？"

母亲说："人家和范文旅游结婚去了。"

王斌说："你怎知道的？"

母亲说："我在街上碰上你们马主任了，她告诉我的，她说别告诉你，怕你伤心。"

王斌心里一阵冰凉，柳琴结婚了，王斌很悲哀地想。

夜里，王斌听到母亲悄悄的抽泣声，他流下了眼泪。外面的西北风刮得很大，一声呼啸接着一声，又仿佛是一个绝望的人在悲怆地对天长呼。王斌心想，"我命该如此，空空地来，又空空地走，什么也没得到，什么也没留下，想什么就失掉什么，不想的却无端来了，我也没什么可留恋的了，的确是我该归去的时候了。"

早上，母亲为王斌炖了支人参，王斌喝下去，觉得精神好了许多。母亲说城外一座山神庙里的神仙很灵，能求下药，就硬拉王斌父亲走了。

王斌又继续写他的贷户基本情况。写完最后一页，他忽而心有所动，王斌觉得他感觉到了什么，情不自禁下了床，心里无端地"通通"跳着，一股亢奋陡然升入脑间。王斌想，这是怎么一回事？自己为什么会突然这样。

王斌未来得及回答自己，门轰地被撞开了，一个泪水滢滢的人出现在王斌的面前。

王斌惊喜万分，他脱口叫了声"柳琴"，便不由自主地伸出了双臂。

柳琴第一次叫着："斌哥！"便一头扎进王斌的怀里。

王斌搂着柳琴，脸上浮着笑，仿佛在享受一种无尽的满足。

柳琴则伤心欲绝，哽咽道："斌哥，怎么回事？怎么回事？你不能丢下我自己走了呀！"

王斌很感动，他抚摸着柳琴，为柳琴抹着眼泪，说："看你哭得，是你得了癌还是我得了癌，我都弄不清了。"

柳琴说："我和范文刚出去三天，就想回来，什么原因也没有，就是想回来。我心里知道，我是想见你，当我回到信用社，听马主任说你得了癌，我就盼这一切都是在做梦。"

"我也是，可这一切都是活生生的现实啊！"王斌叹口气说，"琴，听马主任告诉我妈说你和范文结婚了？"

柳琴打断王斌的话说："今天咱们不谈这个。"说着，柳琴闭上了眼睛，把嘴唇迎向了王斌。

王斌心旌摇动，他觉得自己好久没有这样的激情了。这一刻，他仿佛又坠入了初恋的情渊，用火烫的唇迎接了柳琴……

当柳琴告别出门时，被王斌叫住了，王斌把几天来赶写的贷户情况交给柳琴："交给马主任，我为大青山信用社做的只能是这些了。"

柳琴听了，强止住泪水一头跑出门去。

王斌的父母回来时，看到王斌在自己的床上睡着了，他们没惊动儿子。

王斌母亲忽然想起今天是王斌的生日，她打算上街为王斌买生日蛋糕。父亲看着儿子极安详的睡态，感觉到不对劲，他走过去摸摸儿子的鼻息，脑袋"轰"了一下，他叹口气，便泣不成声了。

王斌母亲听到丈夫哭泣，知道不好，"哇"的一声扑在王斌身上大哭起来。

王斌的父亲搬运王斌时从王斌的枕头下翻出一张纸条，上面写着："我走了，请把我的骨灰撒在大青山。"

(三十八)

土炕烧得太热，热得让王秀丽难以入睡。

窑洞是新抹的，有股难闻的土腥味儿，地上老是有声音，好像有什么虫子在爬，四处很静，山风吹着树林，不时传来沙沙的响声，听起来有点恐怖。

外间睡着魏大娘，睡得很香，总是在轻轻地说着梦话。魏大娘是村里派来陪伴王秀丽的，还兼着帮王秀丽烧水、做饭。她是个孤独的老人，老伴到山外做工一去不返，魏大娘等啊等，一直等白了头发。儿子长大后当了兵在对越自卫反击战中光荣牺牲了，王秀丽很同情这个老大娘，望着她那如霜的白发，王秀丽就想起了她苦命的奶奶和马云仙的奶奶。

王秀丽很奇怪，自己来老山掌后，如同回家的感觉。她走的那天，没让联社用车送，一大早就从家里神不知鬼不觉溜了出来，可她没想到陈明义在楼下已等了她一段时间。

路过老周的书摊时，王秀丽发现老周今天没来，她有点纳闷。

陈明义说："你是为老周突然失踪而吃惊吧?"

王秀丽说："你怎么知道的?"

陈明义狡黠地一笑："你不要问我是怎知道的，但我知道老周带上他的书到了大青山。"

王秀丽说："因为那里的人更需要读他的书是吗?"

陈明义点点头。

王秀丽问陈明义："你怎么知道我今天去老山掌。"

陈明义说："我晚上做了个梦，梦见你要去老山掌，早上起来，我就鬼使神差开车来了，没想到歪打正着。"

王秀丽一到老山掌，村里像提前过开了年，又点鞭炮，又吹唢呐，整整红火了一整天，直至深夜。

王秀丽白天很忙，很累，好像从来没有这么累过。学校临时办在一个老乡的两眼空窑洞里，天刚蒙蒙亮，学生们就来了，她就顾不上吃早饭开始讲课。"春天来了，草儿绿了，花儿红了……"清脆的童音惊飞了杨树枝上的喜鹊，惊醒了沉睡的大山，托起了金色的太阳。

王秀丽讲课的时候，下面的那一双双清亮如山泉的眼睛里充满了对知识的渴望，如久旱的禾苗。

课堂上，王秀丽不时把一些感人的信合故事讲给这些孩子们听，讲着讲着，王秀丽流泪了，孩子们也流泪了。

"谢谢你，王老师，欢迎你又回到老山掌，还代表那么多热心人为老山掌捐款盖学校！"很快，乡党委书记来了，还有电视台的记者。

王秀丽面对书记和摄像机却脸红了，她竟然语无伦次，讲不出一段完整的话来。

王秀丽伸手摸了摸炕，炕并不太热，那为什么老是睡不着呢？难道是想儿子了吗？可丈夫昨天刚发来短信，告诉她儿子很好，他很想她。

王秀丽回到老山掌后，村里演了一场电影，影幕挂在学校窑洞墙上，村主任在最好的位置上，给她摆了一张太师椅，那是村主任从家里搬来的。王秀丽坐在不太舒服的硬木椅上，居然兴致勃勃看完了。

电影是王秀丽早就听说过的那部武打片，以往她听见是武打片就扭头回去了，她不喜欢打打杀杀。看完电影后，她建议放映员带农业科教片，放映员说下次就带来。

没几天，马云仙给王秀丽打来了电话。电话里马云仙告诉王秀丽，她重返老山掌在全县信合系统震动很大，"三定"改革很顺利，没有一个职工因下岗而产生怨恨。不少在职的老同志纷纷写申请，要求内退或让贤。一批有能力的业务尖子脱颖而出，走上了信用社重要岗位，成为推动全县信合工作健康发展的主力军。联社不但给大青山信用社配备了微机，而且还给她分配去两个年轻人，是省金融学校毕业的高才生，素质明显高于马云仙这一代人。大青山信用社踏上了历史性的变革轨道。

最后，马云仙说王斌死了，遗体已经火化，追悼会在大青山举行，希望王秀丽务必赶回来参加王斌的追悼会。

"是追悼谁呀，老师？他肯定是个了不起的人，大人们说了不起的人才能开追悼会。"孩子们好奇地问。

"等老师回来给你们讲这个了不起的人的故事，好不好？"王秀丽说。

"好。"孩子们跑进了窑洞，很快响起了琅琅读书声。

"给孩子们讲王斌的事他们会不会理解呢？"王秀丽对自己说，但是她随即又否定了自己，"他们终有一天会理解的，因为，生活在继续……"

<h1 style="text-align:center">（三十九）</h1>

又是一个年关。叶子和柳琴一同住进了县人民医院的产房里，又同时产下两个白胖小子。王斌妈欢天喜地到医院看望干女儿叶子，刚出门就碰上了放寒假刚回来的王秀丽。

王秀丽说："舅妈，你这么高兴，去干什么呀？"

王斌母亲高兴地说："叶子生了，是个白胖小子，我到医院伺候她，别让李勇耽误了工作。现在大青山变样了，信用社里也忙。"

王秀丽从身上掏出 200 块钱说："舅妈，那你也给我捎着买点营养品送给叶子。"

王斌母亲说："你一块儿去吧，这段日子又不忙。"

王秀丽说："怎么不忙哩，我已经和小娟她们的鼓乐班说好了，搭她们的班子趁寒假挣点钱。"

王斌母亲说："钱够花就行了，挣那么多干吗？"

王秀丽说："老山掌人还很穷，有许多孩子交不起学费和书钱，我不替他们添补几个，他们会失学的。"

王斌母亲说："你呀！心全操在老山掌了。唉，老山掌的学校盖起来没有？你那位和我那位在山上栽的树活了的多不多？他俩一定被山风吹成了黑圪蛋了吧？"

王秀丽笑着说："你去看看不就知道了吗？"

"我伺候叶子坐满月子，和他们去过春节。"王斌母亲说完，着急地走了。

王秀丽回家看了看四处灰尘的家，没多做停留，就跑到婆婆家看儿子，儿子恢复得很好，上学后，成绩也提高了不少。

王秀丽打算稍看儿子一眼就离开，因为今天王秀丽是回大青山演唱，听孙班主说是大青山一位靠石头致富的农民刚修起二层楼，是乔迁之喜。"去了先唱什么歌呢？"王秀丽心想，"先唱《父老乡亲》，打响头炮再说。"

"我生在一个小山村，

那里有我的父老乡亲……"

王秀丽情不自禁地哼了起来。

王斌的母亲在医院里看过叶子的儿子后，又到柳琴的产房里去看柳琴的儿子。

柳琴淡淡一笑，对王斌母亲说："伯母，你给孩子起个名字吧。"

王斌的母说："可以吗？真的可以吗？"

柳琴说："我会对范文讲是我起的。"

王斌的母亲想了想，说："王斌曾对我说过他若有了孩子，无论男女都叫信合，因为他热爱信合工作。我看就叫他信合吧，你觉得合适吗？"

柳琴说："我也正想给孩子起这个名字。"

柳琴把信合拥在怀里，闭上眼睛。心说，"我们这些信合人，这一辈子究竟情为谁苦呢？"

外面传来阵阵鞭炮声，柳琴又想：何必问情为谁苦呢？人活着，只要苦得有意义也是一种美丽，就像鞭炮，炸响自己，却为许多人传来了春的喜讯。

山区小社

(一)

四面环山，却都是连绵起伏的荒山，只有花果湾信用社对面的山坡上一片青松云集，郁郁葱葱地向大自然展示着它们顽强的生命力。

叶子每天起床后站在信用社院子里，抬头看到的第一道风景就是对面山坡上的那一片绿色。

叶子是在高粱快要涨红脸的时节来到花果湾信用社的。叶子大专毕业后参加信用社工作才一年多，原来在经营效益不错的清平信用社做信贷会计，后来花果湾信用社一名信贷员退休了，叶子就被联社调到花果湾信用社做了信贷员。

花果湾信用社位于太行山腹地的花果湾村，距离县城有百里之遥，坐公交一个多小时才能到达。这里山高坡陡，资源匮乏，土地贫瘠，自然条件差，是全县的贫困村之一。原来花果湾村是乡政府所在地，后来撤乡并镇后，随着中学、医院、工商税务等驻地单位的撤并，花果湾又复原了一个偏远山村的宁静和冷清。

前几年，县联社因为花果湾信用社存款业务严重萎缩，信贷资产质量不高，连年亏损，就以金融服务成本高、风险大，不具备可持续经营要求的理由向银监部门递交了撤销花果湾信用社的申请文件，但还没有等到银监部门作出批复，花果湾一个名叫柳大旺的农民就带头聚众到县政府门前静坐，而且还打着"坚决反对撤销花果湾信用社"的横幅。他们说信用社是花果湾方圆 15 公里内唯一的金融机构，假如县联社撤走花果湾信用社，附近的村民就要花费一天的时间走 15 公里山路到合并后的红岭镇信用社取钱，若是坐车，来回一趟要 10 元车票钱。况且现在国家每年给农民发好几次补贴，都在信用社的存折上，村民外出打工赚的钱也都汇到信用社的账户上。如果信用社撤了，当地农民就连最基本的存贷汇等金融服务也难以享受到，在很大程度上严重影响到国家支农惠农政策效用的充分发挥，制约了新农村的建设。

县政府最头疼的就是群众上访，县长问明白花果湾村民上访的原因后，立即责成分管金融的杨副县长召集驻县银监办事处和县联社主要负责人召开了专门会议。会上，杨副县长要求县联社要站在构建和谐社会的高度认真对待撤销花果湾信用社的事宜。杨副县长还特别强调，农村信用社在服务"三农"上，不能只围绕眼前利益算小账，而要顾全大局算大账，不要因为些小事而弄僵了农民与信用社的鱼水情谊。农民到县政府门前静坐，不仅干扰了政府正常工作秩序，也影响信用社的社会形象。

县联社刘主任边记笔记边在心里发牢骚："我们不算小账行吗？我们信用联社因为花果湾信用社每年要亏损十几万哩！而且因为花果湾信用社资产质量差，经营风险过高，银监部门盯得很紧，经常给县联社下发风险预警提示，弄得联社很被动。"刘主任虽然在心里发着牢骚，但表面上却是一副洗耳恭听的神态，在杨县长讲话的时候不住地点头称是，并当场表示尽快落实县长讲话精神，给花果湾村民一个满意的答复。

会后，县联社刘主任和银监部门负责人做了沟通后，撤回了递交的文件，保留了花果湾信用社。

由于当地经济条件极其落后，再加上花果湾信用社经营效益差，正式工没有人愿意来，临时工有点门路、关系的，也不想来。但是叶子来了，叶子不觉得联社领导对她的调动含有任何隐情，更不觉得有逆来顺受的无奈，叶子认为，只要是信用社，就是信合人该去的地方，虽然她还是个没有正式编制的信合人。叶子原来只知道花果湾是个很偏僻的山村，但她没有想到的是花果湾比她想象的更艰苦，苦得连棵树也难以生长，只有信用社对面山坡的一坡青松能使她感受到一点绿色生命的存在。

(二)

叶子刚来花果湾信用社的时候，经常会听到老主任姜效忠和会计赵年生喜欢唱这样一首民歌：

> 桃花来你就红来杏花来你就白，
>
> 漫山遍野向阳开呀啊个呀呀呆，
>
> 翻过那桃花岭来蹚过那杏花海，
>
> 憨憨的哥哥他看花呀啊个呀呀呆……

不仅老主任姜效忠和会计赵年生喜欢唱，而且当地的村民也喜欢唱。叶子心里就想："既然花果湾春天没有漫山遍野向阳开的桃花和杏花，可为什么老姜他们要这么唱呢？花果湾既然没有春花秋果，花果湾又为什么称之为花果湾呢？可能在很早以前，桃树和杏树在花果湾是有过的，而且还是漫山遍野的，那时花果湾的春天一定是山花烂漫，秋天一定是硕果累累，要不然花果湾的祖先为啥把自己的村庄冠以花果湾这个名字呢？"

　　叶子来到花果湾信用社不久，曾问过老主任姜效忠，你们花果湾人为什么总喜欢唱这首民歌《桃花红，杏花白》？花果湾到处是荒山，荒芜得连棵树也很少见，更不要说花呀果的，简直是太名不副实。

　　接近退休年龄的姜效忠，满头银发，满脸银须，微黑的脸庞更映衬得白发白须如秋霜白雪，两个凸起的黑红脸颊上排列着很不规则的皱纹，显得如花果湾的地图一样沟壑纵横。

　　老姜两只饱经风霜的眼睛里流露着忧郁的光芒，声音低沉地说：

　　"这首民歌不知道在我们这里流传了多少年了，我爷爷奶奶唱了一辈子，我父亲母亲唱了一辈子，我自从小学唱到现在，都唱了快60年了，就没见过花果湾桃花红过，杏花白过，而且也没见花果湾人种活过一棵花果树。老姜还说，花果湾村一直处于贫困落后状态，多年来，花果湾村人太渴望能通过种植花果树脱贫致富了，村里每年都有人从外面弄回花果树苗试着栽种，可就是没见一棵花果树被种活。有一年，花果湾乡政府的一个主要领导心血来潮，想在种果树上求突破，搞政绩，大力号召当地群众种果树，并要求信用社发放贷款大力支持，政府给予贴息。

　　"乡政府的号召却遭到了村里一位小学老师的极力反对，他说花果湾这地方在很早以前也是森林茂密，但经过多少代人的乱砍滥伐，变成了荒山秃岭。环境的恶化导致气候过于干旱，而且表层土壤严重沙石化，没有适宜果树生长的有机成分，要想种活果树必须先改良土壤，否则种一万年也休想种活果树。这位小学老师还联合村里的几个有识之士联名上书到乡政府，希望能说服乡政府领导终止这一劳民工程，但没有起到什么明显效果。不但乡政府领导不买他的账，而且他还遭到了众多村民的非议：'花果湾不种果树种什么？祖先能栽活成林，我们为啥不能？况且政府是共产党的政府，说话还能蒙骗咱老百姓？政府肯定有办法能让咱种活果树的！这种

人还当老师呢，连共产党的政府都不相信还能教好学生？纯粹是误人子弟!'

"不但这位小学老师被村民们指责了很长一段日子，而且小学校长也受到了牵连。乡政府领导几次在全乡会议上点名批评小学校长管理不力，纵容个别老师妖言惑众，反对政府带领群众脱贫致富。校长迫于压力，就要求这位老师给乡政府领导写检讨书，向村民们认错，求得大家的谅解。可这位老师拒不承认自己有错，检讨书没有写下，却给校长写了辞职报告，愤然离开了学校。"

当时的老姜刚当上信用社主任，抱着尽快帮助乡亲们脱贫致富的满腔热情，对政府的决策没有经过深入思考，就积极响应政府号召向联社上报了信贷计划。当时花果湾信用社是一级法人，联社只是例行公事走咨询审批程序，很快就批准了信贷计划。然而令老姜没有想到的是在信用社为村民们发放贷款时，乡政府只让贷款的村民们办理了一下手续，就集中拿上贷款到外地统一购买了果树苗，分发到贷户家中，结果是果树一棵也没活，上百万贷款全部形成呆滞。信用社的信贷员一上门要贷款，贷户们就到乡政府闹事，乡政府也没办法，只好打碎牙往肚里吞，设法挤出一点办公经费替农民补贴了部分贷款利息，但第二年乡政府领导换届后，就没人再管果树贷款贴息这件事了，老姜不知往县乡两级政府跑了多少次，但得到的答复大致相同："现在财政吃紧，政府连工资都发不了，以后慢慢解决吧。"于是，100多万元果树贷款就这样悬空了。几年下来，就结欠利息80多万元。

老姜因此主动向联社提出了辞职，并要求联社领导给予处分。但联社领导却向他解释，这不是他的失职，是政策干预造成的。老姜辩白说，"政策是死的，人是活的，出了问题理应由人承担责任。"但任凭老姜怎么说，联社领导就是听不进去，不但没撤老姜的职务，而且也没给老姜任何处分。最后，老姜回到信用社给自己定了处分，从今往后，不拿主任职务津贴，至今，信用社账上还放着老姜 1 万多元的主任职务津贴。

"唉！我们花果湾人是做梦也盼着自己的村庄有一天能花满山、果满坡啊！可到现在还一直是个梦，这梦不知花果湾人还要做多久，信用社那 100 多万元果树贷款也不知道啥时候才能收回来！"老姜叹着气说话时，目光显得更加忧郁，令叶子心里感到沉甸甸的。

后来，叶子才得知那位极力反对种果树的小学老师就是花果湾信用社的会计赵年生。赵年生是在信用社招工的时候被老姜极力举荐到信用社的，老姜说他非常敬佩赵年生这样先知先觉、敢于直谏的知识分子，而且老姜很后悔当初没去找赵年生谈谈，如果找赵年生谈了，也许他就不会盲目地去投放那 100 多万果树贷款，没有 100 多万贷款的支持，政府的果树工程就开展不起来，花果湾人也就不会种树不成反欠债了。

赵年生参加信用社工作后，显得有些不谙世事，和同事们也没有太多的话语，每天除了埋头做好工作，就是练毛笔字。"别看老赵言语不多，在他的字里行间埋藏着不小的抱负呢！"老姜经常这样对信用社其他人说。

（三）

由于山里平地少，花果湾村民的居室大多是依山而建的窑洞，不到 200 户人家错落有致地分散在一面比较平缓的向阳山坡上。信用社坐落在村子脚下的一块开阔的平地上，与原来的乡政府只有一墙之隔，大门前有一条乡村公路蜿蜒而过。信用社被高大的院墙和厚重的铁门严实地包裹在半亩大的院子里，院里共有坐北朝南七眼红石窑洞，每孔窑洞的门窗上都装着用螺纹钢焊接成的防护栏，防护栏看上去有些年头了，锈迹斑斑。中间一眼做金库，左边一眼做营业室，右边一眼是姜主任的办公室兼会议室，其余4眼是宿舍、厨房和库房。

花果湾信用社从建社到现在一直没挪窝，全县21个基层社中唯独花果湾信用社没迁新居，别的信用社都有了宽敞明亮的营业场所，有的还盖了二层楼，营业厅装潢得很亮丽，农民们进去办业务时，脚步小心了许多，生怕在锃亮光滑的地板上摔跤。

石窑因年久风化，逐年走向坍塌的边缘。西边堆放杂物的库房中，已有好几根木柱在帮助石窑支撑了。职工们很少进去，非得进去一回，也是两眼恐惧得紧盯窑顶，生怕窑顶突然坍塌，把自己埋在里面，唯独老姜进去时很坦然，经常进去检查木柱子是否松动，有时会蹲在柱子旁抽一阵烟，很响亮地咳嗽上几声，叹口气才走出库房。

县联社的领导来花果湾信用社指导工作时，老姜总要设法留领导吃顿便饭。尽管领导们不愿意给花果湾信用社增添负担，但又盛情难却，只好留下来等吃了饭再走。

领导在的时间长了，定会去厕所，厕所在库房的一边，领导上厕所，定会路过库房，老姜就瞅领导上厕所之际，走进库房里检查柱子。想让领导从厕所返回时能看到，实际察看察看并询问上几句，引起领导的重视，回去开会时能把解决花果湾信用社的危房问题提上议事日程。

可是县联社领导从厕所回来，总是匆匆而过，好像根本没看到石窑里的柱子和老姜，老姜只好叹口气，两眼无神地走出石窑。

加上叶子，信用社一共有6名职工。经常住社的只有叶子、黄丹青和邢晓红，老姜、刘冠华和赵年生都是当地人，家都在花果湾，除了晚上值班看库，一般都住在家里。

国庆节一过，信用社里的空气就有些紧张了，联社刘主任参加完全市旺季工作会议后，第二天就召集全县信用社主任传达市联社精神。老姜回到花果湾信用社，连夜开会，布置旺季工作。尽管县联社对花果湾信用社各项指标比较宽松，要求不甚严格，但老姜还是本着高度负责的工作态度，一如既往地抓旺季工作，老姜说不管联社领导怎么想，通过旺季促进我社工作是正确的。

花果湾信用社每年最头疼的一项工作就是清收不良贷款，于是老姜在会上先是核对了外勤人员收贷结息任务完成情况，又把各片上的难缠户剔出来，先在这些难缠户上下工夫。老姜还在职工会上说，有个别信贷员，贷户贷款到期也不下发贷款催收通知书，认为下也白下。下乡收贷也是敷衍了事，向贷户要吃要喝要土特产，在旺季工作中，如果有人继续工作不积极，干有损信用社形象的事，他就上报联社处理。

老姜说这话时，眼睛紧盯着翘着二郎腿满不在乎抽烟的信贷员刘冠华。晚上开完会，刘冠华就向老姜请假，说身上不舒服，得休息几天。老姜说到底几天，刘冠华说："谁能说准自己病几天，几天好了几天算！"说完连个假条也没写就转身要走。

"德行！"老姜没好气地说。

"我德行不好，你把我从花果湾信用社赶走！"刘冠华停住刚迈出门栏的脚步，回转身狠狠地盯着老姜说："你当我愿意在这鬼地方待着，工资发不了，成天受得些憋闷气！"但第二天刘冠华还是没有休息，他怕出勤不够影响了年终评先进，评上先进不但能拿1000元的奖金，而且对以后提拔有好处。刘冠华非常看重年终评先这件事，如果哪一年没评上，他的脸色都要难看好些日子，就连信用社的看门狗也得被他多呵斥几声。

花果湾是叶子的包片村，叶子刚来的时候，给她交接的前任信贷员告诉叶子，因为在乡政府号召种果树时，花果湾村人起了积极的带头作用，所以也是辖区内不良贷款户最多的村子，那个爱带头上访的柳大旺是叶子片上最难缠的老贷户之一，至今还欠着信用社连本带利 5000 多元果树贷款，前任信贷员不知给柳大旺下发了多少催贷通知书，无数次上门，开始，柳大旺领导先是到乡政府闹事，后来，乡政府撤了，他就跪下给信贷员磕头，痛哭流涕诉说苦难家史，不但自己跪，还逼着自己老婆和女儿跪，老婆女儿不跪，柳大旺就狠狠抽打女儿的屁股，令女儿痛哭不止。场景让信贷员不忍目睹，只好安慰几句，匆匆溜出柳大旺家，似乎自己欠了柳大旺的钱。

叶子正打算去找柳大旺，可没承想柳大旺倒先找到了信用社。在老姜办公室里，叶子第一次见着了柳大旺。原来柳大旺想趁冬闲倒腾点山货，可手里没本钱，就到信用社缠着老姜又要贷款 5000 元，说不给他再贷点款，他的山货就倒腾不成，山货倒腾不成全家人连年也没法过。

老姜没办法，又想到今年天气干旱，收成不好，柳大旺家里有卧病在床的老母亲、半疯不傻的妻子和一双未成年的儿女，不倒腾些山货打闹两个零花钱，确实年关难过。柳大旺人虽懒，但有一定的经济头脑，只要给他注入本钱，他还是能挣下钱的。

柳大旺递给老姜一支"沙河"烟，又给老姜打着火点上，笑问："咋说？"

老姜吸口烟，冲柳大旺苦笑着摇了摇头："你还想贷款？你至今还欠着信用社连本带利 5000 多元果树贷款呢？在我们信用社已是有不良信用记录的客户。况且现在信用社存贷比例已超过联社规定，规模压还压不下来呢！根本没有资金再放贷款。"

"信用社还能没钱，还能怕放贷款，你们光存款不放贷款叫什么信用社?"柳大旺不相信。

老姜苦笑笑没做回答，他也无法回答，在花果湾这么贫困的地方搞农村金融工作，农民们只知贷款，好像信用社是取之不尽的金库。很多人不理解信用社的苦衷，也懒得去理解。宣传工作做了不少，你尽力去向他们解释，他们反倒说你是财神爷流泪。满足了要求，高兴而去，满足不了要求就感叹到信用社贷款比上天还难，甚至到当地政府告状。

柳大旺满脸无奈地站起身来正要开门离去，却被老姜喊住了："大旺，你等一会儿。"

柳大旺转回身，眼神里充满了不解。老姜从上衣口袋里掏出 2000 元钱递给柳大旺说："钱不多，你先拿上用吧！"

叶子见状，也快步出了老姜的办公室，到营业室从她的存折上取了 3000 元又回到老姜的办公室，交给柳大旺说："老柳，把这些钱也拿上吧。"

柳大旺手里捏着钱，眼里闪出了泪花，他动情地说："老姜，你放心，钱我一定要还你们，而且还要带头归还信用社的果树贷款。"后来，柳大旺才得知老姜借给他的那 2000 元钱是老姜要用来买药治病的。

晚上，叶子躺在床上看了一会儿信贷管理业务书，觉得有些困，闭上眼，却怎么也睡不着。

叶子是省金融学院大专班毕业的。叶子的父亲是信用社的病退职工，每月只有 800 多元的退休工资，但父亲还是舍不得买药，把自己的退休工资全部供叶子上了学，叶子的哥嫂对此很有意见。等叶子大专毕业，家里几乎是一贫如洗，而且还欠了 1 万多元外债。钱花了不少，可毕业还找不下工作，父亲没办法，只好挂着棍子去联社找刘主任求情，叶子才成了信用社的临时工。对于父亲来说，叶子这个工作，已经来之不易了，父亲一辈子没求过人，面对父亲的苦心，叶子又何尝不这样认为呢？不管怎么说，信用社总归在别人眼里还是一个比较好的单位。

叶子睡不着，就熄灯走出屋来。淡淡的月光均匀地洒在深秋的大地上，山风吹来的寒气让叶子不由自主地抱紧了双臂。老姜的窑洞还亮着灯，灯光不太亮，甚至有点昏暗，叶子觉得那灯光有点像老姜忧郁的目光。老姜为什么总是这么忧心忡忡呢？叶子曾听刘冠华半阴不阳地说过，老姜年龄大了，是在担心联社不用他当信用社主任哩！叶子对刘冠华的话很反感，因为她觉得老姜不是那种恋官贪权的人，而是个非常有责任心的信用社主任，叶子总觉得老姜的忧郁除了那至今收不回的 100 多万元果树贷款外，还有别的原因。到底是什么原因呢？叶子想不透。

叶子仰头看着月光下对面山坡上的青松，心里在问自己，自己能否像这些青松一样在这块贫瘠的土地扎根下去呢？叶子坚定地回答自己：能，为了父亲，不管自己在哪个信用社都要干下去，而且要干出个样子来，即使自己成不了一棵挺拔的劲松，也要做一片四季常青的松树叶子，为信合事业增添一抹亮色。

（四）

信用社没有正点上班的习惯，老姜曾多次开会要求职工按点上班，可要求归要求，事实归事实，山里人不比城里人，时间观念那么强，日落而息，日出而作。一年四季跟着太阳转，收罢秋、犁罢地，没有什么营生可做，冬天又懒得出门，信用社业务很少，有时一天没一笔业务，职工上班没事干，思想比较散漫，早上起得迟。老姜却是天天早起，无论在信用社值班还是在家，每天提前半个小时到信用社，先清扫一遍院子，而后打开营业室的铁护栏和门板，就坐进自己办公室做自己的工作。

叶子到花果湾信用社后，起床一般在七点以前，起床后，帮老姜扫罢院子，就开始清扫营业室，抹桌抹椅抹柜台。刘冠华见了，撇撇嘴："那是内勤人的事，你干了不怕他们闲出病来。"叶子笑笑说："谁做了都一样。"

开会第二天早上，老姜突然生了气，没给不按时上班的刘冠华好脸，并当场宣布罚刘冠华 50 元钱，从当月工资中扣除。老姜还当众表扬了叶子，惹得刘冠华直冲叶子翻白眼，但以后上班刘冠华再没迟到。

老姜又一次回联社参加旺季会议，并带回一个最新消息。联社决定，凡完成存款，收回当年到期贷款和结息任务的社，补发历年因未完成任务而扣发的工资。这一决定一公布，果然有效，刘冠华也不提请病假的事了，晚上加班择出自己片的逾期贷户，填写贷款催收通知。老姜还要求内勤人员也要积极行动起来，利用业余时间走出柜台，组织资金，并把联社下达的各项存款指标分解到每个人头上。年过 50 岁的会计赵年生说，要是联社早做出完成任务补发工资的决定，他的存款任务早完了。

出纳黄丹青说："任务跟工资挂钩又不是光今年，前几年你这个内勤主任哪一年完成过。"赵年生脸唰一下红了，把脸扭向一边，说："我完不完干你屁事。"黄丹青正要争，老姜走进营业室，黄丹青的话才咽回去，埋头打起现金传票来。

老姜昨晚一回去，就听老伴说："村里要改选村主任了，今晚老赵家里请客哩，老支书和村主任都去了，听说还有镇干部，是不是老赵想当村主任？"

老姜很讨厌老伴这种做派，说："你一个妇道人家管那么多闲事干啥，就咱村这狗屎盆子，谁还想当村主任，他老赵没事愿意沾一身臭？"老伴说："你们信用社不是要改革吗？老赵也到了内退的年龄了，闲在家里没事，当个村主任每年还能多挣些补助呢！再说村主任好歹也是官呢！多少还能占些集体便宜。谁像你，白天黑夜地为信用社操心，联社不罚你，你倒自己罚起自己，不领补助了，那可是1万多块哪……"老伴一说起老姜补助的事来就喋喋不休。

老姜听得有些不耐烦，就用被子蒙住头说："还叫不叫我睡觉了。"等老伴关了灯，他又把头从被子里伸出来，想，"赵年生这人一辈子精打细算，从不平白无故请人吃饭，他莫非真的想当村主任？这老赵打的是什么算盘呢？"老姜怎么也想不通。

早上，老姜拿着一份材料进了营业室，看了一眼赵年生，赵年生忙埋头翻打传票。

老姜走到邢晓红跟前，把手里的材料交给她说，把这份材料打印三份。邢晓红是先叶子两年进了花果湾信用社的，原来在城关信用社，和一个已有妻儿的副主任爱得死去活来，副主任的老婆哭天抹泪到联社告了一状，邢晓红被调到了花果湾信用社。紧接着那个副主任也向她宣布婚是离不成了，要离，联社就让他干不成副主任。邢晓红以为那个副主任出于无奈，反倒表示了同情。后来，联社迫于内外影响，还是撤了那个副主任的职务，而且把邢晓红调到了花果湾信用社。邢晓红带着被流放的心酸和惆怅离开城关信用社后，两人来往就越来越淡了，再后来，邢晓红才知道副主任根本就没有离婚娶她的意思，无非想吃她几天豆腐。

花果湾信用社的人大多对邢晓红表现出同情，大家认为邢晓红一准是受骗了。邢晓红来到花果湾信用社后，老姜没有给痛苦中的邢晓红安排过多的工作，只让她担任了复核工作，山区小社业务量很少，邢晓红几乎是成天坐干板凳，老姜怕其他职工有意见，就又安排邢晓红做些可多可少的零活，比如在电脑上打打材料什么的。可邢晓红来到花果湾信用社后，性格变得非常孤僻，她从不和信用社的同事多说话，总觉得别人的同情和关心是一种施舍，在大家的心里她永远是一个被别人嘲讽的女人。

信用社开支过紧，没有做饭师傅，叶子就和邢晓红、黄丹青搭伙做饭，黄丹青酷爱喝酒写作，性格有些放荡不羁，邢晓红看不惯黄丹青的做派，叶子没有来花果湾信用社之前，邢晓红和黄丹青吃饭实行 AA 制，做饭也是一人一天，黄丹青不爱做饭，轮到他做时总是推三阻四，邢晓红也不吱声，就做她一个人的，弄得黄丹青时常光顾小饭馆。但年长邢晓红三岁的黄丹青显得非常大度，从不与邢晓红计较，常常是从小饭馆回来之后还要给邢晓红带回些她爱吃的饭菜。晚上，黄丹青还常把自己创作的文章念给邢晓红听。邢晓红心里非常清楚，黄丹青名义上是让她提意见，实际上是给解闷，让她那份孤独的情感在这偏僻的山村夜里有所释放。对于黄丹青的大度，邢晓红渐渐地产生了一种依恋。社里人都说邢晓红和黄丹青在谈恋爱，叶子在来社之初也有所觉察。叶子也非常欣赏黄丹青的才气，不知不觉中对黄丹青也产生了爱意，但叶子还是克制了自己的情感，把对黄丹青的爱深深埋在心底，她希望邢晓红和黄丹青的爱情果早日成熟。

（五）

前几天中午快下班的时候，老姜的同学——县城的煤老板方中圆自己驾着越野车来到了花果湾信用社。方中圆是花果湾信用社的最大存款客户，在信用社存放着 200 多万元。花果湾地薄人穷，经济落后，信用社组织存款非常困难，为了完成联社存款指标，老姜三番五次进城找老同学方中圆，方中圆碍于老同学情面，况且他干煤矿起家和经营困难时多次得到老姜的帮助，从花果湾信用社贷过不少款，这才把 200 万元存到花果湾信用社。

方中圆一进老姜的办公室就对正来给老姜汇报收贷情况的刘冠华说，这花果湾可真不是人来的地方，这路比红军长征还难走，七拐八拐差点儿和一辆农用三轮车亲了嘴。一边说一边把鼓鼓囊囊的小黑皮包往老姜的办公桌上一扔，跷起腿仰身躺在沙发椅里。刘冠华见方中圆来了，忙接过方中圆的水宜生保健杯倒水。

老姜在窑顶上听到有人来了，就赶紧下来回到了办公室。库房窑顶出现了一指宽的裂缝，今年秋雨多，雨水顺着老鼠洞灌下去，造成了窑顶蓄水，泡软了砌窑石的灰泥，导致窑顶下陷。库房内顶着的柱子有两根已倾斜。老姜知道窑顶出现裂缝是一个村里乡亲告诉他的，那位乡亲经常借用信用社窑顶晒粮食。老姜让刘冠华下午把库房里的东西搬出来，分放在每个窑里。刘冠华虽然应允了，心里却老大不痛快，这种不快明明白白地写在他脸上。

老姜和方中圆刚打过招呼，方中圆把喝进嘴里的水就"扑"的一声全吐到脚下的水泥地面上，然后皱着浓眉咧着厚嘴说："这水碱味太重了。"老姜很不高兴地说："这种碱水我喝了快 60 年了，你才喝一口就受不了啦。"刘冠华忙接过话头赔着笑说："水碱性大利于消化，对身体还是有好处的。"老姜问方中圆："今天怎有空跋山涉水到我这里消遣来了？"方中圆先给老姜和刘冠华每人散了一支软中华，然后自己也叼了一支，刘冠华忙掏出打火机先给老姜和方中圆点上。方中圆深吸一口，让吐出的烟雾朦胧了多半张胖脸后才说："我哪有闲工夫上你这里消遣，有位在银行的朋友年终存款任务完不了，向我筹借资金，我这几天公司也正周转困难，没办法才来取我那 200 万的。"

老姜听了心里就一紧，心里直骂方中圆你小子真混蛋，偏在这节骨眼上来取存款。可老姜嘴上却说："随便，随便，存款自愿，取款自由嘛！"

刘冠华却在一旁急了："方老板，您几千万的资产还差这200万吗？您就高抬一下贵手好歹让那存款在花果湾信用社过了这个年关吧！"

方中圆不阴不阳地眯着细眼说："我也知道你们信用社要年终了，存款指标不好完，可我也是实在没办法才来取的。我和老姜是多年的老同学，我还能在他上坡吃力时扯他后腿？"

"你那位银行的朋友一定给你不少好处吧？"老姜在烟灰缸里用力一掐烟头说。

"没有没有，只是交情不错罢了！"方中圆脸上有些见红。

"老姜，要不我们也想办法给方老板弄点好处费吧！要不我们今年的存款指标完成就没指望了，我们历年扣发的工资也就泡汤了……"刘冠华凑到老姜面前低声说。

老姜没理刘冠华，对方中圆说："要取就取吧！钱是你的，我们也不能勉强。再说你把钱在这里存了好几年了，也做到情分上了，我们花果湾信用社家底穷，没什么回报你的，今儿中午就在这里吃顿便饭吧！"

方中圆推辞着要走的时候，正好叶子下乡回到信用社。方中圆见着叶子，细长的眼睛一下子上下撑宽了许多，马上改口说："这样好这样好，省得再跑回去，我也懒得多走道儿。"

中午吃饭时，老姜让邢晓红给叶子做帮手做饭，又让刘冠华到小卖铺拿瓶酒。刘冠华不仅拿了两瓶酒，还提回了几瓶肉罐头，并给叶子和邢晓红每人拿回一桶核桃露。老姜用眼瞅瞅，嘴角抽动几下，但没吱声。黄丹青忙从邢晓红窑里搬来方桌放在老姜的办公室当中，摆开了酒场。

方中圆喝起酒来兴致很高，轮到叶子敬酒的时候，他一连干下三杯，而且也要叶子喝一杯白酒，叶子不喝，方中圆就紧捏着叶子的手不放，弄到最尴尬的时候，黄丹青突然站起来要替叶子喝，方中圆这才松了叶子的手，盯着老姜，打着酒嗝对黄丹青说："你在这里充什么大，恐怕还没有这个资格吧，要替，也得老姜替，而且得干一碗。"

方中圆腾出一只碗，满满倒了一碗酒递到老姜面前："老同学，你要是替喝了这碗酒，我不但不让叶子喝酒，而且那200万存款我也不取了！"老姜接住碗，迟疑了一下，一仰头咕咕灌进了嗓子里。碗离开嘴的时候，老姜两手猛地捂住嘴，急急地跑出了办公室。

黄丹青不甘心，要和方中圆干大杯，但他怎么也不是方中圆的对手，三下五下就口齿不清了。黄丹青摇摇晃晃地用手指着方中圆，大骂方中圆不是一个好东西，靠信用社发家，还要刁难信用社，逼帮助过自己的人喝酒，想占信用社女人的便宜。黄丹青骂着骂着猛地将身子向前一扑，便哇的一声喷出许多秽物，把桌上弄得一塌糊涂。方中圆的脸红一阵白一阵，酒场弄得不欢而散，方中圆悻悻而去。

叶子不放心老姜，她顾不得和邢晓红收拾被闹得一塌糊涂的饭局，就急急忙忙出去看老姜。叶子在做库房的那眼窑洞里找着了老姜。老姜脸色蜡黄，半弯着腰用两手抓着一根顶着窑顶的柱子，时不时干呕几声，脚下是吐出的一堆污物，里面掺杂有猩红的血丝。叶子走过去要搀扶老姜，老姜却连连冲叶子摇头，一个劲儿说没事。

叶子坚持把老姜搀回办公室，把他放在床上时，老姜用拳头使劲捣着自己的胸脯，喘着粗气让叶子给他倒了一杯水，又让叶子从办公桌抽屉里拿出装着止疼药的瓶子。老姜喝了止疼药后，似乎好了一些，他对叶子说，"我没事，你去柜台上顶黄丹青半天班吧，他喝了酒，我怕他耽误了业务。"

（六）

赵年生有练毛笔字的习惯，每天工作之余总要涂抹几张旧报纸，尤其是近一段时间，特别是老姜醉酒吐血后，赵年生涂抹的次数增多，而且练字的方向由隶书转向狂草，信用社订的报纸，一不小心就让他给涂抹光了，刘冠华对此很有意见，但老姜拿起那些墨迹未干的报纸仔细端详上半天，却很欣赏地说，老赵的字越写越有气势了。

有一天，叶子拿着一张被赵年生涂抹了一半的报纸突然兴奋地叫出了声，她的声音把营业室所有人的目光都吸引住了。叶子在报纸上看到了黄丹青的名字，黄丹青在省级报纸上发表了一篇小说，题目是"山区小社"。叶子自己都不知道哪来的那股冲劲，她在营业室喊了起来："看，省报上发表了丹青的小说！"说完，叶子感到脸颊热热的，觉得大家看她的眼光有些异样。

大家争相阅读黄丹青写的小说，看完了，都说："不错，写出了咱山区信合人的真情实感，没想到咱花果湾信用社还能出个作家。"

黄丹青谦逊地说："过奖过奖，以后还请大家多多批评指导。"

赵年生很不好意思地对黄丹青说，早知道这张报纸有你写的文章，我就不写了。

老姜笑着说，"以后拿报纸写字，要先看看有没有丹青的文章再下笔。"叶子笑笑说："老赵，我看你以后还是对咱们的报纸手下留情吧。"

没想到却引出了赵年生一声长叹："恐怕以后拿上信用社的报纸练字的机会不多了！"

大家不懂赵年生话的意思，只有老姜握住赵年生的手拍拍他的肩膀走出了营业室。

晚上，轮到刘冠华和老姜值班，刘冠华告诉老姜说去趟厕所，就溜进叶子窑里嗑起叶子从家里拿来的炒瓜子，刘冠华说信用社很快要搞人事制度改革，这是前不久他到县联社办事时，一位在联社工作的亲戚向他透的风。刘冠华告诉叶子，信用社人事制度一改革，老姜肯定得退下来，而且赵年生有内退的可能，县联社对老姜早有看法，认为花果湾信用社这几年工作没起色，多半是老姜领导不力造成的。当然还有老姜一再向县联社递交改善营业环境的报告，联社有的领导也很不高兴，认为很有可能是老姜清廉了一辈子，临退休想开了，想借修建捞点油水滋润晚年光景。

刘冠华没想到叶子说："老姜根本就不是那种人。"

刘冠华说："知人知面不知心。"

刘冠华吐出一个瓜子皮说："我干了十几年的副主任兼信贷员，也该弄个主任当当了。"随即，刘冠华把手中的瓜子又放回桌子上，身子往叶子跟前坐坐说，如果他做了花果湾信用社主任，他打算用个年轻人当助手。刘冠华又压低声音对叶子说，黄丹青已经瞄上副主任这把交椅好多年了，不过，他既看不惯黄丹青孤芳自赏的做派，更看不起黄丹青和邢晓红那种不加检点的女人在一起。目前，只有叶子最适合做他的助手，而且刘冠华也相信叶子一定会和他配合好。

叶子低着头说，自己还是个临时工，哪有资格当副主任哩！自己现在最大的奢望就是能成为一名正式的信合职工。刘冠华忙说："这事情好办，咱联社有关系。"说这话时，刘冠华两眼放亮，猛地抓住了叶子的右手。

就在这时候，黄丹青碰开窑门，歪歪扭扭走进来，紧随其后的是邢晓红。邢晓红扶黄丹青睡到自己床上，黄丹青却一把拉住刘冠华的胳膊，要与刘冠华划拳喝酒。刘冠华有些脸红说："丹青，你已经喝多了，我今天晚上守库，你休息吧。"说完，匆匆地走出叶子和邢晓红的宿舍。

刘冠华走后，邢晓红给黄丹青倒了杯糖开水，劝他喝下去解解酒，黄丹青一把推过去，邢晓红手中的杯子"砰"地坠地，她也倒退几步，几乎跌坐在水泥地上，黄丹青红着眼睛指着邢晓红说："我不用你管，你管好你自己就行了！"

夜里，邢晓红和衣躺在床上，一言不发，眼角挂着晶莹的泪珠。叶子为她盖上被子的时候，邢晓红突然嘤嘤地啜泣起来："叶子，你认为我是不是一个坏女人呢？"叶子说："咋会呢？晓红姐。"

邢晓红的抽泣声又大了，说："那我对丹青那么好，他为什么不爱我呢？他今晚吃饭竟然对着我说他爱你！你们是不是都看不起我？你为啥和我住了这么长时间不跟我多说话呢？"叶子听了有点不知所措，她只能把邢晓红抱在怀里，泪如泉涌，不知是为自己突如其来的幸福还是对邢晓红的同情。

（七）

老姜听到窑顶上有人说话，上去一看，见经常在窑顶上晒粮的几个乡亲正用白灰拌土填那裂缝。老姜心说，填也没用，窑顶已经有坍塌的迹象了。但嘴上却说："真不好意思，怎么能让你们填呢？这是信用社的事。"一位乡亲说："老姜你说这话就见外了，分什么你的我的，信用社的事就是我们农民的事，要不怎叫信用社是咱农民自己的银行哩！"众人点头称是。

老姜心里一热，再没说什么，扭身走下窑来。

叶子下乡返回信用社时，黄丹青告诉她，家里来电话了，让叶子回去一趟。叶子问黄丹青家里没具体说是什么事吧？黄丹青说，家里只是让叶子尽快赶回去一趟。

叶子不知道家里发生了什么事，心里很是不安。中秋节前夕，信用社给社里职工每人发了100元，叶子就买了两袋豆奶粉，割了5斤猪肉回了一趟家。叶子离开家时，母亲说自己没有病，好好的，喝啥奶粉呀，硬是把两袋豆奶粉塞进叶子包里，让她补身子。

叶子找老姜请假时，老姜正和赵年生谈话，就不想打扰他们，就进了营业室。

在营业室里，邢晓红告诉她，会计赵年生向联社申请了内退，要回花果湾当村主任，叶子问为什么。邢晓红说："我也不清楚，可能老姜晓得内情，赵年生和老姜坐的时间很长。"

叶子走出营业室时，看到老姜正站在院子里目送着赵年生，鲜红的霞光为老姜披上了绚丽的色彩，叶子脑海里顿时呈现出父亲的影子。

叶子的父亲在一个山区信用社担任信贷员20多年中，无一笔不良贷款，信贷资产质量在全县信用社里排在前位，叶子的父亲也因此参加了无数次的省、地、县三级先进表彰会。由于是在山区跑信贷，叶子的父亲每天下乡全凭两条腿，山里寒气重，叶子的父亲过早地患上了类风湿性关节炎。办理病退后，叶子的父亲是拄着棍子从信用社回到家里的，随身带回的还有一背包大大小小的荣誉证书。

叶子一直担心父亲的腿，为了供自己上学，父亲舍不得给自己治病，两条腿愈发疼得厉害，有时疼得父亲满头大汗，但父亲却从不吭声。是不是父亲的腿疼病又加重了？叶子心里感到无比焦急。

当叶子急匆匆赶回家里时，高悬的心才落了下来。

父亲和母亲正嗑着葵花子在看电视，母亲见了叶子很吃惊地问："叶子你咋回来啦?"

"不是家里打电话,说让我尽早赶回来吗?"叶子说。

母亲一脸茫然。父亲点了支烟,沉思了一下说:"没准是你哥给你打的。"

这时,在县煤矿安检局办公室工作的大哥闻声来到父母的房间,一见叶子就兴奋地说:"叶子,这回你可是好运临头了!"

叶子不解地望着满脸喜气的大哥问:"我能有什么好运?"

大哥反问叶子:"你认识方总吗?"

"哪个方总?"叶子问。

大哥说:"就是那个前几天去你们花果湾信用社的方中圆啊!全县有名的煤老板,现在资产达到几千万。"

叶子听大哥喋喋不休了半天,才知道方中圆因为工作关系早就和叶子大哥混熟了,而且关系还很铁。方中圆去了一回花果湾信用社后就看上了叶子,就通过叶子的大哥说合,想让叶子去他的公司当秘书。叶子的大哥还意味深长地告诉叶子,当秘书只是个相互熟悉的过程,其实方中圆是想娶叶子,因为前不久方中圆刚离了婚。而且方中圆还答应大哥只要娶了他妹子,煤矿安检局办公室主任的位子就给大哥留下了。

父亲对叶子大哥说的话很反感:"你这是拿你妹子做本钱呀!"

大哥红着脸说:"爸,看你说的,我也是为叶子的将来着想嘛!再说,叶子跟了方总,您和妈的日子能不滋润吗?"

正说着,大嫂风风火火闯了进去,说:"我和你哥也是图叶子以后能过上好日子,在信用社当临时工有什么前途呀?"

父亲显出极不耐烦的神态,把烟头往地上用力一扔:"庄户人种大田照样活一辈子!"尔后冲叶子一瞪眼:"还愣着干什么? 还不上班去! 信用社旺季工作那么紧。"

叶子的心自始至终是悬着的，她一想到那天紧捏着自己手不放的方中圆，心里就有一种恐惧感，总觉得自己只要一靠近这个男人，自己马上就会被这个男人生吞活剥。她生怕父亲在这关键时刻站在大哥大嫂的立场上或者保持沉默。

父亲的表态让叶子如释重负，她望着父亲有一种想哭的感觉。走出家门，叶子的泪就涌了出来。

（八）

县联社很快批复了赵年生的内退申请，在立冬的前一天，经过村民投票选举后，赵年生当上了花果湾村的村主任。

赵年生在做移交的那天中午，老姜要召集全社职工和赵年生吃欢送饭，但赵年生说家里已经安顿好了，专门从县城请回了在大酒店掌厨的外甥，做了一桌子菜肴正等大家去呢。老姜不好意思的搓着手说："咋好叫你破费呢？是应该信用社开支欢送你。"

"还是我请大家对，以后我的工作还得靠大家支持哩！再说我赵年生在信用社待了 20 多年，还从没请大家吃过饭呢！别让大家说我精明得不近人情了。" 赵年生乐呵呵地说。

赵年生把全社职工喊到家里，并拿出了珍藏多年的老白汾。酒瓶启开，浓浓的酒香就飘满了整个屋子，老赵和大家频频举杯，脸上并没有新官上任、春风得意的神态，反倒比往日又凝重了许多。

刘冠华显得有些英雄气短，自叹不如老赵精明，内退工资不少挣，而且还能一年落 1000 多块干部补助，烟酒逢年过节有人送。

没承想，老赵发了火，涨红着脸说："我要是为了钱，才不当什么村主任呢！"

刘冠华说："那你图个啥？"

老赵说："图个啥？我是觉得憋气。如今也改革开放20多年了，可咱花果湾依然过着贫困的日子，连姑娘也不想往花果湾嫁，为啥？咱花果湾比别人缺什么？我是靠花果湾这块水土长大的，而且还是一名党员，我心里为花果湾人和自己内疚啊！"

老赵点上一支烟又说："在大家眼里我精明，花钱太抠，因为我的周围活着的贫困乡亲太多，他们遇到的困难也太多，当他们向我这个挣工资的"大款"求助时，良心促使我去尽力帮助他们，可我觉得这种帮助只能解他们的燃眉之急，却不会使他们过上好日子，于是，我决定回村当村主任，我就不信花果湾人过不上好日子。"

老姜激动得眼里蒙上了一层水雾，他颤抖着倒了一杯酒，双手举到老赵面前，说："老赵，我敬你！"

老赵接过酒一饮而尽说："老姜，希望你在我当村主任后能像在信用社一样指点我、帮助我，我不会给你丢脸的。"

老姜说："我相信你，我相信你。"

那天，老姜和赵年生都醉了，两人喝着喝着，竟相互抱在一起像孩子一样呜呜地哭了起来。面对此情此景，所有在场的人无不动情地流下了眼泪。就连刘冠华也欷歔着说："老大不小的人了，哭啥哩！以后咱们还不天天见面嘛！"

黄丹青带着醉意从赵年生家里出来，没有回信用社，而是走到信用社对面的松坡上，一只手抚摸着身边的一棵弯曲向上的松树，另一只手插在牛仔裤口袋里，身子笔直地站成一棵挺拔的劲松，目光远视着站了很久很久。

叶子站在信用社的院子里也望着对面山坡上的那一片青松想了很多很多。

（九）

老赵走后，信用社人手就有些紧张了，而且又赶上旺季，老姜考虑到刘冠华干过几年会计，原先让刘冠华接任会计，可刘冠华坚决不回内勤，说："老赵尽给信用社添麻烦，迟不内退早不内退，偏偏在旺季工作忙的时候一拍屁股走了。"说得老姜心里直冒火，黄丹青提出由他接任，老姜不同意，因为黄丹青是出纳，旺季现金收付量大，根本忙不过来。年终决算又眼看要到，年终决算关系到信用社的脸面。叶子下乡回来，看着营业室吵吵闹闹的还以为出了什么事，知道后，就说由她接任吧，她在清平信用社干的就是信贷会计，而且和主管会计做过年终决算，抽时间或利用晚上多加加班就行了。老姜没作答，就转身回到自己的办公室里。

老姜回到办公室不久，他的老伴就端着个保温桶到信用社来给老姜送饭，碰见叶子，说老姜昨天从赵年生那回到家里后胸脯疼得一夜没睡，早上起来连口水也没喝就到贷户家里要贷款去了。叶子这才记起老姜刚才说话时有气无力的表情。

老姜的老伴刚推门进去，叶子就听见她尖尖地喊了声："娃他爸……"叶子忙跟进去，只见老姜正蜷缩在床上，两手用算盘框顶着自己的右胸脯，叶子和老姜的老伴将他扶起来坐下，老姜的嘴唇连血色都没了。黄丹青闻声也进了办公室，说，"老姜，你哪儿不舒服呀？"老姜用尽力气挤了下眼睛，说："胸脯，我这胸脯……"话音未落，黄丹青就背过身子说："快，我背你到卫生院。"叶子将老姜扶到黄丹青背上，几个人快步出了信用社。

输了两瓶液后，老姜的情形好了许多。卫生院的大夫说，"还是到大医院检查检查，怕是得了什么不好的病。"老姜说："人吃五谷杂粮，哪能没病，我这胸脯疼好多年了，只是从没像今年这么疼过，这会儿，好多了。"

大夫还是主张老姜到大医院检查检查，乡下卫生院治个头疼感冒还行，有些大病不敢耽误。

老姜的老伴眼睛红红的说："早就该检查检查了，他就是不去，总说信用社事忙。"

"老姜，要不您在家休息几天吧！信用社的事情有我们呢！"叶子和黄丹青都劝老姜。

老姜有气无力地说："还是等过了年底吧！过了年底联社会安排我休息的。"

第二天一早，老姜又回信用社，上午接待了联社安全检查的人，下午让叶子陪他去一个贷户家里去送结息单。原来这位贷户通过老姜在信用社贷了1万块钱，这位贷户为了感谢老姜，三番五次要请老姜去吃饭，都被老姜婉言谢绝了。这位贷户又送老姜两条好烟要老姜留下，老姜坚决不收。这位贷户火了，他把烟往桌上一摔："我这是敬你哩，敢是行贿巴结你哩，反正烟我说啥也不能拿回去，要扔也得你自个儿扔去。"贷户绷着脸走了。老姜怕伤了这位贷户的心，就悄悄把这两条烟托小卖部卖了，把卖的400多块钱替这位贷户结了贷款利息。

在那位贷户家里，老姜把结息单交给那位贷户说："你的心情我们可以理解，可你不能让我犯错误啊。"那位贷户接过结息单，激动得满眼是泪。

从那位贷户家里出来，路过柳大旺家时。老姜对叶子说进去看看，叶子就跟了进去。

"哟，是老姜来了，快进屋！"柳大旺听到脚步声，疾步从屋里迎了出来。

进了屋，坐到炕上，老姜对柳大旺说："山货贩得顺手吗?"

柳大旺满脸喜气地说："还行，跑了几趟已经挣了1000多。老姜，您就省点心吧，我柳大旺肯定对得住您和叶子。"

"可我就是放心不下。"老姜说。

"瞧，您为我们庄户人操心操得头发全白了。我们真希望您退休好好养身子，可不知为什么我们又舍不得让您退休！"柳大旺说着也有些动情。

"老姜，叶子，快吃碗羊汤，大旺昨天刚做好的。"柳大旺老婆给老姜和叶子端来两大碗热气腾腾的羊汤。

"哟，有钱的日子就是滋润，有羊汤喝了！"老姜和柳大旺打趣。

老姜端起碗，深喝了一口问柳大旺："你媳妇的病现在怎说?"

"时好时坏，等挣了钱我想带她到大医院看看。"柳大旺回答。

"这就对了，这才像个男人样嘛！"老姜满意地点点头。

在回信用社的路上，老姜和叶子两人埋头走了一阵，当叶子问起老姜怎么没有儿女时，老姜重重地叹口气，没有回答。又走了一截路，老姜突然止住脚步慢腾腾地说："叶子，我有件事想求你，不知你肯不肯答应。"叶子说："啥事呀，只要我能办到的，我肯定答应。"但老姜嗫嚅半天后又说："算了算了，没事没事！"

这时，对面山头上传来了放羊人的歌声：

　　亲圪蛋下河洗衣裳，

　　双疙顶（膝盖）跪在石头上呀，

　　小亲格呆……

老姜马上接口唱了起来：

小手手红来小手手白，

搓一搓衣裳把小辫甩呀，

小亲格呆。

山头上的放羊人又唱到：

小亲亲呀小爱爱，

把你那好脸扭过来呀，

小亲格呆。

老姜继续接唱：

你说扭过就扭过，

好脸要配好小伙呀，

小亲格呆……

叶子头一回感受到老姜生命内竟还有如此深蕴的底气，还有如此奔放的力量！

（十）

早上一上班，老姜就找黄丹青谈话，说省联社为更好地服务"三农"，给广大农民群众提供安全快捷、高效满意的金融服务，决定对全省农村信用社业务数据进行大集中，在两年内实现全省系统通存通兑，并开通银行卡业务，让农民走到哪里都可以取到钱。县联社非常重视这项工作，要从基层信用社抽调一批业务骨干去参加省联社组织的集中培训，时间是三个月，并且给了花果湾信用社一个培训名额。

"电子化建设步伐缓慢一直是制约咱农村信用社业务发展的瓶颈，也是我们农村信用社与其他银行市场竞争的劣势，有许多客户就是因为信用社网络服务跟不上，有钱不往信用社存，既让我们丢失了存款，又让我们减少了中间业务收入，而且在社会形象上也受到很大影响，这项工作早应该开展了。"老姜感叹着说。"咱社就你和邢晓红符合去培训的条件，但我认为你比较合适，决定向县联社推荐你，你好好合计合计，机会难得，培训完了县联社要择优留用，说不定就不用回这偏僻的穷乡村社了。"

黄丹青说："让我想想吧。"

老姜说："要赶紧，联社催着要上报哩！"

老姜点上支烟，吸了一口，长长地吞进肚子里，又吐出来，烟升腾到了窑顶散开。在黄丹青要离开的时候，老姜突然问："丹青，你跟晓红的关系确定了没有？你俩既然谈得来，就别拖了，可别把婚姻不当回事儿。"

黄丹青缓缓地把头垂向胸前，不知该如何回答老姜。这时，叶子来老姜的办公室找老姜在一份报表上签字，正好听到了老姜的问话，她白皙的脸马上布满了红晕。叶子对黄丹青说："你快去吧，有顾客要取钱。"黄丹青借机离开了老姜的办公室。

老姜见到叶子，心里很不好受。昨天，老姜接到县联社通知，说信用社近日要实行人事制度考试。按照上级规定，只有工作三年以上的临时工，才有资格参加考试，考试合格后方可签订录用合同，像叶子这样不到三年的临时工根本没有转正的希望，而且还有被清退的可能。这对叶子来说，无疑是个沉重的打击。

当老姜把这个不好的消息告诉叶子时，叶子咬着下唇没吱声，眼里闪烁着失望和无奈的光芒。叶子背转身，仰脸止住夺眶欲出的泪水，随即转回身，对老姜不好意思笑笑说："没什么大不了，我当不成临时工就当一名勤杂工，只要能在信用社工作就心满意足了。"

老姜听了，眼睛有些湿润了。

老姜抽了几口烟，满是沟壑的脸上突然涌出了讪讪的神态："刚才，我的同学方中圆又给我打了电话，让我劝你去给他当秘书，被我拒绝了。我可不想让你跟这种人搅和在一起。"

叶子没说什么，让老姜在报表上签了字就出去了，老姜望着叶子的背影深深地叹了口气。

那个培训的名额，黄丹青还是让给了邢晓红，黄丹青希望邢晓红能换一个环境，淡忘过去的一切，有一个重新的开始。在一个雪花飘零的早上，邢晓红流着泪和大家一一握手道别。大家依依不舍地把邢晓红送出信用社大门，邢晓红把黄丹青叫到一边，低声说："叶子是个好姑娘，希望你不要错过，要好好爱她！"随后，邢晓红又和叶子紧紧拥抱在一起，贴着叶子的耳朵说了一句："祝你们幸福快乐！"就泣不成声了。叶子刚刚抹去的泪水又喷涌而出，她很伤感地说："谢谢姐，我恐怕在信用社待的时间也不会太长了！""你放心，你离不开花果湾，花果湾也离不开你，果树没有叶子怎么成长呢？但愿你这片叶子给花果湾增添无限绿色。"邢晓红含泪笑着说。

公交车来了，邢晓红上了车，从车窗里探出身子，随着渐渐远去的公交车久久地向大家挥着手，向花果湾信用社挥着手。

进入12月份，旺季工作进入最后冲刺阶段，叶子和黄丹青忙内勤，老姜带病和刘冠华跑外勤，一天到晚，四个人忙得没坐下的时间，叶子和黄丹青常常是吃不上饭，泡方便面充饥。

县联社一时给花果湾信用社调不进新职工，这样一来，花果湾信用社人手就更紧张了。老姜给联社说了说，最后领导为难地说省联社规定不让聘用临时工了，让老姜自己想想办法。一连好几天，老姜没有找到合适人选，叶子就对老姜说，不如让她父亲来帮几天忙吧。

老姜主任苦笑着说："你父亲腿脚不好，还不知人家愿不愿意来。"叶子说："我去试试，说不定他会来。我一回家他就念叨你，早就想来看你。"

老姜说："那你就去试试吧。"

叶子没有想到父亲会答应得那样痛快，虽然这几乎在叶子的预料之中，但她心里还是热热的，竟有点感激父亲的意思了。

第二天，叶子的父亲坐着公交车来到了花果湾信用社，老姜高兴地说不出一句话来。老姜想让叶子的父亲和黄丹青在一起，可叶子的父亲却坚持要住在金库值班室里，老姜不好意思地说："花果湾信用社效益不好，没有多余的宿舍，叫你受苦了。"叶子的父亲无所谓地说："没什么，没什么。"黄丹青一边帮着叶子的父亲拾掇床，一边说："这下好了，叶子不用成天惦记您的腿疼病了！"叶子的父亲笑着说："我也不用成天惦记闺女了，这得感谢老姜。"

老姜忙说："我感谢你才对哩！你腿脚不利索还肯来帮忙。"

叶子的父亲说："咱俩在这点上一样犯贱，在信用社比家里还自在，一说做信用社的活计连命都不要，哪在乎这小病小痛的。"

当天晚上，叶子下厨给父亲做了一顿可口的饭菜，黄丹青从小饭馆拎回了一瓶"汾阳王"和几个炒菜。叶子的父亲由老姜和黄丹青陪着喝到了很晚。

叶子的父亲白天在柜台上帮着办理业务，晚上守库，帮叶子记账装订单据。叶子的父亲是把业务好手，把信用社的各项工作都做得干净利落，很快与大家打成了一片。

小雪过后，老姜感到身体一天比一天虚弱，但他还是拄着棍子坚持到那些拖欠着果树贷款的贷户家中走了一遭，每到一户，老姜就大口大口地喘气，虚弱地坐下，但他还是强打精神用无力的话语苦口婆心地做着贷户的思想工作，劝他们不要有赖账的思想，"信用社的贷款是总得还的，人活着是要讲信誉的，以后有了不良信用记录就再也贷不下款，得不到信用社的支持。我们村因为果树贷款一直评不上信用村，你们觉得脸上光彩吗？乡亲们，我们可以把债务留给子孙，但不能把不守诚信的帽子甩给子孙后代，让子孙后代戳我们的脊梁骨啊！再说我老姜和大家相处了这么多年，我老姜是什么样的人大家心里都清楚，我在信用社清清白白、勤勤恳恳了一辈子，你们总不能让我对不起信用社，心怀内疚离开信用社吧！"

那些贷户被老姜说得低头无语，面露愧色。

在最后一个贷户家中，老姜由于太劳累，晕倒在地上，被那个贷户背回了家。

老姜终于倒在了病床上。联社刘主任知道后，专门派车到花果湾接老姜要送他到省城医院检查治疗，可老姜说什么也不去。叶子、黄丹青常瞅机会去看老姜，并安慰他安心养病，信用社工作有他们顶着，肯定圆满完成联社下达的各项指标，做好年终决算。

（十一）

联社领导针对花果湾信用社管理人员缺位和业务人员短缺的实际，立即召开了党委会议，会议决定免去老姜的主任职务，任命黄丹青为花果湾信用社副主任并主持工作，同时免去了刘冠华的副主任职务。联社还从财务股抽调了一名同志来协助花果湾信用社做好旺季工作和年终决算。随后由联社刘主任带着文件来到花果湾信用社召开了全体职工会议，宣布了联社党委会议决定。刘主任宣布这个决定时，刘冠华心头紧缩了许多，他低下头不看任何人。

刘主任在讲话中提到前一段有人捏造谣言，给市联社连着写了几份反映花果湾信用社主要领导以贷谋私，对农民吃拿卡要的举报材料，对花果湾信用社造成了很不好的影响。他希望大家能向老姜看齐，一门心思把精力放在工作上，顾大局，存小异，团结一致，全力搞好旺季工作。刘主任在讲话时用针刺一样的目光盯着刘冠华，使刘冠华更感到无地自容。

开完会，刘主任到营业室看望了正在忙碌的叶子的父亲，刘主任紧握着叶子父亲的手说："谢谢！谢谢！您辛苦了！"叶子父亲憨实地笑笑："应该的！比起老姜来我差远了。"

"都一样，都一样，你和老姜都是我们学习的榜样！小黄、叶子，好好干，老一辈的精神在你们身上可不能丢啊！"刘主任对身边的黄丹青和叶子提出了期望。

叶子在点头的同时，很想问一下刘主任关于自己的事，她还没开口，就被父亲用目光制止了。当刘主任问到叶子父亲有什么困难和要求时，叶子父亲连说，没有没有。叶子的脸上顿时写满了失望，父亲乘刘主任到金库查看狠狠瞪了叶子一眼。

刘主任从营业室出来，正碰上赵年生和几个村民来给信用社义务修理那眼出现裂缝的窑洞。刘主任感激地说："老赵你还真不忘本！当了村主任心里依然装着信用社。"

"唉！砸断骨头连着筋哩！心里总放不下呀！"赵年生动情地说。"花果湾是全县最破烂的地方，农民穷，信用社跟上也穷，这不，这七眼石窑住了近40年了，有几眼已快支撑不住了。我真担心有一天窑顶压下来，把大家压到下面，我们没了信用社，这致富路可就更不好走了。"

刘主任感慨地说："不是我压着不让信用社修建，你们想想，花果湾信用社历年亏损，哪有费用啊！再说农民富不了，我们住上金銮殿也心不安啊。信用社是农民自己的银行，应当与农民同甘共苦，相濡以沫啊！老姜的用心我明白，他节支办社十几年，可他最终没有使花果湾信用社走出亏损的境地，当然不能说节支办社是不需要的，节支办社是我们一直坚持不懈的方针，但我们更需要有改革创新的精神，在切实帮助农民致富上多动一点脑子，农民富了，还愁信用社效益不好，住不上好房子？"

一说到老姜，大家心里都不好受。当刘主任说要去看老姜时，大家都要陪着去。刘冠华说他昨天刚去看过老姜，他留下来给大家守柜台吧，就返身进了营业室。

刘主任在路上告诉大家，老姜得的病是晚期肝癌，病早在今年春天县联社组织的体检中就发现了，老姜不让大夫告诉任何人，但医院大夫觉得事情严重，应该通知一下联社，就告诉了刘主任。老姜知道自己没多少日子了，就求刘主任让他再干一年，让他把那100多万不良果树贷款收回来。刘主任没办法，只好答应了老姜。刘主任还说，老姜前几天还打电话给他，要是那些果树贷款实在收不回来，他就死不瞑目了。刘主任说这话时，声音有些哽咽。

老姜直直地躺在炕上，脸颊上已经瘦得是皮包骨头了，两只深陷的眼窝里盈着浑浊的液体。老姜已经不能再吃别的东西了，只能喝几口米汤，为了止疼，每天要吃大把大把的止疼药。

老姜伸出枯瘦的手要与大家握手，又挣扎着想要坐起来，刘主任赶紧按住老姜，说："不必了，不必了。"老姜急促地喘着气，气若游丝地说："你们工作这么忙，又这么远的路，这么冷的天，还麻烦你们……"说到这里，老姜就咳嗽得说不下去了。

刘主任坐在炕沿上，抓着老姜枯瘦的手，告诉他联社让黄丹青主持花果湾信用社工作的决定，老姜满意地点点头后，刘主任安慰老姜说："你后继有人了，你就安心养病吧！"

老姜重重地叹口气："我哪能安心呢，我还有 100 多万不良贷款没有收回来……"大家听了，心里比针扎还难受。

刘主任还告诉老姜，今年县联社为他申报了全省优秀信用社主任称号，老姜的脸上透出了光彩，喃喃着说："我受之有愧啊！"当刘主任关切地询问老姜有什么要求可以让联社帮助时，老姜用目光招呼叶子来到身边，拉住叶子的手对刘主任说："我个人没什么，你们要帮就帮帮这孩子吧，叶子是个难得的好孩子，我们不能因为她工作不到三年就失去一个优秀的职工啊！"叶子听老姜这么一说，泪水像断线的珠子一样滑落在老姜枯瘦的手背上。

"一定一定，我们会认真研究，为花果湾信用社，不，为我们信合事业留住每一个优秀人才的。" 刘主任真诚地对老姜说。

老姜又把目光扭向老伴时，浑浊的泪水涌出了眼眶："我没有儿女，希望在我走后，你们大家替我多来看看她……"

老姜叹口气说，他和他老伴原来有一个非常可爱的女儿，在女儿 13 岁那年冬天，由于老姜旺季工作太忙，顾不上给家里挑水，老伴不想给他添忙，就和女儿上井台去抬水，女儿在帮妈妈从井里绞水时，不慎落井身亡，老伴为此伤心地好几天不吃不喝，而且由于伤心过度，导致气血受损，再也没有怀孕。后来，他们抱养了一个，但在不满 1 周岁时因感冒引发急性肺炎夭折了。老姜两口子自认为没儿女命，就此作罢了。"我活着，老伴还有个念想，可我这一走，她连个念想都没有了……"

"当着领导的面你尽说些啥哩！"老姜的老伴抹着泪说。

叶子的父亲擦把泪，安慰老姜说："老大哥，你放心，大家会尽最大的心替你照顾好老嫂子的。"老姜羡慕地对叶子的父亲说："兄弟,你有叶子这么好的女儿多幸福啊!我的女儿要是活着该多好……"

叶子的父亲赶紧接过话头:"老大哥,您别胡扯了,您有女儿!"叶子的父亲说这话时用期盼的眼神看着叶子。叶子马上意识到了父亲的想法,她迎着老姜夫妇"扑通"双膝跪倒,凄切地喊着"爸!妈!"

当叶子一声爸妈喊出口时,老姜夫妇慌乱得不知所措,一时也被这突如其来的幸福冲击得泪流满面。

所有在场的人都欷歔不已。

(十二)

一场纷纷扬扬的大雪把花果湾带入了严寒的冬季。地上再也看不到绿色了,唯有信用社对面的一坡松树倔强地告诉世界生命的顽强。

赵年生走进信用社的时候,黄丹青正和叶子讨论召开清收不良贷款现场会的事宜。眼看离年底只剩下半个月时间了,信用社不良贷款收回情况还与联社下达的指标相差甚远,主要因素还是集中在那些果树贷款上。经过老姜的动员,大部分贷户有了归还的意向,并且还有几个贷户已经筹集好了钱准备归还。黄丹青正和叶子想通过召开现场会的方式进一步激发村民们的还贷积极性。老姜已经是数着钟头过日子了,黄丹青和叶子想尽最大努力让老姜在生前能搬掉压在心头上的那块石头,死后也能含笑九泉了。

赵年生非常赞同黄丹青和叶子的想法,并建议把乡政府文明办的同志请来,乘机给村民们讲一讲信用建设方面的知识。黄丹青说:"我看行,要想让大家守信用必须先让大家充分认识到诚实守信的重要性才行。"

现场会召开的这天上午,天上又下起了雪,西北风吹得雪花漫天飞舞。

现场会会场就设在信用社院内，鲜红的会标在晶莹剔透的世界里显得格外耀眼。还不到开会时间，柳大旺和几个村民就早早地来到了信用社帮助布置会场。

参加会议的村民人数远远超出了黄丹青的预料，男男女女挤满了信用社的院子。会议由赵年生主持，他首先向村民们介绍了新上任的信用社主任黄丹青和请来的乡政府文明办的同志，讲明了会议的内容，尔后请乡政府文明办的同志讲解了信用建设方面的知识。

在轮到黄丹青讲话时，他没有坐着，而是站到了村民们前面，他从当地的经济发展讲到信用社的发展，从部分贷户不守诚信讲到信用社贷款的回收艰难，又从贷款回收的艰难讲到信用社历年亏损，老姜怎样勒紧裤带带领全社职工勤俭办社。他讲了足足一个半小时。

黄丹青的讲话使在场村民们的心灵得到了一次震撼。特别是那些一直欠着信用社贷款不还的村民，突然认识到自己做错了一件事，那就是把信用社的贷款当成了国家的救济金，只想贷款，不想还款，而把老姜和信用社的人当成了施舍救难的活菩萨，他们过得再艰苦也是财神爷掉眼泪——假哭穷哩，他们没想到成天守着大把大把人民币的信合人竟然过得这么艰苦。当叶子讲到老姜一身廉洁，身怀绝症，仍然为了那 100 多万果树贷款奔波，最后晕倒在贷户家中时，有许多人感动得泪水盈眶。

老姜的到来，把清收不良贷款现场会推向了高潮，老姜从老伴的嘴里得知信用社今天召开清收不良贷款现场会，就挣扎要老伴唤来了本家侄子，将自己背到了会场上。老姜来到会场的时候，人们哗地为他让开条道，黄丹青、叶子和赵年生几乎同时起身迎了过去。老姜藏在大衣里的身子像一把没有干透的柴火，脸颊上的骨头随时都有冲出皮肤包裹的可能，这样一张脸，大概很难再与生命联系在一起。没有人能够想象出老姜会在生命垂危的时刻来参加这个现场会。

老姜颤抖着说："乡亲们，我还是给你们说过的那句话，我们可以把债务留给子孙，但不能把不守诚信的帽子甩给子孙后代，让子孙后代戳我们的脊梁骨啊……"老姜话还没有说完，就有些上气不接下气了，一连串重重地咳嗽之后，带着鲜红血丝的痰被咳到了雪地上，让在场的人看了一阵心悸。一阵寂静之后，抽泣声很快从人群里的不同方向响起，泪流满面的柳大旺从拥挤的人群中冲出来，猛然跪在老姜面前，双手把一根荆条举过头顶："老姜，我柳大旺对不住您，您打我几下吧！"

不少村民显得义愤填膺，纷纷指责那些至今拖欠着信用社果树贷款的村民说，信用社到今天一直住着烂窑洞，老姜得了不治之症全是许多欠着贷款不还的人造成的，说只要是一个有良心的人，都会明白事理，体会到信用社的一片苦心，讨饭也得还了贷款。于是，那些果树贷款户在人群里再也站不住了，带着钱准备归还的当场就归还了拖欠多年的贷款本息，没有带钱的，赶紧回家去拿钱或向亲戚朋友筹借。

老姜是含笑被本家侄子背回家的，临走时他让本家侄子代表他向村民们深深地鞠了一躬，无力地向大家说了声："谢谢大家！"

清收不良贷款现场会后没几天时间，花果湾信用社就收回了大部分果树贷款，对一时还不了贷款的贷户，信用社就让他们先结清了利息，重新办理了手续。

年终决算晚上，完成决算工作已是接近凌晨两点多了。数据显示，花果湾信用社各项业务指标不仅达到了联社的要求，而且在清收不良贷款和到期贷款收息率上远远超过了联社指标。黄丹青兴奋地拿出了从家里带来的"老白汾"，让叶子炒了几个菜，要和大家庆贺庆贺。两瓶酒快要喝光的时候，叶子看见父亲说话口齿有些不清了，就对黄丹青说："我爸不能再喝了。"其实这时候，黄丹青也有些醉了。

叶子安顿父亲睡下之后，黄丹青第一次拉住了叶子的手，让叶子到他屋里。叶子的心里咚咚跳了起来，她没有把手抽回去，迟疑了一下，就任黄丹青紧紧握着拉到了他的屋里。在没有开灯的门后，黄丹青一把将叶子揽入怀中，带着粗粗的喘息声，将叶子的双唇紧紧地吮住了……

吻了一阵，黄丹青喘着气说："叶子，我爱你……"

黄丹青还没有说完，叶子就重新扑进了黄丹青宽大的怀抱里。

夜色安静地流淌着，叶子父亲的鼾声从另一个窑洞里此起彼伏地传了过来。

（十三）

过了元旦，叶子到县联社送年终财务报表时，被联社刘主任叫到了办公室。刘主任告诉叶子："鉴于老姜和你父亲从事信合事业多年，而且工作成绩显著，也根据你近年来的工作表现，联社经过认真研究，并报上级批准，同意你参加这次人事制度改革考试。"随后，刘主任又说："希望你好好珍惜这份来之不易的机会，不辜负老姜和联社领导对你的期望。"

叶子咬着嘴唇，使劲点了点头。

当刘主任问起老姜最近的情况时，叶子眼泪汪汪地说，老姜快不行了，恐怕过不了年了。

刘主任长叹一声，惋惜地说："多好的一名信合老兵啊！"

老姜最终没熬到年根，在腊月打春的夜晚去世了，叶子和黄丹青闻讯后，立即赶往老姜家里，赵年生和一些村民也聚集到老姜家里，帮助老姜的老伴操办丧事。按照当地风俗，死者的亲戚朋友都要在三天里去烧纸，亲戚朋友烧纸时，都要有死者的儿女守着，叶子就留在老姜家里，守在老姜灵柩前，接待前来烧纸的吊唁者。叶子好几天几乎是在流不尽的泪水里泡过来的。

老姜的老伴也一连好几天守着老姜的灵柩不肯离开，叶子怕冻着老人，百般劝说，但老姜的老伴就是不依，她沙哑地说："老姜和我近40年的夫妻了，活着的时候和我在一块没几天，死了我应该多陪他，把几十年攒下的心里话全掏给他……"

叶子听了，心里一阵发酸。

老姜的老伴给老姜守灵时，边哭边唱：

> 想亲亲想得我手腕腕软，
>
> 拿起了筷子我端不动碗。
>
> 油灯灯开花半炕炕明，
>
> 针线线连着你我的心。

凄凄惨惨的歌声在寂静的夜里传出很远，为山村的冬夜披上了悲痛的色彩，许多人家听了这凄凄惨惨的歌声，再没有心思去看电视或搞其他娱乐活动，无不叹气，无不为之落泪。

方中圆也赶来为老姜烧纸，他穿着黑色套装，神情庄重地在老姜的灵柩前恭恭敬敬地上了三炷香后，眼里含着泪边给老姜烧纸边无比内疚地对叶子说，他对不起叶子，更对不起老姜，那天让老姜喝了那么多酒。老姜的所作所为让他明白了一个事理，人不能光为自己活着，要为大家活着，这个社会是大家的社会，责任应该由每个人来承担。他决定在花果湾投资建立一个现代农业绿色种植园区，帮助花果湾和周边的群众尽快走上富裕路，让老姜在天之灵看到他方中圆不是有钱光顾自己享受，还有一点做人的良知。

方中圆走后，叶子把方中圆刚才说过的话告诉了刚从县城回来的赵年生。赵年生是受村民们的委托到县城为老姜打碑的，村民们说，他们一定要为老姜打块像样的碑，打碑的钱大伙分摊。赵年生望着老姜的遗像，感叹地说："老姜死了，很多人却醒了。"

老姜的葬礼是在信用社对面松林里的一块空地上举行的，老姜生前就在这里为自己选好了坟地，他说他喜欢这一坡松树，喜欢在这里永远望着信用社和信用社里的人。

天空阴沉沉的，好像要下雪的样子，山风儿一阵紧似一阵，松林里传出阵阵松涛的呜咽。

老姜的灵棚两面的柱子上是赵年生亲自书写的一副挽联。上联是：生前无私，毕生苦心操信合；下联是：死后无憾，满腔热血为农家。一班自发组织的民间鼓乐队坐在老姜的灵棚前，凄惨惨吹奏着揪人心肺的哀乐。叶子按照当地的乡俗披麻戴孝跪在老姜的灵柩前，泪眼蒙胧中真真切切闪现着老姜的音容笑貌，脑海里过电影一般回放着和老姜在一起的日子。

花果湾的父老几乎全村出动，很多周边村子的乡亲也赶了来，各单位和村民们陆续送来的花圈从老姜简易的灵棚前环绕着向四周扩散，把一坡松林点缀得花团锦簇。

将近中午时分，村主任赵年生主持了葬礼，联社刘主任眼含热泪致了悼词，并向大家宣布了老姜的遗嘱。老姜把所有的积蓄无偿捐献出来，永久性地存放在信用社，设立小额贷款担保基金，专门为那些讲信用、想贷款却找不下担保的贫困农户提供担保。

刘主任最后讲道："乡亲们，老姜为信用社和花果湾人能过上好日子操了一辈子苦心，用尽了毕生的苦情，他死后依然惦记着他身边贫困的兄弟姐妹，以一个信合人的高尚情操把自己所有的一切无私奉献给了信合事业，奉献给了花果湾，我们面对这样好的同志，还有什么理由不为花果湾美好的明天而努力奋斗呢?"

一声殡炮响过之后，柳大旺举起瓦盆，长长地哭喊出一句："老姜! 你走好——"瓦盆砰然落地的同时，男女老少黑压压跪倒一片，呜咽声不绝。

黄丹青和老姜的本家侄子们从篮子里大把大把地将纸钱抛向天空，任其在揪人心肺的哀乐声中漫天飞舞。叶子再也压抑不住自己的悲痛，她悲呼一声"爸! 您慢走，让女儿的歌声伴您上路吧!"

> 桃花来你就红来杏花来你就白，
>
> 漫山遍野向阳开呀啊个呀呀呆，
>
> 翻过那桃花岭来淌过那杏花海，
>
> 憨憨的哥哥他看花呀啊个呀呀呆……

叶子沙哑而高亢的歌声随着山风在青松林里到处飘散着，撞击着人们的歌喉，很快引发出了一曲恢宏而雄壮的旋律。也就在这一时刻，漫天飞舞的第一场春雪悄然落下，仿佛在告诉人们——花果湾的春天来了。

小社主任

（一）

春风终于在一个阳光明媚的日子刮入了金山庄，她开始还对这个小山村有点儿兴趣，四处打着旋儿恣意放纵，后来觉得在这荒山瘦沟里寻不到半点乐趣，一不高兴就把暖暖的阳光吹刮下来，弄得整个小山村里热气蒸腾，使半晌才从被窝里钻出来的山民们不禁有点神迷意乱，如蛰伏已久复出洞穴的冬眠之物，浑身发懒头昏沉，总有一种没睡够的感觉，有点文化的山民就感叹出"春眠不觉晓"的著名诗句。

但毕竟是春天了，山村的男女老少还是受到了春风的鼓动，纷纷打着长长的呵欠，懒洋洋地走出自家的窑洞，三五成群地聚在暖暖的春阳下，脸上绽放出一种很灿烂的希望，为经过漫长寒冬蜕变得很呆板的小山村平添了几分生气。

成宏业就是在这样一个暖暖的春日里走进金山庄人目光里的，走马上任金山庄信用社主任。

当成宏业放好金城 100 摩托车，一手拎着黑皮公文包，一手支着腰，站在金山庄信用社院里抬头向二楼自己的办公室看时，也不知道是谁说了一句"新主任来了"，社里有几个职工便齐刷刷把黑脑袋排在了窗玻璃上，他们都见过成宏业，有的还跟成宏业很熟。全县200多名干部职工，谁不晓得谁呀，但他们今天注意成宏业是别有用心，谁不想看看这个通过"三定"竞争上岗来做他们领导的成宏业究竟有什么特殊的才能，敢在联社领导面前立军令状，敢到金山庄信用社来收拾这乱摊子？但映入他们眼帘的新主任形象不免使他们有点失望，成宏业依旧是以前人们看惯了的旧装束：咖啡色夹克，白衬衣扎在黑灰色西裤里，黑皮鞋面上反射着光亮。更让社里所有人失望的是联社没有人陪成宏业上任，本来他们是想着今天联社送新主任上任，必定到街上的"还想来"饭店撮一顿的，迎来送往嘛，信用社也不例外。然而，今天却让成宏业这小子破例了，不但没让联社领导陪送，反而冲站在厨房门前张望的刘师傅点头一笑，告诉刘师傅中午给他做上饭，然后就噔噔上楼，直奔主任办公室。

主任办公室门紧锁着，前一段主持工作的原副主任梁文清也不在。成宏业不由皱了眉，心里有些不痛快。一周前，关于成宏业就任金山庄信用社主任的红头文件就下发到各信用社，成宏业因接受内部的离任审计，并移交工作误了一星期，等一切安排完毕后，才到金山庄信用社走马上任。联社要派人派车送他，成宏业淡淡一笑，任命文件不是早已下去了吗？何必那么郑重其事，弄得沸沸扬扬呢？联社领导知道成宏业是个不好张扬，不务虚爱面子的人，也就作罢。成宏业昨晚还和梁文清在电话里热情洋溢地谈了一个多小时，所以，成宏业以为老梁一定在办公室等他。不想老梁跟他来了这么一手。当时联社搞竞争上岗制，梁文清也参加了，梁文清的发言讲了一个半小时，超过了规定时间的三分之一，讲到激动处梁文清还站了起来，挥了挥领袖常用的手势，台下的人都为他的手势笑得前俯后仰。下台时，梁文清落选，而比梁文清年轻近20岁，只在信贷岗位上干了5年多的成宏业却被联社任命为金山庄信用社主任。平心而论，如果没有成宏业竞争金山庄信用社主任这把交椅，梁文清也许就如愿以偿了。成宏业心里明白，梁文清在金山庄信用社当了十几年的副主任，也为金山庄信用社主任这个位子努力了十几年，好容易熬到老主任退休，联社又实行"三定"，出台了小社不设副主任的文件，把年过五十的梁文清从副主任的行列里一笔勾掉。但是令他欣慰的是在老主任退休后，联社让他主持了全社工作，梁文清本以为"三定"竞争上岗只是走走形式，金山庄信用社主任非他莫属，然而，他做梦也没想到，自己只是"过渡政府"。成宏业也能理解梁文清的心情，可心情是心情，工作是工作，不能把工作和心情搅在一起吧。联社在安排老梁的时候，态度也十分暧昧，让老梁协助成宏业搞好金山庄信用社的工作，并一再强调成宏业在工作中要多和老梁商量，老梁虽然没竞选上，但能力是有的，而且在职工中间很有威信，主持工作期间表现很不错，言外之意，老梁是文件之外的主任，成宏业假如在工作上有什么问题，老梁不但可以干涉，而且能直接捅回联社去。成宏业坚定地在主任办公室门前踱步，两手背在身后，细长的眼睛翻上翻下，他由老梁想到金山庄信用社目前的处境，金山庄信用社是全县20多个信用社中出了名的烂摊子，近十多年换了五届主任，几乎每两年来一次换血，血是换了，可社里仍没有生气，连年亏损，直至戴上了全县最贫困的帽子。别看金山庄信用社效益不好，可社内职工却差不多个个是"人物"，个个能通天。以成宏业的精明，对此是了如指掌、心明如镜，但他有自己的想法，收拾好烂摊子那才叫本事。他早规划出一套他的施政纲领：借"三定"东风严肃整顿职工队伍，强化职工思想和业务素质，创新经营管理水平，在提高社会效益的同时实现自身效益翻身。他要在金山庄信用社干出一番事业来，他不信，金山庄信用社搞不好。

成宏业的一举一动都被在主任办公室隔壁住着的复核员王小青看在眼里，王小青刚睡懒觉起床，她拉开窗帘一眼就看到了成宏业，忙用湿毛巾擦把脸，拿起化妆盒迅速往脸上扑了粉，用红木梳理理刚染过的黄披肩发，开门大大方方走向成宏业。乌黑发亮的高跟鞋敲击着水磨石地板，干净又清脆，如舞台上的板鼓。

30岁的王小青有很多故事。王小青一出生就被亲生父母扔在妇产医院的厕所里，25年后，一个浑身脏得让王小青捂鼻子的老头儿把王小青挡在信用社门口，自称是王小青的亲生父亲，要王小青帮他贷点款医治王小青亲妈的不治之症。王小青15岁时开始逃学，后来就跟一个男生住在一起，后来又独自到医院拿掉了肚子里的孩子。王小青的养母是普通干部，而养父却是县人行掌实权的领导，王小青本来可以靠着养父的能力一直过着锦衣玉食的好日子，虽然没有多少真正的家庭温暖，但是物质条件很优越。王小青骨子里有种叛逆精神，高中还没毕业，就看上了一个工人家庭出身的同学，她的养父母非常注意自己的身份，对王小青的任何决定和行为都持不干涉的态度，所以，王小青在信用社工作后不久，刚满20岁的她就做了那个在化肥厂做电工学徒同学的新娘，两个人共同生活了两年，孩子都有了，可还是劳燕分飞，各走各的路了。王小青现在又找了一个搞批发烟酒兼粮油的小老板，两人的关系说不上好，也说不上坏，还在一起过着哩。

王小青经常自己安慰自己，把这些经历全当成自己人生的实践和磨砺吧。

30岁的王小青已成了千锤百炼的人物了。单位里的人都不知道她这些近乎传奇的经历，王小青把这些经历打了个包扔进记忆的深处。王小青的现实做法是把自我最幸福的一面拿出来给别人看，时间一长，同事们发现，王小青的话真的假的你听不出，拿谁都敢开涮，一会儿她把你捧上天，一会儿又把你贬进地狱，王小青的话是嬉笑怒骂皆成文章，能让人不知不觉挨她一顿讽刺。你想发火却找不到她的漏洞，想还击又找不出还击的地方。单位的同事都觉得王小青活得要风得风、要雨得雨、要钱有钱、要势有势，简直是这个世界上最幸福、最滋润的女人。人活到这个份上就容易遭妒忌，王小青自然也不例外。

王小青对此心里明白，但全当不知道，有什么了不起，你活你的，我活我的，有人妒忌说明自己比别人有本事。在金山庄信用社，王小青也是个炙手可热的人物，复核由微机员兼任，几任主任没办法安排王小青，只好让她做第二复核，睁一只眼闭一只眼，管你王小青上不上班，反正有你没你都能照常营业。

不想，成宏业第一天上班就撞见王小青这样的人物。

王小青对成宏业的情况了如指掌，她的一个朋友就在成宏业原来工作的信用社，王小青在成宏业调来之前就从朋友们那里打听到许多成宏业的情况，比如，成宏业的生日、成宏业的感情状况、成宏业爱养花种草，甚至知道成宏业说话的口头语——你什么意思。所以成宏业对王小青来说，是眼熟心也熟。

王小青在成宏业身后半步停下来，声音如一块精制的软糖，甜而不腻且有弹性："成主任，你如果不介意的话，先到我屋里坐坐，喝杯茶，我是早就对你有印象的。"

王小青的话让成宏业很是感动，他转过身来看着王小青，她微笑的脸正如一只绽开的向日葵，灿烂而令人怜爱地迎着太阳笑着，笑得没有实际内容，但是让人感到很健康、很舒服、很美好。

王小青的宿舍有些凌乱，地上还有不少瓜子皮，米黄色的床头柜上堆放着不少山里人叫不出名的零食。满屋充斥着那种浓浓的脂粉香味，使得成宏业有些反胃，他心里很不痛快地问王小青今天为什么不上班，王小青听出了成宏业话里有兴师问罪的成分，脖子一歪，就很坦然地解释：她来例假了，肚子痛得身上没精神，屋子也懒得收拾。成宏业心里却说，你这种女人即使身上有精神也未必花力气在收拾屋子上下工夫，好歹是个单位，一觉睡到上午九点，成何体统，这哪是信合员工的形象！

春光正好，玻璃是挡不住的，一束明亮的阳光洒进来，墙角横添了一块白斑，成宏业的脚正罩在那块白斑里，王小青一眼扫过去，瞥见成宏业锃亮的皮鞋和雪白的袜子，便说道："一看你这身衣服，我就知道你是个处处要强的男人。"

成宏业没搭话，一连喝了三口茶水，再抬起头来，目光里却是领导才会有的审查样子，可是脸上的肌肉松弛了许多，那张干净、发白的长脸竟活泛起了红润，略有英气呈现在脸上。

王小青心里暗笑：这是一个霸道的男人，这是一个经不住诱惑的男人，同时这也是一个什么也想得到的男人。

（二）

成宏业等到老梁已是中午了，老梁躺在主任办公桌后的沙发软椅上吸烟，老梁跟成宏业握手时，嘴里还叼着那半截烟头。老梁忙着给成宏业拉椅子倒水，脸上笑着，眼角的皱纹一条条向正在变白的头发里钻，成宏业一下子就看出了老梁脸上眼神很淡漠，顿时感到心里很不是滋味。

老梁说他这几天忙，主任办公室没给成宏业腾出来。

成宏业忙说："不忙，你先住着，我在哪住也一样。"

老梁说："那你就搬到我原来住的宿舍将就几天吧，我有空收拾收拾咱俩再换。"

成宏业摆摆手说："换不换无所谓，只要你在工作上多指导我、帮助我，共同把金山庄信用社搞好，我住金库里也行。"

"哪里哪里，金山庄信用社又不是你成宏业一个人的，搞好是大伙儿的共同职责，我们不存在指导帮助，而是共同努力。"老梁笑着说，但笑得不大自然。

老梁又说："你先在这里坐坐，我马上安排给你布置办公室。"老梁出了办公室门，冲楼下喊了好几声"小马"，不大一会儿，跑进办公室一个年近30的后生，表情像一只被老梁养了多年的狗，只认主人，不认外人，成宏业的脸有些不好看，眼睛不看站在老梁身边的马小峰，连手也没伸出来，结果马小峰伸出来的手又握成拳头缩了回去。马小峰说话时不看成宏业而是盯着老梁，他说他虽然没事，但今儿身上不舒服，连二两力也没有，正想去卫生院看病去呢！成宏业心里清楚马小峰是在故意捉弄他，脸上实在挂不住，便说："办公室我自个儿收拾，你找个人帮一下忙总可以吧。"马小峰一摊双手耸耸肩，表示爱莫能助，看着成宏业说："各人忙各人的事，'三定'改革刚过，哪还有个闲人。"

成宏业气得脸都白了，心里骂道："操，这是什么地方？连个赶车的临时工也敢跟我较劲，真想不到有这么邪门儿。"

成宏业的腮帮子显出两道沟来，他对马小峰说："你听不听主任领导？"马小峰点着头说："哪有当兵不听官指挥的？"成宏业绷着脸说："好，你今天没出车任务，通知全社职工晚上开会。"

马小峰还想说点什么，老梁忙给他使了个眼色，老梁笑着说："小成你真是个急性子，今天请假的请假，病休的病休，就是下个死命令，这人也齐不了，不如再等一两天，开展工作也不在这一两天，慢慢来，心急吃不了热豆腐，有你干的时候。"说最后一句时，老梁完全是一个老领导的姿态，好像成宏业只是个初出茅庐的新员工。

成宏业没办法，只好点头，回到家里又给老梁打了个电话，告诉老梁，职工会先不要开了，咱俩先好好研究一下，把一些事决定下来再说。老梁在电话那边想想说："那也行啊，听你的，你说怎么办就怎么办。"

"还不知道谁听谁的哩！"成宏业心里骂想。

成宏业一晚上没睡好觉，两眼布了不少血丝，精神却是出奇的亢奋，还不到七点，他就骑摩托车从家里赶到金山庄信用社。成宏业刚摘下头盔，碰上王小青上厕所刚出来，王小青很热情地对成宏业说："到我宿舍来吧，我正好有话跟你说。"

成宏业便跟着王小青进了她的宿舍，王小青被子还没叠，但她一点也不脸红，很自然地招呼成宏业就座、抽烟，自己也点上了一支。成宏业望着王小青娴熟的打火方法，老练的吸烟姿势，显得有些惊怔，王小青吐了一口长烟冲成宏业一笑："别少见多怪，平时闷得慌，偶尔来一支。"

王小青问到前一天成宏业在老梁办公室的事，她从成宏业的脸上看出了主任的不快，便笑道："成主任昨天一定起得早了，进了金山庄信用社就碰了两个丧门星。跟你说句实话，你生气的日子还在后头呢！"成宏业让王小青一句话惹出了火，便有些把王小青当成知己的意思了，成宏业说："金山庄信用社怎么是这样，领导说话跟放屁一样。"王小青说："我知道你说的是谁，是不是马小峰，马小峰是金山庄信用社前任一位老主任的小儿子，也是老梁的跟屁虫、铁杆心腹，我们都把他叫作老梁的干儿子，他能听你的？他不给你脚下使绊、路上挖坑那就不错了。你没来之前，马小峰因'三定'双考不及格，又是临时工，被联社定为辞退对象，后来多亏得过马小峰父亲不少好处的老梁上跑下跳，才使马小峰保住了饭碗，这次

"三定"改革，居然被招聘上岗，成了挂名柜员，工资不少拿，工作干不了，而且有老梁给他在社里撑腰，马小峰在社里是不可一世的，社里的捷达车是老梁的专车，只为老梁服务，其他职工连边儿也挨不上。"成宏业脸一长，高声说："我倒要看看马小峰他怎么个不可一世法，工作干得好，他就干，干得不好，照旧下岗回家。'铁饭碗'体制不存在，别说他还是个临时工，就是正式工不干工作照样没饭吃。"

王小青忙说："成主任你小声点，这金山庄信用社效益不好，无事生非的能量不小，今天我说的话就当我没说过，好不好，我求你了。"

成宏业说："你什么意思？还真害怕呀，你要害怕我就不说，我现在就走。"

成宏业说着就起身出了门，王小青没有想到成宏业说发脾气就发脾气，心里不觉想：真有个性。

成宏业出门时正好碰上上楼的老梁，老梁笑容可掬地问："来这么早啊，什么时候咱俩商量工作？"成宏业说："再等等吧。"

这一等就是一个月，在这一个月里，成宏业先了解了信用社的情况，找一些职工谈了话，所以，等到和老梁商谈时，成宏业基本上对社里各项工作做到了胸有成竹，不料想，他胸中的竹子折了。

成宏业认为和老梁商谈显得有些多余，就直接召开了职工会。

职工会是在老梁还占着的主任办公室开的，老梁说："成主任的办公室小，坐不下全社9个人，就在我这里开吧。"成宏业没提反对意见，他想开会而已，哪里都一样。开会时，老梁依旧坐在主任办公桌后的软沙发椅上，其他人坐在他对面的木柄沙发上，成宏业拉把硬木椅坐在办公桌一旁。老梁欠身让成宏业坐到他的位置上，但成宏业还没说出任何谦让的话来，老梁刚离开软椅的屁股又重重地落了回去，嘴里却说："还是小成你坐这里合适，今天你是主角，我坐这里就有些喧宾夺主了不是？"成宏业说："那我就委屈老领导了。"说完从硬木椅上立起了身。老梁的脸微红一下，有些尴尬地离开了软椅，成宏业毫不客气地坐到了主任办公桌后面，他的脸沉着，把做饭的刘师傅递过来的杯子推到一边。

成宏业说："我到这里来，是联社领导的安排，我要把信用社当事业干，如果我工作上出了问题同志们可以提出意见，但是咱们把丑话说在前面，如果我的工作没问题，大家就要同心协力。"接着成宏业针对金山庄信用社实际，提出了几项改革措施。会上每个职工都没有提反对意见，尤其是老梁表示举双手赞成。会议结束时，成宏业一个人走出了主任办公室，其他人竟没有走。

过了三天，成宏业又一次召开了职工会议，当成宏业把他的具体改革方案在会上一宣布，立刻引起轩然大波，职工们七嘴八舌，议论纷纷，老梁不得不几次站起来让大家注意点影响别说话，成宏业的讲话也被老梁打断了几次，结果成宏业的讲话变得支离破碎，没头没尾。职工们在成宏业凌乱的讲话中还是听明白了他的意思，于是，成宏业从老到小得罪了一些人。

首先，成宏业得罪了老梁，成宏业的工作方案之一就是把辖区内的贷户重新分四个片，由他、老梁和其他两名信贷员包片，而且成宏业包的是经济条件最不好的一个片，老梁的片略比成宏业的片好一点，剩下的两个片经济条件都比较好。成宏业一举打破了以往主任不包片的做法，虽然金山庄是个纯农业乡镇，没有发展起什么企业，但个体商户还是有十几个，老梁在没主持工作前，所包片全是经济基础薄弱的村子，为了给联社领导留个好印象，为自己能成为一把手，貌似干得很努力，但心里很是不平衡，于是，他主持工作后，立马把自己片上的村子全推给了其他两名信贷员，自己只是包了乡里几个效益比较好的个体户，但辖区内的每笔贷款都由他审批发放，无论金额大小，弄得两名信贷是光有责任收贷，没有权力放贷。但令成宏业奇怪的是，其他两名信贷竟然面对老梁的"一言堂"显得很木然，不赞成也不反对，就连跟成宏业有过同学关系，而且处得不错的信贷员郑文君和成宏业谈起老梁，也说，人家是领导啊，负责全面工作，总不能每天下乡跑贷户吧。这回，成宏业不但让老梁包了原来的片，而且要求下乡必须达到 20 天以上，下乡不准再用社里的捷达，成宏业还针对老梁下乡不离车的问题间接提出了批评："我们下乡到贷户家中是要贷款，不是做客，坐车固然好，跑得快又舒服，可不坐车也是能要下贷款结下利息的，社里本来就效益不好，开支再加大，现在不是我们讲舒服、摆排场的时候，而是勒紧裤带艰苦奋斗，用最低成本获取最大效益的非常时期。"老梁在一旁听得脸红脖子粗，插嘴就说，自己离不开车，是有高血压，下乡中常常晕倒，为了搞好工作，不得不搞点特殊。

　　成宏业没有听老梁的辩解，继续说："有病可以回家休养，'三定'改革不是提倡内退吗？工作面前讲的是人人平等，放你在岗位上就得让你发光、产生效益，什么也不干，什么也干不好，白拿工资还不如回家给老婆抱娃呢，占着粪坑不拉屎，白吃五谷杂粮，还不如猪呢。"马小峰听得出成宏业又针对自己开刀呢，果然，成宏业接着宣布把"三定"深入开展下去，上半年对全社职工德能勤绩全面进行一次考核，重新竞争上岗，能者上庸者下，这样，就得罪了社内某些继续端着大锅饭混饭吃的职工，他们在心里暗骂成宏业无事生非，又使他们即将面临一次下岗危机。

　　成宏业得罪最深的是马小峰，他宣布将社里的捷达车停封，司机马小峰名义上是回家待岗，实质上是辞退不用。

　　另外，成宏业还将王小青充实到信贷岗位，征求王小青个人意见时，她挺爽快地说："我是该干点工作的时候了，人总得活得有点价值吧。"王小青说这话时，有意用眼睛瞟了一下垂头丧气，但眼露恨意的马小峰。

职工会后，成宏业就显得有点四面楚歌了，最先发难的是马小峰，信用社中多数像马小峰这样的临时工，都不是从社会上招来的，大多是信用社职工的子弟和亲戚，个个都不是好惹的主儿。首先是马小峰率先给了成宏业一个下马威，会议一结束，成宏业的摩托的两只轮胎全瘪了，油门线也断了。下班后，成宏业不得不坐班车回家。

上了班车，成宏业找位子坐下，扭头时，发现信贷员孙海亮和主管会计郝玉琴也在班车上，正大声和班车上的熟人说话，热闹得如同开了锅，成宏业一上车，这开了的锅就被成宏业给熄了火，没声了。成宏业坐在自己座位上沉着一张脸，也没有人主动和成宏业说话，要不是王小青也到了班车上，成宏业真的会一路沉着脸当哑巴。

王小青不顾众人的火眼金睛，大大方方坐到成宏业旁边，跟成宏业一句两句地瞎说，王小青说："你怎么不坐社里的捷达车回家呀！社里效益再不好，还能让领导没有车坐？我给你讲个段子，你也许听过，人家说：'单位钱虽少，领导坐霸道。企业欠了钱，领导坐丰田，宁可去贷款，也不坐国产。'照咱社里目前的形势，也没到了坐不起辆破捷达的地步吧！"成宏业一笑，说："你这俏皮话还不少啊。"王小青被成宏业说得兴奋起来，又接过成宏业的话说："这才是我才华的一小部分，还有呢。人家说：60年代的官，两袖清风；70年代的官，无影无踪；现如今的官，百万富翁啊！"王小青夸张地看看成宏业，然后说："要说看你的面相嘛，白白的一张脸，和公子哥很像，要说看你坐在这班车上舒服的样子，就不像，要不这样吧，让我带反贪局到你家去搜一搜，搜出来百八十万就归我，搜不出来就归你了。"王小青的话惹得班车上的人全笑了，沉寂的气氛有了不少生气。信贷员孙海亮和主管会计郝玉琴也跟别人换了座位，凑到成宏业近前，跟成宏业搭了话。说："再'三定'意义不大，职工工作不积极，因素很多，最主要的是没有一个好火车头，毛主席早说过，只有不好的干部，没有不好的群众。目前是你如何带领我们干好工作……"班车里好歹算是有人气了。成宏业这一次真的领会到了王小青的良苦用心。于是回家后便给王小青打了个电话，成宏业在电话里诚恳地说："我非常感谢你。"王小青接了成宏业的电话装着听不出是谁，"多大的事呀，这什么也不算，我是觉得你是个干事业的人。"

成宏业的决策里还有一条是没有得罪人的，那就是提高饭菜质量，尽量让职工们吃得好。把"五小"工程亮化起来，更让职工们住得舒适，业余生活充实。

接下来是清欠社内职工关系不良贷款的事。成宏业通过调查了解，认为本社不良贷款形成原因主要是人情关系贷款过多所致。所以，成宏业在短时间内把不良贷款中与社内职工有牵连的全部落实到个人头上，限期归还，追不回者，逐月扣除本人工资归还贷款。可是要清欠这些关系不良贷款难度很大，一个月过去了，没有一名职工追回一笔，还有人放出风来说，成宏业有本事自己去要，想扣工资就扣，反正一月基本工资六百块，指望不指望无所谓。

这天，成宏业找老梁去谈，想让老梁做个表率，老梁听完成宏业的话，想了想说："要不这样吧，我向联社申请内退吧，我实在没这个工作能力。"成宏业一听，觉得没什么可说的了，便直接到了营业室，他对会计郝玉琴说："从这个月开始，凡是有清欠任务的职工未收回的，一律扣发工资，什么时候能收回，什么时候再补发，并通知社里职工知道。"

成宏业刚回到自己的办公室，便进来一个打扮得花枝招展的女人，来人先是对成宏业笑，然后就哭了起来，边哭边说，前言不搭后语，听了半天，成宏业才知这是马小峰的媳妇，现在她丈夫回家待岗了，希望成宏业网开一面，看在她公公在金山信用社当了十几年主任的面子上，能把马小峰招回信用社。成宏业坚定地说："这不可能，这是会上定下来的事，我一个人说了也不算。"马小峰媳妇说："还不是你一把手说了算，别人还不得听你的。"成宏业一想到这些日子以来，老梁他们的所作所为，便用鼻子哼道："听我的，谁说的？每个职工都可以有自己的主张，凭什么都听我的？"马小峰媳妇擦了把眼泪，态度有些生硬起来："有什么主张啊？要是他们有主张我还用来求你吗？"成宏业说："我没时间跟你说，我还有工作要干。"马小峰媳妇从椅子上站起来说："都不容易，做领导也要行善积德。"成宏业也站起来，血涌到脸上，问："你什么意思？"马小峰媳妇一转身道："啥意思？我没意思，我丈夫不在金山庄信用社干，依然是信用社的临时工，反正得联社点头。再说，我丈夫犯什么错了？你凭什么做主，不经联社领导同意就辞退我丈夫？"成宏业一急，怒道："你给我出去，我说辞退就辞退，不服想到哪儿告就告去。"马小峰媳妇开始大哭，放开了嗓子，并大骂信用社的人良心全让狗吃了，她公公为金山庄信用社呕心沥血干了那么多年，没功劳还有苦劳呢，儿子竟然连个临时工都当不上。马小峰媳妇又哭又闹，一副唯恐天下不乱的气势，闹得信用社满院的职工和办事的人都伸着脖子往成宏业办公室这边看热闹。

那女人出门时，恰好老梁下了楼，老梁脸上掩饰不住一种幸灾乐祸的神情，对成宏业说："看在老主任的情面上，让马小峰还是回信用社吧。"成宏业没好气地呛了老梁一句："不行，你想让他回社，你就让位，让他顶你的岗。"

（三）

　　成宏业的头把火没烧旺，还燎了自身的毛。金山庄信用社不到一个月就出现了问题，明显出现了两大阵营，而成宏业近乎成了孤家寡人。他的办公室平时极少有人进去，即使有人来，也是来去匆匆，就如他的办公室蹲着一只会伤人的野兽。相反，老梁倒是成了信用社的核心人物，老梁的办公室里不仅常常有人出入，人们还把老梁当信用社领导诉苦、鸣不平。老梁还没给成宏业腾出主任办公室，时值夏至，每天房门洞开，老梁办公室里的笑声骂娘声也大都无遮无拦地传到成宏业的耳朵里。

　　此时的老梁表现出平时少有的高姿态，少有的平易近人，老梁给来诉苦鸣不平的职工倒水递烟，甚至中午邀其到街上的小饭馆喝酒。并跟别的职工说，应该理解成主任嘛，他刚上任，还不了解信用社的情况，以前又没做过一把手，又急于想干出名堂来，理解他一点嘛，理解万岁嘛。老梁对每个职工说到最后都是用理解万岁结尾。来的职工一看什么问题也没有解决，便不肯走，翻来覆去谈自己的问题，求老梁帮忙向联社反映。老梁挺热情地说："慢慢来，过一段时间，有了机会我一定尽力，都跟我搭了这么多年伙计了，我心里头能没有个数吗？"于是，来诉苦的职工大都对老梁心悦诚服，心说还是人家老梁会办事。有时，老梁对到他办公室经常跑的职工也这样说："又到我这里干什么？干点实际工作不好嘛？以后少来，少让人家说我搞宗派，拉山头。"可是老梁越是赶他们走，他们越不走，因为他们现在跟老梁特别有共同语言，他们都介绍过自己的亲戚朋友从信用社或多或少贷了款，而且或多或少形成了不良贷款，他们在回收上感到很棘手，没想到成宏业一上任，就一棍子先捅到他们的痛处，收不回工资也拿不到，这涉及个人切身利益的大事，不来跟老梁谈跟谁谈去呀，能跟成宏业谈吗？成宏业的脾气是牛是驴还摸不透，弄不好成宏业到联社领导那里汇报了，还不是搬起石头砸自己的脚吗？能跟别的职工谈吗？职工毕竟是职工，谁知道别人存了什么心，后果是什么，很难预料。所谓不平则鸣，鸣者则寻知心者，眼下他们觉得老梁是信用社唯一的知心者了。人最怕的是交流，交流的时间一长，感情就深了，因此以前对老梁有成见的职工，此时才对老梁有了全新的认识，老梁真是个做领导的料，原来怎么就没感到呢？

也有一名职工例外，那就是信贷员郑文君。郑文君是信用社里唯一不到老梁那里瞎掺和的人，但是他也不到成宏业那里去说长道短。工作上踏踏实实，郑文君是成宏业的小学同学，又是在一个系统工作，多年来还保持着不错的友谊，所以于公于私都很支持成宏业。有一天，郑文君刚上班，看见成宏业笑着站在办公室门前招呼他进去。

郑文君走进成宏业的办公室，屁股刚挨着椅子，成宏业就性急地说："你姨夫那笔逾期贷款什么时候能收回来，你就这一笔亲戚不良贷款，你得支持我工作呀！所有的人都能给我出难题，但是你不能。"郑文君说："你放心吧，我姨夫是指望不上了，儿子上大学，老妈病重。我眼下刚集资修了楼房，手头紧，但我已经借了钱，先替我姨夫还上，可还没借够，还差两千块，一半天我凑齐就还。"成宏业说："明天我给你拿钱来，你做个表率带个头吧。"

第二天，成宏业给了郑文君一个装着两千元钱的牛皮纸信封，郑文君对成宏业不知道怎么表示感谢才好，一面给成宏业打欠条，一面说感谢了感谢了。成宏业当着郑文君的面把欠条撕了，成宏业笑道："你什么意思？谢什么谢，这也是给我解围，你还写什么欠条，你这不是骂我吗？文君，你以后少跟我来这一套。"成宏业从来都叫郑文君为文君,而对其他职工都连名带姓一齐叫,所以,所有的人都认为成宏业和郑文君的关系非同一般。

郑文君的清收不良贷款任务一完,信用社的其他职工就有些坐不稳凳子了,开始想办法完自己的任务,当然,除了老梁,老梁始终没完自己的任务,而他的任务就占到全社职工的三分之一。老梁跟别人说:"不是我不完,我现在这些亲戚朋友还很困难,我不能逼他们去贷高利贷还信用社的贷款,如果他们有钱,我早收回了,还用等到现在形成不良贷款?让我向别人借钱或自己掏腰包还我不干。"结果老梁被扣了工资。

信用社里的那辆捷达车,自从成宏业调来后,就没跑过,闲在车库里睡大觉。成宏业要给职工们买台彩电和冰箱,向联社一汇报,联社没批准,说当年效益好了再说。成宏业就对联社领导说:"那我就卖车,我不坐车也要让职工们看上电视搞好食堂生活。"联社领导这才同意,不久就把捷达车拍卖了。

老梁对成宏业的决定实感意外,这也太专横了,这么大的事,怎么也得让他知道,这信用社又不是你成宏业家的,这是集体的,你以为你是这个信用社的一把手吗?这是你的私人银行吗?老梁把这些话跟信贷员孙海亮说了,问孙海亮有什么看法,孙海亮是老梁任职时很重用的人,他一向把老梁当长辈加领导,但是孙海亮有了清收不良亲友贷款的经历,这一次说话很让老梁失望和生气,孙海亮说:"车都已经卖了,我看就算了,反正成主任也没有把钱拿回家去,不是给信用社买了东西了吗?"老梁气得一句话也说不出来,他用力吸烟,脸灰得跟吐出来的烟雾差不了多少。

不久,又有一件事让老梁把握不住自己了,联社有个司机是老梁的亲戚,那天,成宏业到县法院起诉县城一个贷户,并回联社向领导汇报了此事,要求联社支持。晚上,成宏业和联社的几个领导在食堂吃饭,那个司机也在，成宏业喝了点酒，一肚子苦水跟着酒劲往外吐，当领导问起金山庄信用社的情况时，成宏业说："那老梁，有他，不如没他，拉着社里的职工打绊，什么事也不做，上了班就是喝茶抽烟，赖着主任办公室不搬，还拉帮结派搞小团体，我看有他金山庄信用社的工作就搞不好。"

老梁听了这些话，气得直哆嗦，按他的主意他要到联社找领导去，但是那个传话的司机说什么也不让，那司机给老梁出主意："你不会写封信给联社，就说他搞腐败，他在金山庄信用社一手遮天，独断专横，我就不信，他成宏业能没事。就是他成宏业没事，也要让他知道你老梁的厉害，不是他一驴蹄能在金山庄信用社踏响的。"

老梁想了一个晚上，拿不定主意是写还是不写，后来信没有写，他却请了病假，不来上班了。

信用社里的事，成宏业什么都管，环境卫生、职工伙食、内外勤业务，如诸葛亮似的凡事亲躬。可是诸葛亮是德高望重的两朝元老，他成宏业是什么，刚来金山庄信用社，根基还没有立稳，没几个人买他的账，尤其是主管会计、事务长这两个人，都觉得不好做，都害怕刚刚做了事情，他会不顾别人的面子全给推翻了，一切重来一遍，让自己在职工中没了威信没了面子。最怕这一点的是兼管事务的出纳江中舟。事务长是信用社的后勤部长，有许多事要自行做出决定，何况有些事问成宏业，成宏业也未必说出个所以然，但成宏业是个万事追求完美的人，他还有自己完美的标准，对事务长工作，总能提出自己的看法来，还常常发脾气。这样的事果然就让江中舟给碰上了几回，其中一回是上边来人安全检查，江中舟觉得来得都是领导，中午饭菜准备得丰盛了点，让安全检查的客人吃饱喝好，给社里的安全工作分打高点。临到中午，成宏业趁上厕所的空到厨房转了一圈，说弄这么多菜干什么，人家是来检查安全的还是检查你的饭菜质量的？这样一来，不仅做饭的刘师傅知道江中舟说话不算数，连外边人也知道了。江中舟心里的气无处去发，就寻"病休"在家的老梁谈，老梁暧昧地一笑，什么也没说，眼睛鼻子都不在原来的位置上了。

（四）

　　这段时间王小青的心情如夏日的阳光一样灿烂，一头卷发随着她的脚步跳跃。王小青从来不避讳自己对成宏业的好感，她跟外边人曾这样评价过信用社里的人，她说江中舟是失去自我的人，郑文君是扭曲自己的人，孙海亮是寻找自己的人，老梁是精明加糊涂的人，只有成宏业才是完全自己的人，她王小青就是喜欢这种完全是自己的人。

　　王小青的开诚布公，等于是当众做了宣言，让所有的人都知道她喜欢成宏业，人们纷纷议论王小青，再加上平时成宏业见到信用社其他职工脸总是板着的，硬木头似的，唯独见了王小青脸上就有了笑容。王小青也不在乎影响，跟成宏业说话随便得很，而其他职工全怕碰着成宏业，见面恨不得少说两句马上躲开，更不要说嘻嘻哈哈，上不着天下不着地地跟成宏业开玩笑了。因此关于王小青跟成宏业的议论日甚一日，这议论王小青也听到过，最先让王小青听到这议论的是主管会计郝玉琴，郝玉琴有一次在营业室对找贷款合同的王小青说："你是最聪明的女人，你也是最能摆平的女人。"王小青不知道此话由何而来，便跟着郝玉琴要问个究竟，郝玉琴一语双关地说："你想想，成主任是什么人呢？你都不怕他，还敢跟他开玩笑，将来有一天说不定你还能帮我说几句好话呢。"王小青给了郝玉琴迎头一击："我不敢跟谁开玩笑啊？我不怕成宏业是因为我没有必要怕他，我心里又没鬼。"郝玉琴点头说："厉害，真是厉害。"

王小青为了挽回影响，就当着营业室所有的人说："我是个俗不可耐的人，我是既认钱又认权。不是流行一段民谣吗？说：一等美女嫁大款，二等美女嫁大腕，三等美女嫁大官。我怎么也算得上一个三等美女了吧，找丈夫我没找下个实权人物，找情人我说什么得找个掌实权的，咱们社的主任，说到底才是什么官，更别说有没有钱这第二个条件了。"

王小青的这些话被同事们当笑话传，背地里大家都笑她不打自招。

王小青上班进了信用社，见成宏业正拿着扫帚扫院子，她走到成宏业背后，一手向后理着卷发，一手向后推着肩上的橘黄色小坤包，说："主任，看你累得满头是汗，这些活儿让我们做，你这当主任的坐在办公室里决策就行了。"

成宏业什么也没说，把手里的扫帚交给刚好走过来的刘师傅手里就回自己办公室了。

王小青感到奇怪："怎么了，我没说错话吧。"她跟着成宏业往办公室走，今天她可不能任性，她还有事求成宏业呢。

成宏业的办公室里已经有几个贷户在等，王小青不得不在成宏业的办公室门前驻足。

两天后，王小青想都没想就拨通了成宏业家的电话，王小青柔软的声音传到了电话的另一端："您好，请问成宏业主任在家吗？"那端接电话的女人像突然间中了风，头脑不灵活一时转不过来似的，停了五六秒钟没有回话，王小青知道那女人手里还拿着话筒，甚至她知道那边接电话的女人是成宏业的妻子。一想到成宏业的妻子思考打电话的女人是谁，王小青马上改了声音，不想这一改反倒改出了麻烦，成宏业妻子的声音又不客气又生硬："你是谁？怎么一会儿一个音？"王小青心里骂了声，马上解释说自己是信用社的信贷员，是单位里的事找成主任，又说："成主任不在就算了，过一会儿，我再打电话吧。"

王小青放下电话就再没有打过去。

当穿着一身既性感又高贵的真丝套裙的王小青站在成宏业的办公桌前时，王小青的眉毛仍然挑着，由于进来时一阵风似的旋进来的，王小青站定了，真丝裙摆还鼓得满满的，显得王小青的腰越发柔软如春柳。

成宏业对王小青的细腰视而不见，却看了一眼王小青白白细细的玉手，尤其是玉手上那修长的红指甲，成宏业说："你留这么长的指甲，还涂了红色，你怎么面对贷户啊？"

成宏业与人说话，特别是和他的下属说话习惯于反问句，但今天说出来的语调却是商榷式的，脸上居然还笑得很真诚。

王小青说："主任，只要你一句话，指甲的问题我马上处理，你找我不仅仅是指甲的事吧。"

成宏业说："我还想问问你昨天给我打电话是什么事？"王小青说："你怎么知道是我打的电话，你夫人说了什么，没说我是妖精吧？"

成宏业说："别说这些，你找我什么事？"

王小青笑笑，柔声道："我找你的事说是大事就是大事，说是小事就是小事，或者这件事对于你来说是小事，对我来说是大事。"成宏业没想到王小青说话会这么啰唆，说了一大堆也没说出她要干什么，就耐着性子等王小青自己把话啰唆完，拿起一份文件翻看，王小青见成宏业看上文件了，这才发现自己犯了傻气，王小青说："成主任，今天我请你吃饭，你给不给面子呀？"

成宏业一时捉摸不透王小青的心思，认认真真分析完了王小青的脸之后，问道："真的？那好，时间、地点你定，我到金山庄信用社以来，你是最给我面子的人。"王小青自己反倒意外了，她没想到成宏业会答应得这么爽快，她早知道，成宏业自来到信用社后，从来不吃请，很多想讨好成宏业的贷户都让成宏业给驳了面子。王小青不觉有一股热浪涌上脸颊，心跳都加快了。王小青说："成主任，你不怕人家说闲话？人家都说你和我好呢！"

成宏业一愣，他实在没有想到，来金山庄信用社不到半年，就出了这种谣言，成宏业显得很激动，脸忽地一下红了起来，成宏业本来就是一张青白脸，这下脸一红，一张脸就成了一张红布。成宏业说："谁说的，你告诉我，我去问他，我看这些人是不整人就闲得受不了。"王小青说："你真不知道，从你来了不到一礼拜这传言就出来了。"

成宏业说："无聊，真是无聊，我成宏业脚正不怕鞋歪，随他们说去。"

王小青见成宏业仍然很激动就开了句玩笑："还有一句话呢，叫作鞋歪也怕脚正。"王小青的一句话把成宏业说笑了。王小青说："我说的话你别当真，我是乱说的，其实没有说这些话。"

严格地说成宏业对女人不感兴趣，这一点众所周知，成宏业跟任何女人相处就如清水里煮着的青菜，一点荤腥味不沾，许多年来，成宏业看女人与看男人没什么区别，也就是说没有性别之分，他看重的是工作业绩，不是性别，而且，他特别讨厌女人在他面前张扬自己的性别优势，成宏业不吃这一套。

成宏业对王小青有没有好感呢？肯定是有的，这好感是不是异性之间的好感呢？成宏业从来也没想过，但是，他的确觉得王小青这张笑脸让人感觉很舒服。成宏业答应王小青去吃饭有他自己的考虑，他很希望王小青能用她父亲的关系帮金山庄信用社依法收回县城那笔大额贷款。那天，成宏业在县法院起诉那个欠信用社大额贷款的贷户时，法院知底的人对成宏业说，打官司你肯定赢，但在执行上难度不小，这个贷户在县里各部门关系广，你要想执行出个结果，必须设法再让县里主要领导出面。成宏业是什么人物，有什么本事能动用县主要领导出面？他根本和县里领导说不上话，就是想托人拉个关系，也找不见门在哪里。

（五）

就这样，成宏业赴了王小青的约会。

王小青为了这次约会特别去了美容院，不为别的，王小青喜欢自己光彩照人。

王小青出现在成宏业面前时确实让成宏业大吃一惊，他在心里问自己：这个漂亮女人果真是那个伶牙俐齿的王小青吗？

王小青明眸皓齿，低眉浅笑，成宏业的心像被人敲了一下，正如一口年久的古钟，倏然间轰响起来。

王小青穿了件刚过膝盖的裙子，像旗袍一样紧包着前胸，像迷你裙一样袒露着大腿，夸张的水粉色荷花在蛋青色的缎子上昂头怒放。从成宏业的角度看过去，那有茎没根的花朵都是从王小青雪白的大腿上长出来的，成宏业不自觉地站起身，替王小青拉开一把椅子，王小青大大方方落座。

成宏业有些慌乱，精神集中不起来，手伸出去想拿酒杯却拿起了筷子，成宏业还是第一次和一个年轻漂亮的女士单独吃饭，他怎么能不紧张呢。

王小青的丹凤眼盯着成宏业的手，抿嘴一笑，身子往后靠了靠叫道："服务员。"服务员应声而入，递过来菜单，王小青要了四个小菜，然后问成宏业："行吗?"

成宏业这才清醒过来，他说："我请客，你点菜，想吃什么，你就点什么好啦，我随便。"

王小青又一笑说："酒呢？菜我点，酒就得你点了。"

成宏业不假思索地说道："我从不喝酒。"其实成宏业是怕酒后失控，做出什么非礼的事来。

王小青反驳："你不喝，我喝，喝干红怎么样，干红既不烈又够味。"

成宏业完全处于被动，这在他有生以来还是头一次，所以，他乐于感受这种被动，这是没有经过一种体验，像第一次接受桑拿按摩，虽处于被动但是感觉很好。

菜上齐了，服务员开酒瓶想倒酒，王小青拦住道："这里就不用麻烦你了，你休息休息去吧。"那服务员不明白王小青的意思，退后一步站在王小青身后，王小青又道："你听不明白我的意思？这里就不麻烦你啦。"于是包房里就只剩下王小青和成宏业。

窗外是灰色的，雨点打在玻璃窗上，然后顺着玻璃往下流，外面的世界变得模糊起来，包间里变成了与世隔绝的小天地，萨克斯曲《回家》让这个与外界隔绝的小天地变成了一个让人想家的驿站，那个温馨得与现实有天壤之别的虚无的家，温柔地召唤着人心灵深处的莫名欲望。王小青手里的红酒举到成宏业面前，火一样在成宏业的眼前燃烧着，王小青的声音有些发颤，柔和飘忽得正如包房里昏昏欲睡的灯光。

王小青说："这感觉真好，和自己喜欢的人喝酒是一种享受，真的。"

一种异样的感情像雾似的在两人中间升腾、弥漫，听得见壁灯发出的咝咝声，而这蚊子般的咝咝声越发搞得人心神不宁。

两个人喝了一杯酒以后，王小青的一句话又对这气氛起了推波助澜的作用，王小青说："别看你看似春风得意，其实我知道你活得并不快乐。这个世界上又有几个人活得快乐？"

以成宏业的个性听到这样的话他是一定是要反驳的，即使是这话说到了他的心里他也不会承认，他会以一个强人的样子反问："谁说我活得不快乐？"

王小青知道成宏业的个性，所以，还没等成宏业开口说话，王小青就补充道："我知道你不会承认，你准会说谁说我活得不快乐，我活得很好，对不对？你用不着跟我说，今天我能和你坐到一起来，就证明我非常了解你，对于一个了解你的人说假话就太没意思、太没意义了。我最佩服你这样孤军奋战的男人，像你这样既有才华又有魄力的人，如果上边有人拉一把，绝对是前程似锦。"

成宏业一脸沧桑无奈，低头道："这么多年我真是孤军奋战，我的经历说几天也说不完。就说到金山庄信用社当主任吧，来之前就有周折，来了之后，还是困难重重，你看看社里有几个人支持我？不支持就算了，还在后面捣鬼，这工作真是难做。"

王小青没想到成宏业还会这样推心置腹地跟她说出心里话，心里便立刻涌上一阵感动，王小青一改平时大大咧咧的样子，她说："人生在世都一样，都有说不完的不如意。"成宏业说："你还过得不如意，你是活得最洒脱的人，最幸福的人，信用社里的人都说你是无所不能的。"

成宏业把一杯酒一下子就喝了进去，非常坦诚地说："那我就不客气了，我真有事求你帮忙呢。"然后成宏业就把县城那位被起诉贷户的情况说了一遍。

王小青听了成宏业的话，情绪上怎么也提不起来了，就像刚刚充好气的气球，突然间让风给吹跑了，远远地在天上飘着，从此别想抓在手里了。王小青心想：这世界真是奇妙，怎么能一下子就没有感觉了呢？但她还是热情地说："什么求不求、帮不帮的，还不都是为了信用社。"

这时，成宏业的手机响了，王小青瞟了一眼成宏业，说："你怎么刚刚坐在这儿，就有人找你了，谁找你，哪个女人这样盯着我们领导啊？"

成宏业说："还能有谁找我，老婆呗。"

王小青说："你老婆一定是一个厉害的女人，那天我给你家打电话就领教过了。"

成宏业不置可否，继续问王小青能不能通过她父亲动用县委主要领导。王小青想了想说："话我一定会说，至于动还是不动我不敢保证，但我会尽力去说，为了你，也为了金山庄信用社。"

停了停，王小青又说："我可不是跟你做交易，我也有事求你帮忙呢，我丈夫是批发烟酒粮油的，现在生意不好做，能不能照顾我丈夫一下，我们也不多赚信用社的钱，全按市面价，怎么样？"

吃饭成了谈生意，也算是两个人的初衷，虽然这跟王小青最初的想法略有些差异，可说到底，王小青请成宏业吃饭最初的想法也是为了做生意，既然言归正传，王小青也没什么别的念头了，王小青完全放松了自己，拿出香烟来点着了，开始吞云吐雾。王小青不是做作的女人，让她做作，最多也就是十来八分钟的时间，时间一长她就受不了，何况今天这饭局的发展态势，她也用不着装淑女了。王小青叼着香烟，大胆地看着成宏业，她奇怪这个男人为什么一谈到工作就热情奔放了呢？

成宏业回答王小青的话时一点也不含糊，他说："这也不算歪门邪道，我定了，下个月信用社的粮油烟酒全由你丈夫供给，不过质量要过关。"王小青有意激了成宏业一下，她说："你还是别那么早就给我答复，说不定社里有人不同意呢！"成宏业说："你什么意思，谁不同意？这事我说了就算，你放心吧。"

王小青说："我就喜欢你这样的男人，真正的男人，拿得起放得下，我就不相信这信用社在你手里搞不好。"成宏业低头说:"你也别这么抬举我,我也有很多很多毛病。"

王小青说:"那倒是,我也看出来了,我说实话你别生气,我说得对,你就信,说得不对,全当我没说好了。你的毛病就是手不狠,心不黑,像马小峰那样的混子,你还让他待岗,我个人跟马小峰没有半点恩怨,我说这些话是从信用社工作考虑的,马小峰是背后说你坏话最多的人,这一点,早晚你会知道。"

成宏业没有明确表态,最后他说:"多行不义必自毙,让他们闹去好了。"

要紧事也谈完了,两个人都觉得没什么说的了,可是却都没有走的意思,沉默了一会儿,成宏业说:"也怪,我没来的时候,老梁在信用社主持工作,职工们对他都有意见。现在,我来主持工作了,老梁反倒成了大好人,这人呢?不知道都是怎么想的?"

王小青一笑,说:"这你还不明白,与天斗与地斗,又跟自己斗,反正斗争让人其乐无穷啊。"

成宏业说:"那你呢?你跟谁斗?"王小青略一顿说:"我是跟谁都斗,里里外外一把手。"

结账时王小青要付款,成宏业不让王小青花钱,成宏业说:"这钱也不是我花,这是给信用社办事,我也是为了信用社来吃这顿饭的,钱由信用社出。"

王小青一听高声叫:"好,好,好,花公家钱吃饭我最踏实,最开心。"

成宏业心里想:"你哪里知道这钱实际是我出啊。"

出门的时候雨是停了却刮起了风,王小青被风一吹,酒劲上了头,晕晕乎乎地站不住脚，她拉住成宏业的一只胳膊，开玩笑地说："领导，借你的一只胳膊用用不介意吧。"

王小青就这样挽着成宏业的胳膊往前走，两个人出了酒店必须走一段步行街，这段步行街灯红酒绿，实际上，红灯区不红灯区跟王小青没什么关系，他们心里此时都急着回家，谁也没有不安分的想法，坏就坏在这个世界太小了，待岗在家无所事事成天与哥们在这条街上消遣的马小峰在马路的另一侧一眼就认出了成宏业和挽着成宏业的王小青。

马小峰心里说：没想到啊，成宏业还有玩女人这一手。

错就错在成宏业那天晚上恰恰没有回家，半路上他碰上了几个出来喝酒的朋友，又一起喝了酒，后来又住在了朋友家里。

（六）

马小峰连夜给老梁打了电话，把这一新闻通报了老梁，老梁听了只觉精神为之一振，但是他在电话里对马小峰说："世风日下，这也不算什么大事，萝卜白菜各有所爱，这是人家个人的隐私，还是不要乱讲的好。"马小峰在电话那一端笑着说："讲不讲就看需不需要了，我又没有造谣。"

第二天，老梁就来信用社上班了，老梁上楼时，见王小青兴高采烈的，便说："小青你这段时间忙什么呢？怎么总也看不到你呀？"王小青笑着说："你见笑，要说忙，你是老主任，你是最忙的，我一名小职工有什么忙的，就是忙，也是穷忙。"

王小青的话让老梁一愣，就在这一愣之间，王小青就走了，老梁也顾不得影响了，他立刻掉下脸来，脸色越发黑黄，向楼下吐了一口口水，低声骂道："什么人，都敢跟我叫板了。"老梁一整天脸上没有笑脸，成宏业的办公室门一响，他的心就狂跳一下，就想提笔给联社领导写点什么，但是一天下来，桌上那张纸始终是白色的，没写一字。

晚上，司机马小峰拿了不少补品来看老梁，马小峰在老梁手下受惠不少，给老梁开了一段时间车对老梁伺候得相当周到，跟老梁的个人感情应该说不错，老梁有病，马小峰来探望是很正常的事，关键是马小峰已经来过两次了，而这次除了拎着一大包补品外还给老梁送了一千元钱，马小峰跟老梁联络了半天过去在一起的感情，才委婉地提出让老梁帮他回联社活动活动，重新安排他上岗。马小峰说：捷达车让成宏业折腾着卖了，车显然是开不成了，就安分地在柜台上学出纳算了，梁主任，这事只有求你再帮我一回忙了。

老梁说，这也没什么不行的，我明天就回联社找领导去，人事权在联社领导手里，他成宏业没经联社领导批准就擅自让你待岗，你要清楚，你是有上岗证的。第二天，老梁果真去了联社，回来后，给马小峰打电话说，明天你就上班，联社领导说了，成宏业没经联社批准擅自让你待岗是错误的，但你要努力工作，别让领导失望。

没想到第二天，马小峰来到信用社找成宏业说联社要他上班，成宏业问，联社哪个领导说的？马小峰说是老梁告诉他说是联社领导说的。成宏业让马小峰把老梁叫到自己办公室，半分钟不到，老梁就坐在了成宏业的办公桌前。

当着马小峰的面，老主任和新主任开始了第一次面对面的交锋，老梁说："是我到联社征求领导意见的，怎么，我连这点权力也没有吗？再说，马小峰犯了什么错误，你平白无故让人家待岗？"

成宏业说："他是司机，车都没了，他开的什么车，再说，'三定'改革，基层社哪个社有司机？"

老梁说，马小峰有的是柜员上岗证。

成宏业说："他有柜员上岗证，给他这个岗位他能干了吗？他对业务一无所知，会点钞，还是会记账？"

老梁说："不会不能学吗？"

成宏业说："他参加工作五六年了，要学早学会了，再说信用社不是培训班。"

马小峰过不了成宏业这一关，气哼哼地走了，成宏业冲着马小峰的背影说："马小峰，你想上岗也行，你有本事给社里吸收回五十万存款来。"

老梁听了成宏业的话，转身也气哼哼地走了。

这边成宏业还没坐下，气得在屋里踱步，就进来两个人，两个人一人挟着一个小包，一胖一瘦，胖的挺着肚子，满脸冒着黑油，眼睛朝天，鼻子和嘴都因为习惯了说一不二变得十分没有礼貌，成宏业一看就知道这一位一定是三年不到的暴发户，胖子阔步进了门二话没说就坐到成宏业的面前。成宏业还没见过这种没礼貌的人！换句话说，成宏业还没见过在他的办公室里这样对他不客气的人呢。成宏业本来就气呼呼的脸更加难看，成宏业说："你们是哪的，干什么？"

胖子说："我们是要债的，你们信用社欠我们装潢公司的钱什么时候能给呢？"

成宏业心想：还没见过这种要债的，按常规要债首先要说好话，没见如此气粗的，成宏业坐在椅子上说："要债？要什么债？"

胖子也不解释，把一份打印合同放到成宏业的办公桌上，他说："你自己看吧。"

成宏业把那张纸一推："我不看，谁欠你的你找谁。"

胖子说："我们找过了，不是一次了，钱也没少花，人情也没少送，可是现在不管用了，老梁让我们来找你，说你是信用社的法人代表，这账你得平。"

成宏业说："我平？我不能谁的账都平吧？我没那个义务吧？"

胖子急了，对另一个人说："把那个法律文书，那个起诉状给他看看，咱们先君子后小人，别说咱们没事先打过招呼。还说是信用社最讲信用了，屁，咱们法庭上见吧。"

成宏业立刻顶了一句："法庭见就法庭见，我恭候大驾。"

胖子说："那你就恭候着吧，这回，我把该他妈告的都告了，我就不信还没处说理去，你就等着接传票吧。"

来人出了门，成宏业才冷静下来。他把主管会计郝玉琴叫到办公室，他问郝玉琴到底是怎么回事。郝玉琴一听成宏业的描述，就说："还是那个给咱社装潢主任办公室和食堂的包工头吧，来催要好几回了。"成宏业问欠人家多少，郝玉琴回答说七万多。成宏业说那给人家得了，不就是七万多吗。郝玉琴说，老梁不让给。

原来老梁一主持工作，觉得主任办公室太简陋，食堂就餐环境不好，就以改善办公条件和职工生活环境为由向县联社提出了重新装潢主任办公室和职工食堂的申请，并在联社某个领导的默许下很快上马开了工。成宏业说，他用了人家，人家干完了活他凭啥也不给人家工钱？

"这我就不清楚了。"郝玉琴摇着头说。

（七）

晚上，成宏业没有回家，他把自己反锁在办公室里，也不开灯，一口一口地吸烟，他在想老梁，在想老梁为什么不给装潢包工头结账的事。听胖子话音，无疑是老梁从中吃了回扣，但老梁吃了回扣为什么还不让会计给人家钱呢？是老梁嫌回扣少，还是另有他因？自己是不是该找老梁谈谈，可现在自己和老梁的关系近乎僵化，恐怕坐都坐不到一块儿。可那胖子真要到法庭上什么都抖搂出来，老梁可就完了。我不能眼看着老梁完了，应该帮助一把，可是，该怎样帮他呢？……

成宏业脑子里乱成一团，怎么也理不出个头绪来。老婆给他打来了电话，问他为什么不回家，成宏业便对老婆说，信用社事忙，回不去，后来老婆又给他打电话，他再没理会。

成宏业的老婆本来就有些女人的小心眼，再加上身边有些人总在她耳边讲某某男人当了个小官就找小姐找情人，让她小心一点成宏业。弄得她心里很紧张，成宏业又是受不得老婆管束的男人。所以，每当他听老婆旁敲侧击说话时，就立刻挖苦老婆心眼针尖一样小，肚里酸味臭。于是两个人因此吵架也是常有的事，感情自然一天不如一天。成宏业的工作压力大，回到家笑不出来，说话也越来越少，床上之事也自然糟糕，他老婆把这些异常现象全当成了家庭危机的前兆，一个心思认为，成宏业变了心，有了外遇。

成宏业的老婆熬到夜里两点，再也熬不住了，一想到成宏业经常夜不归宿，便更加不能忍耐，一个电话打到老梁家里，不知轻重地问老梁知道不知道成宏业去哪里了。

成宏业的老婆一点也不知道他实际上是让人给她的丈夫造谣创造了机会，她还自认为自己很聪明呢。老梁倒是显得十分关心成宏业，他打着呵欠说，成主任工作太累，也许是睡在办公室里了。

成宏业的老婆这次没有乱讲话，她好歹没说她往信用社打过电话。

第二天一早，成宏业正刷牙，碰上早到信用社的老梁，老梁老远就跟成宏业打招呼，说："起得这么早啊。"走到了成宏业面前还说："昨天马小峰的事我也不冷静，你别多心，我是个急脾气，小马老小一家子，成天歇在家里终究不是回事，他在信用社好歹干了五六年，我们对他总得有点人道主义嘛。"

成宏业想，老梁的功夫可是练到火候了，昨天还跟我你死我活的样子，今天见了面就像什么也没有发生似的。

于是，成宏业也心平气和地把老梁叫到自己的办公室，说起昨天胖子要钱的事，老梁很平静地笑笑说，不是我不给，我是怕他们装潢得有问题。这也快一年了，看来问题不大，他们要，你就给了吧，欠债还钱嘛，天经地义。成宏业想说果真这样吧？但他没说，他怕自己的话会再度使他和老梁之间发生感情危机，还是等以后找个适当机会谈吧。再说那胖子的话也不可全信，何必为了七八万上法庭呢，再来要给他就是了。

老梁刚走，事务长江中舟找成宏业在客饭表上签字。成宏业边审查客饭表，边对江中舟说，以后买粮油别乱买了，到时候有人会送来。江中舟想问谁送，但看到成宏业一脸不耐烦的表情又把到了舌尖的话给咽了回去。

江中舟嘴上没说什么，但心里很不高兴，他一直都是从街上一家关系不错的粮油店里买的，每年店老板为感谢他，过节过年断不了送他一袋白面或一桶食用油。现在让成宏业一句话就没了这些好处，他跟那家油店老板怎么交代？江中舟越发对成宏业有了意见，他又去找老梁诉不平。老梁说，有意见可以保留嘛，联社领导马上要来对新聘信用社负责人到任工作开展民主测评了，到时候再提嘛，有你说话的时候，这信用社不是个人的，是共产党的，哪个人也不是信用社的老板。

信用社除了郑文君和王小青外，其余几个人对成宏业或多或少都有些意见，工作还做着，但劲头明显不足，存在混的思想。

　　成宏业心里也相当清楚工作的难度有多大，但他还是尽力向好的方面努力，他想只要干出效益，什么问题也好解决。为了尽快完成联社下达的吸储任务，成宏业又开了一次职工动员会，包括马小峰在内。成宏业也想过了，你马小峰不愿待岗，那你就出去吸储，吸得多挣得多，吸得少挣得少，我看你干不干。

　　然而，成宏业万万没有想到，马小峰会利用吸储干出有损于信用社形象的事。

　　当成宏业知道了马小峰的事，县里的小报已经赫然把马小峰的"事迹"登了出来，标题还相当醒目，某某信用社职工以吸储为名诈骗群众，存款成了高利贷。报道的内容写得很少，但题目全是又黑又大的字，这就等于是把金山庄信用社当成了头条新闻。而且更加让成宏业不能接受的是，报道金山庄信用社存款增长的消息竟然和这条新闻登在同一天的报纸上。当天下午，成宏业把马小峰从家里叫来，问他报纸上事可是真的。马小峰逼得走投无路，只好如实讲了出来。

　　马小峰吸储不想下工夫跑，耐心做储户工作，就想了个高利吸储的办法，答应付给储户高于现行利率方式借给一个开商店的朋友。有个储户迟迟不见马小峰送来存单，就到信用社柜台上打听。柜台上的人说没见马小峰拿回过存款。这位储户急了，又找到马小峰家里，逼马小峰要存款，马小峰拿不出，只好引着这位储户寻那位开商店的朋友去要。马小峰的朋友当场就给了马小峰一个难堪，说："你借给我钱是有日期的，再说我给你付的利息够高的了。"这位储户一听，马上明白了是怎么一回事，正巧他儿子在县报社，很快就把这事登上了报。

　　当天晚上，成宏业立刻召开了职工会，通报了马小峰的事，他讲话时非常激动，指名道姓说马小峰给信用社丢了脸，还说像马小峰这样的人信用社还留他做什么，不管联社怎么处理他，金山庄信用社先开除他。还说这样思想不健康，品德败坏的职工还有人替他到联社跑动保他上岗，实在是不可思议，实在可笑，实在是没有一点原则性。

成宏业讲话时，老梁就坐在他身边，老梁的脸青一阵灰一阵，始终耷拉着眼皮，头也不抬，直到散会，老梁的脸色也没一点点好转。

第二天，成宏业给联社打了电话，联社领导尊重成宏业的处理办法，同意将马小峰开除。

马小峰在收拾好自己的行李离开信用社时，他恨恨地对成宏业说："好，好，我知道，你一到金山庄信用社就看我不顺眼，找我的麻烦，这回算你运气好，让你给抓到了，不过你也好自为之，说不定哪天你的日子比我还难过，山不转水转，水不转人转，等着吧。"

成宏业笑着说："你放心，恐怕是没那天。"

（八）

这个世界常常给人捉弄，常常拿一个人开开玩笑，可是，给成宏业的玩笑实在是太大了点，许多预想不到的不测排了队似的等着成宏业。

马小峰的事在县报上刚曝了光，这个影响还没有挽回，信用社又出了诈骗案。

成宏业是在家里修理卫生间管道时被孙海亮打电话叫走的，他胡乱接好管口，骑摩托飞快地驰向金山庄。

孙海亮在电话里告诉成宏业，昨天，他拿上一位贷户的五万元质押存单到县工行去兑现，用来归还一笔逾期贷款，但工行不承认这笔存款，说电脑里储存着这个储户的档案，但金额没有这么多，只有伍拾元，无疑这张伍万元存单是假的。

成宏业问孙海亮这笔质押贷款是谁放的,孙海亮说是他放的。成宏业又问,办理时你没核实存单吗?孙海亮说,核实过了,工行还出具了出质证明。成宏业一听就火了:"核实了半天还是假的,你是怎么核实的?"说完摔下了电话。到了信用社,老梁早把这件事通知了联社。成宏业几乎是和联社稽核股的人一齐进了信用社的大门。成宏业昏头昏脑地协助联社稽核人员对这笔贷款进行了审计,又去县公安局报了案,公安人员当即扣留了那个贷户,经审讯,才知这个贷户和孙海亮关系比较好,他贷款想养汽车跑运输,就找到孙海亮问询贷款情况。当时正值收贷旺季,正压贷款规模,担保贷款已不放了。孙海亮对这位贷户说:"你办质押贷款吧,回去寻几张存单。"这位贷户苦笑着说:"我有存单还来寻你贷款。"孙海亮说:"寻别人也行,顺便把质押证明开来。"这位贷户回去后,借不下存单,正发愁,他刻章的一位表弟给他想出了个"好办法",并帮助他弄到了一张五万元的假存单。办理贷款时,孙海亮对存单也没认真检查,很快办理了这笔贷款,并收下了这位贷户的两条软云香烟。

案发后,公安人员及时追缴,迫使这位贷户拍卖了汽车,归还了贷款,并拘留了贷户刻章的表弟,一举挖出了一个刻私章的犯罪团伙。

这起诈骗案虽未给信用社造成损失,但孙海亮由于失职受到了调离信贷岗位,待岗三个月,全县通报批评的处罚。

几天来,成宏业的脑袋被搞得晕乎乎的,吃不下饭睡不着觉,走路一阵阵头重脚轻,嘴上也起了泡,嘴唇肥了起来,脸却瘦成了一把。

成宏业这段时间遇事就发脾气,像炸弹随时都要炸开了。成宏业在信用社还稍能控制自己的烦躁,回了家就完全放任自己,动辄摔东西,动辄骂人,动辄打他女儿。成宏业的老婆对成宏业的处境一点儿也不了解,以为成宏业的火是冲她发的，以为成宏业外面有了女人便想以这种手段跟她挑战呢。但是她把这些装在肚里忍着，静观待变，大有冷眼看世界的味道，成宏业对他老婆的表现十分反感，他认为，他老婆该关心一下他的工作，关心一下他的处境，帮不上忙是一回事，关不关心那是另一回事，孤独感如一团蓝色的火焰在成宏业的四周跳跃，烧得成宏业恨不得扑进一片哪怕是并不清澈的水里去。

有时候成宏业坐在办公桌前看着沙发边上那盆龙骨想，只有你了，你是不是我的知己呢？

这盆龙骨有一层特别的意思，它不是成宏业自己买的，是王小青送的，那天一早王小青捧着这盆龙骨进来，满身都是茉莉花香，王小青的话就那样清香地浸入成宏业的内心深处，王小青对成宏业说："领导，我可不是给你送花来的，是来送精神的，信用社鱼龙混杂，风气不正，希望你有点龙骨精神扭转乾坤。"

为了表示感谢，成宏业有一次去省城出差，给王小青买回一条墨绿色的纱巾，成宏业之所以选了墨绿色的纱巾也是因为那龙骨的躯体墨绿挺拔而突发的灵感。

成宏业多次想把王小青叫到自己的办公室里来，为什么他也不知道，只是想说几句话而已，如果说是成宏业想跟王小青有点别的什么，也不是，他没有那个心情，他只是觉得王小青的狡黠、王小青的幽默让他感到轻松起来。但是成宏业没有叫过一次王小青，有时，他只能对着那盆龙骨空想一阵而已。

这一次不同了，他必须找王小青，这件事，也只有王小青能够替他想办法了。

贷款诈骗案刚告一段落，成宏业就接到县人民法院的一纸传票，那个向成宏业催款的包工头真的把信用社告上了法庭，成宏业知道县电视台有个法庭传真栏目，几乎每个案子都有可能被电视台曝光，成宏业不怕自己上了被告席没面子，他怕信用社没面子，他怕信用社的形象再受影响。

这个案子就要开庭了，成宏业一时找不到合适的人去通融，找那包工头也好，找法院也好，找电视台也好，找到哪家也好，只要能把影响降到最低程度，但是成宏业实在找不到替他出面通融的人。

成宏业一下就想到了王小青，成宏业一想到王小青能替他办此事，心情就激动起来，眼睛盯着那盆龙骨冲门外款款而来的王小青喊了一嗓子。

王小青又是一身时装，一身茉莉花香飘进了成宏业的办公室，王小青把那条墨绿色的丝巾叠成了一朵花盛开在她雪白的脖子上。王小青笑着，眼若点漆，两颊飞红，一脸明丽。成宏业让王小青坐下就直接切入了话题。王小青说还找什么电视台呀，我把那个包工头摆平就完了。成宏业说，那不可能，那个状他已经告上去了。王小青捋捋头发说，告上去又能怎么样，我会想办法让他撤诉，如果你需要，我还能让他给你赔礼道歉，让他给你点头哈腰当"哈巴狗"。成宏业已领教过一回王小青的能耐。上次，信用社起诉了县城那位大额贷户，法院执行时受到了很大阻力，多亏王小青通过他父亲让县委主要领导出面，才使法院顺利执行，为信用社收回了那笔大额贷款。但成宏业还是严肃地对王小青说："这可不是开玩笑。"王小青也严肃起来，说："我知道，办什么都有难度，不过给你和信用社办事，我不怕有难度。

王小青把"你和信用社"说得特别重，成宏业的脸就有些发红。

当天晚上，王小青就给成宏业打电话报告了好消息，那个包工头答应撤诉了。王小青说包工头无非是想要到钱，他也不想打什么官司，他不了解成宏业那天的心情，并向成宏业表示歉意。但那个老梁非得给他颜色看看，让他知道白吃的葡萄到底有多酸。王小青打电话时直接告诉了成宏业老婆自己的大名，并且说，我找成主任有急事。成宏业的老婆把电话交给成宏业时说，在信用社找还不够，还跟到家里来找，又是那个王小青。

成宏业在电话里谢了王小青，并让王小青转告那个包工头，他已经和联社领导沟通过了，明天就让他来取钱，但不要太为难老梁了，老同志了，有点错误是应该谅解的。

成宏业打电话时，马小峰正坐在他家里的沙发上，马小峰自然听到了成宏业老婆的话，也看出了成宏业老婆脸上的不满，就一笑。

马小峰是在他老婆的动员下来到成宏业家的。马小峰没来成宏业家之前找过老梁，老梁说："我是没办法了，成宏业把握着信用社的大权，一个人说了算，你目前有两条路：一条是去求联社领导，另一条是去求成宏业。我觉得还是直接找联社领导好些。"

马小峰拿不定主意就回家问他的老婆，他老婆说："你疯了，找联社领导干什么去，成宏业开除了你难道联社领导不知道？这么大的事他哪里敢自作主张？再说，你跟联社领导能说上话吗？冷不丁地去了，人家也不会接待你。还是去找成宏业吧，好汉不吃眼前亏，暂时低头求他成宏业有什么丢人现眼的，现在不求人你就没饭吃，哪个社会接收你？全省信用社都在搞'三定'，到处都有下岗的人，别说你还没有一技之长，就是有，那又怎么样，还不得有人用你吗？你们信用社好歹在目前来说也算个好单位，虽然'三定'改革了，可依然端着多半个铁饭碗，保住了铁饭碗也就保住了下辈子。也没见你这样的，30多岁的人了，做事还不冷静，成宏业打你骂你全当听不着不行吗，就当他放了个屁不行吗？"

马小峰说："你说那些还有什么用，已经到了这种地步了，没法补救了。"马小峰的老婆说："怎么没补救了，你还不明白，成宏业为什么要生着法子赶你出信用社啊，还不是没跟你手里得到好处，现在的官哪个不贪？哪个不喜欢钱？今晚上你就去成宏业家里去，把一万元钱给他放下，明天你就去上班，保证他再不会赶你走了。"

马小峰说："我怎么就没想到呢。"

马小峰躬着腰敲开了成宏业的家门，马小峰脸上谦卑地笑着，进了门就和成宏业的老婆套近乎。嫂子长嫂子短地叫，成宏业根本就没想到马小峰会来他家，没有思想准备的成宏业给马小峰倒了一杯茶水就不知道怎么接待马小峰了。马小峰也不客气，熟人一般找个地方坐下，说话倒是小心翼翼，他开始检讨自己，千错万错都是他一人的错，求成主任大人不记小人过，再给他一次机会，成宏业也检讨了自己，但是成宏业始终没提让马小峰回信用社的事。马小峰坐了半天，就谈到了信用社里的人和事，话里话外都带着对老梁的否定，他试图让成宏业明白自己根本不是老梁的铁杆人物，跟老梁接触得多是因为他给老梁开车。成宏业也不插话，听马小峰一个人表白自己。

马小峰觉得自己一个人说得无趣，应该说的也都说完了，就准备把钱送了就走。马小峰硬着头皮掏出口袋里的大信封放在面前的茶几上。成宏业看着那个信封说："你什么意思？你给我收起来。"马小峰说："我没什么别的意思，还不是孩子上了重点中学了嘛？我本应该早一点来祝贺的，这就算我迟到的贺礼吧。"

面无表情的成宏业把那个信封塞到马小峰手里，他说："我不能收，你非要把它留在这里，那你就别怪我不给你留情面了，明天，我就把它送到联社领导那里去。你还是收起来，拿回去也许这段时间对你还有用处。以后你到我家里来还是客人，但是你记住，我从来不收礼也不收钱。"

以马小峰的经验，凭他的能力送礼是没有送不出去的，何况还是这么一大笔钱，于是，马小峰就死皮赖脸地坚持让成宏业把钱留下，成宏业的脸色十分难看，他说："钱不是万能的，起码在我成宏业这里不是万能的，你走吧。"马小峰终于放弃了最后的努力，他出门之后彻彻底底给了自己一个响亮的嘴巴子，他骂自己：没脸的东西，没脸的东西。然后他开始大骂成宏业的八辈祖宗。

这一次马小峰下定决心要给成宏业点颜色看看了。他分别给县人大、县纪检委和联社领导都写了信，控告成宏业有这样那样的问题，信发出之后他还觉得不解气，又给成宏业的老婆写了信，打了电话。

成宏业对此浑然不知，他甚至忙着给一个个体老板的朋友打电话，求那个朋友给马小峰安排工作。

（九）

对新聘信用社负责人到任工作测评如期进行。那天，金山庄信用社来了一名联社领导，严肃得很。联社领导作了简短的动员讲话后，成宏业作了述职发言，他没有拿稿子，讲了十几分钟就结束了。全社职工填了测评表后，联社领导就带着走了。

成宏业不是不把测评当回事，他现在的压力是如何使存款净增，收贷结息任务如何完成，如何确保职工工资兑现，如何刚上任头一年给联社领导留个好印象。各项业务都等成宏业这个火车头去带头抓，出力流汗带头干。成宏业跟王小青几次提出要拜访王小青的父亲，因为最近王小青父亲为县里招来的一个客商，要在金山庄建造肉牛养殖基地，这个客商带着近一千万来投资。成宏业想通过王小青的父亲把这个客商的户开到金山庄信用社，这样金山庄信用社的存款任务完起来就容易多了，从而杜绝了耗资耗力的"泡沫"存款现象，这是其一，其二是与王小青的父亲拉好关系，在其他方面也能好办事。王小青说："你别着急，等机会我会把你介绍给有用的人的。"这期间，王小青不仅给信用社送来了粮油，还有各类蔬菜。成宏业望着一大堆面粉对王小青说："你送的是不是太多了点。"王小青说："不多，眼看要到中秋节了，给职工发点福利就剩不多了。"最后，王小青又提出改装信用社档案室的活儿由她表弟来做。

王小青把信用社花钱的活儿几乎都弄到手里，信用社上上下下所有的眼睛都是雪亮的，所有的脑袋都有意见。王小青也不争气，送来的粮油中有部分是假冒的，职工们没有一个不骂王小青缺德的。

成宏业也替王小青受罪了，他不能对每一个职工去解释：他和王小青之间是有交易的，王小青会负责给信用社完成全年存款任务的，王小青已经帮信用社收回了一笔大额不良贷款。给王小青的粮油款一分也没出账，她的货要是质量不过关，就给她退货。

职工们把王小青的错都转嫁到成宏业的头上，成宏业也没办法，因为他是主任，王小青送粮油是他点头同意的，他没有什么好说的。

谁也不知道成宏业和王小青之间的约定，知道的都是王小青从成宏业的手里赚了信用社的钱，王小青抱着成宏业的大腿发了昧心财。

最先反应的是江中舟，他对着做饭的刘师傅发火："这是什么油，纯粹是喂狗都不吃的伪劣产品，他送来你就不检验一下，送来毒药你也收下，你叫她王小青从哪儿拉来再拉到哪儿去。"刘师傅脖子一拧："你有本事你告诉王小青去。"江中舟就不和刘师傅说话了，用脚狠踹身边的面粉堆。

成宏业也不是肯装糊涂的人，他对王小青的粮油质量也不满意。他把王小青叫到办公室说："你是怎么搞得，你知道吗？你让我没法跟社里的人解释，全社人都盯着我呢？全社的人等着看我笑话呢！"成宏业两眼直逼王小青。

王小青满脸歉意，说："主任，我的粮油质量是差点劲，我也不好意思，我已经跟送货厂家的人吵了一架，我让他们重新送最好的来，所有的损失我包赔。"这下成宏业没话说了，王小青刚刚替他摆平了那个包工头，还没有感谢人家呢，现在把王小青训得太狠，情理上也有些过意不去，于是成宏业说："你自己看着办吧。"

王小青从来也没有想过要给信用社换最好的油，她不是那种从自己手里往外掏钱的人，她还没有仗义到为了成宏业把自己的钱袋松一松，但是当着气愤的成宏业她能说什么，她只能说好听的，她还等着为弟弟揽到改装信用社档案室的活儿呢。

中午下班时，王小青在信用社的大门前跟成宏业的老婆遇上了。

成宏业的老婆这两天遭受了两次打击，她先是接到了一封信，后来又接到了一个电话，不管是信还是电话都是告诉她同一件事，那就是成宏业和王小青之间有染。起初，成宏业老婆还是半信半疑，可怕的是她后来信了。她拿着信到挂历上一查，那信上所说的成宏业与王小青在一起的时间，正是成宏业接到传呼不回夜不归宿的那一晚，为了记住这个日子，成宏业的老婆曾在日历上画了一个圈，现在看来这个圈画对了。成宏业的老婆还没有想出应该怎么办，昨天晚上又接到一个男人的电话，那男人在电话里警告她好好管管成宏业，别老是缠着他爱人王小青不放。成宏业到省城出差还给王小青买了一条墨绿色纱巾在他眼前晃。

这回成宏业的老婆沉不住气了，她不能如此被人折磨，她要会会这个王小青，成宏业的老婆早上没去上班，她坐在梳妆台前花了比平常多两倍的工夫，她要以一个十分漂亮的形象去会王小青，直到将近中午，成宏业的老婆才奔信用社而来。

　　成宏业的老婆见一个妖艳的女人袅袅娜娜从信用社大门里走出来，凭直觉她认定这个年轻的女人就是她的情敌，再一细看王小青脖子上那飞扬的纱巾，她便毫不犹豫地冲着风里喊："王小青，王小青。"王小青应了一声，四处里找喊她的人，成宏业的老婆往前紧走两步将胖身子挡住王小青的去路。她的狮子头一样的卷发在肩上披着，短粗的脖子看上去如有意缩了起来一般。

　　王小青停住脚，看来者不善就是一愣，成宏业的老婆用眼睛直盯着王小青的脸，那蔑视的目光横扑王小青而来，成宏业的老婆咬着牙又问了一句："你就是王小青？果然不出所料，还真是个美人啊。"

　　王小青往后退了一步，她也不服气地对成宏业的老婆说："你说话尊重点，你是哪个精神病医院跑出来的，跑到信用社来跟我撒野？"

　　成宏业的老婆一把抓住王小青脖子上的纱巾，举手给了王小青一个响亮的嘴巴，她说："我就是跟你来撒野的怎么样，老娘今天就是来撒野的怎么样？"

　　王小青的体力不是成宏业老婆的对手，所以她像一只小鸡一样被成宏业老婆一顿拳打脚踢。成宏业的老婆一边打一边叫："我让你不要脸，我让你勾搭我男人。"王小青被打得原地打转，找不着方向了。

　　正值中午下班时间，有路过的人见有人打王小青，就冲上来帮王小青，并拧住成宏业老婆的胳膊要送往乡派出所。老梁出门看见忙跑到跟前，喝住抓成宏业老婆的人说："放开她，她是成主任的老婆。"成宏业的老婆见了老梁，如见了亲人一般放声痛哭，求老梁替他做主。

　　老梁劝成宏业的老婆到楼上去说话，成宏业的老婆这回做出了明智的选择，她没有上楼回家去了。

　　成宏业的老婆来信用社这么一闹，等于给成宏业和王小青做了一次广告，虽然成宏业当时不在信用社，不知道此事，可是这件事除了成宏业，金山庄没有一个人不知道的。

正是成宏业被蒙在鼓里，成宏业才愉快地接受了王小青的邀请，王小青请他去参加一个县里举行的晚会，王小青对成宏业说："这是个好机会，是与县里各界人物联络感情的好机会，你可以认识想认识的人，到时候我会给你介绍的。"事实上，王小青在这种时候做出这样的决定十分不合情理，也不合逻辑，但是，王小青有王小青的想法，她不在乎别人怎么说她，她在乎的是能不能给成宏业争取到那个客商在金山庄信用社开户，能不能承包下信用社的改装工程。至于别人怎么说，她不感兴趣，说又怎样，不说又怎样？

去参加晚会那天，王小青出奇地美丽，她一身天蓝色的真丝长裙，前胸后背都开得十分夸张，酥胸粉臂细腰样样各领风骚，俏丽而典雅，妩媚而玲珑，像一只小燕子在大厅里飞来飞去，领着成宏业认识好多领导和各界人物，成宏业希望开户的事也在投资客商赞扬王小青的声音里定了下来，而且还有一个惊喜，那就是过几天金山庄信用社进账 250 万元。提前一季度超额完成存款净增任务。

成宏业的眼前顿觉一片光明。

（十）

测评工作结束后，职工们的评议意见让成宏业吓了一大跳，大致有七八条，主题都是反映他不讲原则让王小青占了信用社的便宜，而且有人举报他作风不检点，和有夫之妇姘居，等等。联社领导为此找成宏业谈了话。批评意见是背对背的，他不清楚是谁提了这些意见，但是他还清楚了，信用社里有许多人对他的奉献并不领情。

成宏业跟自己说，管他呢，领情不领情让时间说话吧。他为了那位客商口头上应承下开户的事，又跑了好几天，等 250 万元汇到信用社账上，成宏业又忙着下乡收贷结息，总之，几乎有一个月的时间，成宏业没有在自己办公室里稳坐过，信用社一些事交给老梁处理。

老梁这段时间精神焕发，工作特别有热情，以前是躲在办公室里不出来，等着人去找他，现在他是基本上不在办公室里坐着，到各处听取群众意见和建议。每到一处都是像幽默大师一样妙语连珠，逗得大家哈哈直笑。

大家都认为对新聘信用社负责人到任工作测评一过，信用社肯定会调整，一把手的位置非老梁莫属，有人甚至传出话来说联社领导已经找老梁谈过话了，就差发文任命了，成宏业这回彻底没戏唱了。当有人问老梁这是不是真的时，老梁笑眯眯地说："我怎么知道领导的安排呢？在什么岗位上都是为党工作。"

那是一个下着小雨的下午，信用社突然来了两个穿制服的检察官，他们找到老梁的办公室，老梁不在，当时老梁正在营业室和柜台上的人谈笑风生。两个检察官出现在老梁面前时，老梁没有一点准备，他笑着请检察官们到他办公室里去说话，他认为，这些检察官一定是为成宏业来的。可是检察官的回答却使老梁和在场的人大吃一惊，一位年长的检察官说："不用去办公室，咱们直接回检察院吧，有点问题我们要向你了解。"

老梁就这样跟着检察官们垂着头走了。

老梁一走，成宏业被联社领导叫回联社，不知道联社领导跟成宏业谈了什么，反正成宏业回到信用社把自己关在办公室里，痛痛快快地哭了一场。

老梁的老娘找到成宏业，哭着求成宏业找人把老梁保出来，老梁的老娘说："我的儿子有心脏病，他怎么能受得了那个苦啊！"

成宏业不知道老梁出了什么事就跑到检察院去问情况，检察院没有人回答他，他又跑到联社去问，联社领导说检察院也没有跟他们打招呼，看来情况不妙，恐怕老梁一时半会是出不来。成宏业觉得回去没法向老梁的母亲交代，就一个电话找到王小青，王小青在电话里告诉成宏业实情，王小青说："你以为那个包工头不告信用社就不告别人了？老梁拿了人家万把块钱的好处，人家白扔了钱，能罢手吗？"

成宏业说："那包工头不是和信用社结算了吗？你求求包工头，放了老梁吧。"

王小青在电话里笑道："成主任啊，你真会说笑，我是谁呀，说放谁就能放了谁？"

成宏业说："就当我个人求你，行不行？老梁也是为信合事业工作了二十多年的老同志啊！"

王小青说："工作了三十年又能怎样？你还替他求情？你不知道他到联社告你多少次？在对你测评中，就是他给每个联社领导写了检举你的材料，你还要替他说话吗？还要替他求人吗？"

成宏业一时说不出话来。王小青继续说："要不是你没有私心，一心想着信用社的工作，你现在还不知道到哪里去了，好好活你自己的吧，别管别人的闲事了。"

成宏业想了一夜还是决定替老梁想想办法。

可是，老梁用不着成宏业的办法了，老梁到检察院不到三天就心脏病发作死了。等成宏业再次见到老梁时，老梁已躺在太平间里了。成宏业拿掉老梁脸上的白布，他像看一个陌生人一样端详了老半天，老梁脸上的表情十分平静，没有一点痛苦，那真是一张与世无争的脸，成宏业甚至有些羡慕老梁，甚至觉得撒手人寰并不一定是一件痛苦的事。

老梁火葬那天，成宏业借了一辆面包车带着单位的同事来给老梁送行，开了个小型的遗体告别仪式。老梁也算走得很体面了。

离开前，穿着火葬工衣服的马小峰追上成宏业，但是他没有和成宏业握手，他十分诚恳地说："主任，我这双手你就不要握了，今日不同往昔，我在这里已工作两个月了，在这地方我反省了许多，也让我明白了许多东西，我以前有什么对不住你的地方请你原谅我。另外，给嫂子带个好，就说我马小峰不是人，对不起她，别的话我就不多说了。"

成宏业握住马小峰的手，一时也说不出话来，就在这时，成宏业的手机响了，他对马小峰说："我有点急事，得回信用社，以后常到我家，我们喝酒，让你嫂子弄几样好菜。"

成宏业说完，坐上面包车，向金色的田野疾驶而去。

信合之花

（一）

刚上班，我就接到榆林信用社打来的电话，老主任杨成树因心脏病突发抢救无效而告别人世。

近期，全县上下齐心协力"抗旱保春苗"，联社除留少数人值班外，其余人都由两名副主任带队响应县委号召，吃住在所包村里，与当地农民一道与旱魔作战。县里的主要产菜区榆林滩已经一个半月没有下一场透墒雨，近万亩移栽的苗子白菜秧被太阳烤得灰不溜秋，奄奄一息。虽然榆林滩早在 20 世纪 60 年代就修筑了大坝，建起了蓄水两千万方的杨庄水库，但因财政紧缺，建库以来一直未疏导挖泥，成了险库。蓄水量减少到原来的三分之一，再加上连年干旱，三条主要注水河流已有两条断流，剩下一条也是流量日益减少。整个库区放眼望去，满是被太阳晒得龟纹状的淤泥盖。从榆林滩中间横穿而过的排洪河道两旁隔不远就有一台从信用社贷款刚刚购下的小白龙轰着油门艰难地从河道里吸上来一股股浑浊的河水，然后顺着人工挖掘的小河沟缓缓地流到亟待灌溉的菜田中。三天三夜没有合眼的榆林信用社主任杨成树与会计苏国平在河边帮助一个农民安装新买的小白

山区小社 · SHANQUXIAOSHE

龙时，一头栽进河里，任千呼万唤也未醒过来。那天，正好是他的 58 岁生日。

当天上午，联社召开紧急办公会议，张主任在电话上和两个副主任交换了意见，鉴于当前旱情严重，"军无帅不稳"决定任命榆林信用社副主任章文秀主持工作。

我刚刚拟好关于章文秀任职的通知，交给打字员霞霞打印好后，正准备把联社的红头文件让人送下去。这时，张主任走进我的办公室。爱穿夹克装的张主任刚过不惑之年，干练的身躯内充满了无限的工作动力，炯炯有神的双目透射出一种农村金融工作者的精明和机智。

"小胡，文件暂时不发了。"他说。

我望着张主任有些疑惑不解。

张主任说："我刚收到一封匿名信，告发章文秀有三大工作问题：一是生活作风不检点，与会计苏国平关系暧昧；二是工作作风不踏实，欺上瞒下；三是经济方面有问题，有以贷谋私受贿之嫌。因此，经研究决定，派你到该社蹲点两个月，一方面调整核实章文秀同志的情况，另一方面协助该社把各项工作做好，同时要注意保密，作为联社办公室副主任，你一定要把真实情况如实汇报回联社。"

我说："请张主任放心，我保证在配合好榆林信用社工作的基础上，把章文秀的问题查个水落石出。"

我与章文秀同志有过几次交往，她是全县 22 个信用社中唯一的女副主任，年纪四十岁上下，高高的苗条身材，少妇的那种成熟美在他的身上得到淋漓尽致的表现。也许是当了几年社领导的缘故，章文秀比一般的信合女职工更显得落落大方和办事果断。前年旺季工作期间，我随张主任到榆林信用社了解收贷结息情况，第一次见到章文秀时，她正给榆林镇里的几个菜农贷户做工作，"贷款可以迟还，但利息必须结，你们种菜收成不好没钱，我们收不回贷款利息就能挣下工资？这不，我们领导来了，你们打问打问，这不一年了，才发了五个月的工资，我也是养活着一家人……"章文秀说着眼圈泛红，几个菜农贷户内疚得低下头沉吟了一会儿后，都表示能还就尽量还上，实在还不上也得把利息结了，不然从哪条理由上说都觉得对不住信用社。菜农们走后，张主任笑着夸章文秀："小章啊，你以情感人的工作做得不错！"

"哎，菜农种菜不容易，信用社经营也不容易，苦媳妇碰上没命婆，话好往一处讲呗！"章文秀冲我笑笑，起身与我们一一握手，没有什么礼节，更没有半句客套话。

第二年，全县信合系统评选上报地区先进个人，章文秀同志是其中之一，根据榆林信用社上报的先进典型事迹材料，我很认真地帮她整理了一篇演讲稿，然后拿去征求章文秀的意见。她看了演讲稿，拿出钢笔做了仔细修改，删去了许多修饰的语言和言过其实的赞誉之词后，章文秀对我说："你的文章很有文采，但我更注重事实。"

在地区先进个人演讲会上，章文秀的发言既感人泪下又催人上进，受到领导们一致好评，可是，我怎么也想不通站在演讲台上口若悬河，志在工作的章文秀会在台下做得出难以见人的动作，让人在背后戳脊梁骨？

(二)

榆林镇上不仅土地平坦，而且交通便利，307 国道横贯境内，全镇以产茴子白而闻名省内外，其总产和亩产均在全省首屈一指，产品不仅远销南方沿海城市，而且出口朝鲜、韩国等地。当地农民仅靠茴子白一项，人年均收入近千元。近年来，榆林镇大部分农民靠茴子白盖了新瓦房，换了高档家用电器，娶回了新媳妇，而且有力推动了地方经济的发展，这汗马功劳一是党的好政策，二是政府领导得力，三是信用社的大力扶持。

榆林信用社坐落在榆林镇中央地带，与镇政府五层办公大楼隔街相望，又与农行营业所两层办公楼肩并肩相毗邻，三个单位相比，镇政府如同身着白西服、朝气蓬勃的时代青年，农行营业所好似打扮华贵的富婆，而信用社则像一位土眉土眼的老农。

经过 40 多分钟的颠簸，我顶着似火骄阳迈进了榆林信用社营业室的门槛。一进门，正在柜台里练习点钞的出纳员小孟抬头看到了我："胡主任来了。"微机员小陈冲我嫣然一笑，轻捷地快步走到防盗门边要开门。

"不用开了，我从后门进吧，赵师傅在吗？"我问小孟。

"正在菜园里锄草哩。"小孟答完话，放下手中的票样，从窗户里冲院子里喊道："赵师傅，给胡主任开门。"

进了信用社大院，赵师傅忙打开客房门，让我休息，倒水敬烟后，赵师傅借口备饭要离去。我留住他问道："章主任呢？"

"一大早就和会计苏国平、信贷员王太生到榆林滩上帮贫困户孙有富浇菜去了。"赵师傅在信用社做了十几年饭，虽然年近花甲，但身体硬朗，说话底气很足。"章主任今天早上说，联社打电话说要来人，让我割了豆腐和猪肉弄几样菜招待好。"

"章主任服务'三农'工作做得很积极嘛！"我说。

赵师傅说："她更为自己'着想'。"

我这才听出赵师傅话里有话，就问他章文秀为自己"着想"的事来。

赵师傅好像早有准备似的，挺神秘地凑近我说："每年茴子白销售旺季，菜农们都寻章文秀'帮助'卖菜，明让章文秀从中渔利，要不然，春上贷款就有好看了。"

我追问赵师傅："有什么好看?"

赵师傅再没往下说,而是扭转话题："章主任浇菜的地方离信用社只有一里多路,你可以亲自去问问她。"

我抬腕看了一下表,离午饭时间还有近两个小时,正好可以出去了解白菜受旱情况,便告别赵师傅,信步去寻章文秀。

榆林镇的干部群众和菜农组成庞大的抗旱保秧队伍奋战在榆林滩上一望无垠的菜地里;有的用土碗一碗一碗给菜秧灌水,干裂的土地终于有了一片又一片的湿润,痿蔫的菜秧慢慢站直了身子。

我顺着田间小路边走边看边寻找章文秀的身影,路过一块菜地,看到路边水渠里她正弯腰低头,双手掏着水渠洞中的淤物。裤腿挽得老高,白皙的腿上沾满了泥巴,有的已干枯成硬疙瘩。忽然,挖渠人"呀"了一声,直起了身子,我仔细一瞅,正是章文秀,她的手指让淤物里的玻璃割破了,鲜红的血喷涌而出,滴落水渠,开出一朵朵美丽的小红花。

我忙掏出手绢递给章文秀,让她把手指包扎好,而后踢脱皮鞋,正要下渠,被不知从哪边冒出的信贷员王太生满脸堆笑地拦住了,"哎,这脏手脏脚的活计怎能让您胡主任干呢!"说完,跳进水渠把一把小铁锹挥得上下翻飞。

在与章秀文握手的空当,我向她做了报到,希望在两个月的工作中得到她的帮助。

她很谦虚地笑笑:"互相帮助,互相学习!"

我说:"这次联社派我下来,主要是配合你社的工作,现在是抗旱保秧的关键时期,秧苗能否保证,直接关系到广大菜农的经济收入和信用社的业务效益,不幸的是老杨主任去世了,社里的重担落在你的肩上。"

提起老主任杨成树，章文秀的心情显得比较沉重，她没有说什么，又跑下河道去帮会计苏国平。

"舍不得你的人是我，离不开你的人是我……"水渠里的王太生有些怪声怪气地忽然唱起来，不知是自乐还是别有用意。

我略带反感地望了水渠里矮且黑的王太生一眼朝章文秀走去。

"也许欠你太多太多……"王太生呐喊得更高了，惹得好多人往这块地里望。

苏国平见到我，摊摊满是油污的手，表示不能握手欢迎，让章文秀从口袋里摸出"三峡"烟招待我。

"咋，刚买的机子就得修？"我点燃烟问苏国平。

"唉，庄户人没文化，光是买机子，谁也不会用机子。"一脸憨相的孙有富接了话茬儿回答。

"这是你的小白龙？"我问孙有富。

"咱还有钱买机子，连春上买菜籽化肥的钱都得向信用社贷款哩，这机子是章主任和苏会计帮我借的，信用社的人真好！"孙有富感激地说。

"那你种的白菜也是章主任帮着卖的吧！"我话里有话地问孙有富。

"他呀，懒得费力，啥省力种啥，今年种莴子白是大姑娘上轿。"苏国平说。

"是哩，是哩，省力过不上好日子，日子越过越穷，信用社贷款也欠下不少，章主任和苏会计不知往我家跑了多少回鼓励我种菜。我怕没经验赔本，种菜种下害，挣钱挣下债，章主任就和我订下个私人合同，如果种菜挣了是我的，赔了就算在她个人头上，今年的贷款不用我还，扣她工资，我下狠心种了 5 亩菜，唉，遇上这倒霉的干旱，多亏了章主任帮我，不然这 5 亩菜……"孙有富话音颤抖起来。

"扯那些干吗，快帮国平摇机子吧。"章文秀对孙有富说。

孙有富擦擦眼角，冲我笑笑，俯身帮苏国平去摇柴油机。

"哒哒哒——"柴油机终于欢唱起来，很快水渠里传来王太生的喊声："想淹死我呀！"原来他正躺在水渠里过烟瘾。

与章文秀走上河堤，望着浑浊的河水被无数条阡陌纵横的小河分成涓涓细流，灌注到大片大片的菜田中，我不由得联想到我们信合人不正如这涓涓细流无时不在默默滋润着广大贫困农民心中那片干旱的土地吗？这涓涓细流中难免有些水质浑浊，夹杂一些没用的泥沙或有害物质，章文秀的本质究竟如何呢？张主任的话，赵师傅的话，王太生的怪唱，孙有富的肺腑之言接连在我脑海里回旋，走了好长一截路，才想起没和章文秀讲一句话。

（三）

王太生说妻子在杨庄水库老李的渔场忙，他得给放学的儿子回家做饭，并说过几天请我到他家做客。说完，没跟章文秀和苏国平打声招呼就扭头回家了。

没有接风酒的杯来盏去，章文秀和苏国平吃完饭后，利用中午休息时间，加班做几天忙于支农抗旱落下的业务。

屋里闷热得要命，电扇只能增添烦闷的噪音。我觉得身上很乏，但没躺下，而是找赵师傅闲聊。走进赵师傅的宿舍，他正一个人独斟独饮，见我进来，非拉我陪他喝几盅。赵师傅量不大，但顿顿不离酒。

三杯酒落肚，赵师傅话就多了，不用我问自己就说个没完。他是榆林镇土生土长的光棍汉，在外面东奔西跑了三十多年，没带回家一分钱，却带回一个做饭的好手艺。回到榆林镇后，他决定种上几亩菜，瞎打弄上几个小钱打发完日子算了。不料想，得了一场重病，多亏原来老主任杨成树听说赵师傅回乡，到赵师傅家核对历年拖欠村集体应交款转成的贷款。见赵师傅病得水米不进也无人照管，赶忙背起赵师傅到了镇医院，用自己的工资为赵师傅治好了病。

赵师傅出院后，杨主任和他谈起了贷款，赵师傅含泪说："你救了我一条命，我赵春寿只要是世上的人，砸锅卖铁也要把贷款结清。"

正巧，信用社李师傅告老还乡，赵师傅就操起了信用社的炊具，用工资偿还贷款。

"贷款还完了吗？"我问。

"早还了，现在还存下几千元养老钱！"赵师傅兴奋地说。

赵师傅在信用社做了 15 年饭，对信用社每一个人的脾性、工作都很熟悉，说话也随便，平时一个人比较寂寞，我和他坐在一起，我所需要的不少信息就不知不觉地从他唠叨中提供出来。

当我提到章文秀和苏国平的关系时，赵师傅抿了一口酒说："他俩，关系可不一般，我进信用社第二年，他俩相继参加工作，一进门，我就瞅出里面有戏，后来证实，果然不出我所料。"

于是，赵师傅给我讲述了章文秀和苏国平短暂的恋爱史：

那时候，参加工作后的章文秀担任会计职务不久，苏国平也参加了工作，由比他大一岁的章文秀当师傅学会计。在工作频繁的接触中，两人逐渐产生了感情，吃饭互相谦让，工作上你争我抢，作为大姐姐的章文秀常护着苏国平，凡事宁愿自己吃点亏。第一次苏国平办业务没经心，一天业务下来，出现库亏 150 元。苏国平急得眼泪直往外涌，150 元是他两个月的工资啊！章文秀帮苏国平查库到半夜，才发现有一笔利息算错了，多付了储户 150 元。章文秀不顾感冒刚好，引着苏国平连夜步行十几里山路，寻着那位储户追回了多付的 150 元。

第二天，章文秀又复感了，住了三天医院。期间，苏国平送饭，一直守在章文秀床边，自始至终，两人眼里满含着幸福的热泪。

到了旺季，信用社业务量增大，兼任复核员的苏国平常常在晚上加班复核白天的票据，章文秀就守在一旁帮忙，杨成树很关心职工，他让赵师傅做夜宵给加班职工吃。

有一天晚上，月亮只露出了半张圆脸，苏国平和章文秀又坐在一起复核票据，苏国平和章文秀紧挨着，章文秀肌肤的芳香使苏国平无比陶醉。他不由得心潮涌动，伸开双臂将章文秀拥在怀里，嘴唇慢慢凑上去。章文秀两眼紧闭，丰满的胸脯一起一伏地耸动着，两片红云浮上她那白皙柔嫩的脸庞。她的全身已经酥软了，苏国平抱着章文秀快步走入值班室，将她平放在床上，他迫不及待地压在了章文秀的身上……正在这时，赵师傅送来夜宵正好路过值班室窗外，从并不严实的窗帘空隙清楚地目睹了屋里所发生的一切，章文秀听到脚步声，如同从梦中醒来，如惊弓之鸟，夺门而出，跑回了自己的宿舍。

不久，从杨家庄水库又传来了章文秀和王太生的风言风语，使苏国平既吃惊又愤怒，在众目睽睽之下，两人很少说话。为此，苏国平向杨成树提出要干信贷员，好像要逃避章文秀，但未能如愿。第二年，章文秀被联社任命为副主任，苏国平接任会计，章文秀当上副主任后，下乡的时候多，日子一长她与苏国平的闲话渐渐少了，不久，苏国平告诉章文秀：他要结婚了。

（四）

　　"抗旱保秧"战役进行了十几天后才告一段落。晚上，章文秀让赵师傅简单炒了几个菜，请我和全社职工共进晚餐。一是为我接风洗尘，二是让十几天来为支农抗旱工作超常辛苦的职工轻松一下。

　　章文秀拿来两瓶孔府宴酒，我推辞说不会喝酒，其实是联社明文规定下乡人员不准用公款吃喝玩乐。她拿起酒杯给我斟了满满一杯，酒精醇香直钻鼻孔。章文秀说这酒是她自己掏钱买的，无酒不成宴嘛！

　　苏国平端起酒杯说："胡主任，我先敬你一杯，你们文化人不是自称'喝孔府宴酒，做天下文章'吗?"说完，仰脖干了那杯酒。

　　接着是王太生和小孟、小陈和我碰杯，说希望我以后对榆林信用社和他们本人给予支持和帮助。

　　特别是王太生，一个劲向我劝酒，希望我尽快把榆林信用社的实际情况汇报到联社领导那里，委派"一把手"主持工作，稳定军心，并满口称章文秀最胜任"一把手"之职。

　　听着王太生的话，我偷偷瞧了章文秀一眼，她对王太生的赞誉之词显得很冷淡。当王太生再次举杯时，我的脸已感发烧，是酒精在起作用，我说不喝了，他不同意，说："你们城里不是有句话叫'喝好不喝醉，伴舞不伴睡'，放心大胆地喝吧。"

　　于是，你来我往，又连战了三个回合，我终于精疲力竭，实在支持不住了。章文秀忙站起来为我解围，我才逃也似的冲到院子垃圾堆上，把刚刚吸收的营养一吐为快。背后隐隐约约听到王太生有些幸灾乐祸的声音："胡主任，够意思。"

迷迷糊糊一觉醒来，已是日出三竿，我不知道自己深更半夜又吐了几次，把客房里弄得一塌糊涂。打开门，呼吸一下新鲜空气。这时，微机员小陈提着暖壶走了进来，她长得眉清目秀，今年十八九岁，身材很苗条，待人热情大方，女孩子特有的腼腆和拘谨在她脸上也很难找到。

我边洗脸刷牙边与收拾屋子的小陈攀谈。从小陈的谈吐中我得知，她与章文秀的女儿小玉是同学，去年高中毕业，两人均未考上大学，小陈接了父亲的班，进了信用社。小玉离录取分数线相差 6.5 分，到北京读了委培，报名是交了一万块，在读大学之前，小玉与她的母亲曾经闹过别扭，以至于到北京念书后，整整一个学期没给母亲打过一个电话。

去年 9 月份，等了两个多月，录取通知书还没有踪影，小玉便求母亲到县城中学和招生办去看一看，如果没有一点希望，她就进信用社算了。因为在一起读书的几个高中同学，也是信用社职工的子弟，相继走进了信用社，小玉很自信，只要母亲到联社活动活动，凭母亲对信合事业近二十年的勤恳工作和所创业绩，联社领导不会拒绝母亲这个小小要求的。正在这时，章文秀却忙于和镇政府领导奔波在南方的火车上，去调查了解市场所需，以便尽快出台明年苗子白生产规划，有利于广大菜农围绕市场定盘子，根据需求播菜子。一心扑在工作上的章文秀实在没有时间为女儿操心，小玉好容易和南方的母亲通了电话，说明自己的意图，没想到母亲火了："小小年纪不走正道，请客送礼你妈还没学会，有本事自己去。""啪"的一声搁下了电话。小玉放下电话，禁不住"哇"的一声哭了出来。

为此，小玉一气之下，跑到三十公里外的古树镇派出所找到在那当所长的爸爸，临走给章文秀留下一封信，让小陈转交。

半个月后，章文秀满身疲惫地从南方归来，一个人坐在空寂的屋子里，读着女儿的信，泪珠一串一串地往下掉：

亲爱的妈妈：

你好！当你看到这封信的时候，女儿已经不在你的身边。

从女儿懂事的时候开始，我就没有感受到你对我的关心和爱抚。读小学的时候，你把我丢在爷爷奶奶身边，一年中很少回去看我几次。上高中的那年冬天，你到县城开会，到学校给我送钱，竟找不到我在几班，当老师问你是我什么人时，你回答是我妈妈。老师不可思议地笑了：哪有妈妈不知女儿在几班读书的。当同学们把这件事传为笑谈后，我偷着哭了好多次，心里无数次呐喊出这样的祈求：妈妈，给你的女儿爱吧，不然我会恨你的。

放假是我最不愿盼到的，因为我怕回到没温暖的家里。一次放假，我没回家，我们班主任郝老师把我领回家中，问我为什么不回家，我说：不想回去。郝老师说：今天是你十七岁生日啊！那天，郝老师给我吃了长寿面。从郝老师家出来，我几次回头凝望着郝老师深情而慈爱的笑脸，真想扑上去，喊她一声"妈妈"。

有一次，爸爸来看我们母子俩，那天你正在菜市场办理吸储收贷业务，碰上一个名叫刘二毛的土流子菜农因菜质量差没有卖上好价钱，当你向他要求偿还到期的贷款时，刘二毛借机发泄心中的恼火。蛮不讲理地朝你身上拳打脚踢。恰巧爸爸寻来，当即冲上去三拳两脚制服了刘二毛，并给其上了手铐，要押送榆林派出所。但你却揉着身上的伤痛百般要求把刘二毛放了。

晚上，饭桌上，爸爸为白天菜市场的事想不通，你就耐心地为爸爸讲信用社和菜农是鱼水关系，而不是公安和罪犯的那种关系，信用社对菜农不能采取惩罚和制服，而是需要理解和说服，与菜农沟通思想感情。处处维护菜农利益，爱护菜农。爸爸听你左一个菜农右一个菜农，止不住反感地问你：你那样关心榆林镇的菜农，你对咱小玉有过多少关心？你知道目前你在女儿心中的位置吗？

妈妈，你不帮女儿进信用社，我也不拖累你，爸爸已为我在北京联系了委培学校，如果我走的那天，你没有空就别来送我了，我有本事自己去。

你的女儿：小玉

作为母亲，章文秀深感愧对女儿。她狠心撂下手头的业务，向老主任请了一天假，从信用社贷了五千元款，正当她寻朋友凑借时，承包杨庄水库水面养鱼的老李给章文秀送来了三千元卖鱼赚下的辛苦钱。章文秀知道老李近两年因天旱水少养鱼效益不好，今年春上放鱼苗还向信用社贷了八千元钱，说什么也不肯收，老李急得像个孩子似的哭了："你救了我们全家，我借你三千块钱算什么呀！……"

章文秀也被感动了，她感到手中的三千元比金子还贵重。凑足一万元后，章文秀首次向联社申请用车陪女儿上北京，连夜返回后，第二天听说王庄有一部分农民卖了小杂粮，又踏上了下乡收储路。

（五）

抗旱保秧历时近二十天，老天总算开恩下了不大不小一场雨，饥渴的菜苗都透了点墒。由于浇灌及时，移栽的菜苗呈现一片绿色，站在水库大堤上放眼望去，万亩菜田如一池碧泉，预示着一个丰收的季节到来。

根据联社的安排，章文秀跟随榆林镇政府领导去山东考察脱水蔬菜生产线项目。为了解决当地茴子白生产供大于求，冬季不能贮藏等问题。镇政府决定由政府牵头，以菜农入股，信用社扶持的形式脱水蔬菜生产线。

章文秀走后，我暂时充当"一把手"角色，但处于业务淡季，并无多少事让我处理，我可以借机在"家"休息几天，放松一下多少天来紧绷的神经。

早上，刚吃过早饭，信贷员王太生就进了我的屋子。"胡主任，钓鱼去！"

我对钓鱼并不感兴趣，也没有什么经验，只是觉得不好回绝王太生的盛情，只好上了王太生的摩托车。

杨庄水库在榆林镇西部，水面积千亩左右，水库里养着草鱼、鲤鱼和甲鱼。

到了水库上，王太生同承包人老李打个招呼，就发给我一份渔具，独寻个凉快的地方，悠然自得垂钓起来。我也学着王太生的样子把渔竿向水面甩去，回头望望离我们不远抽烟的老李，我发现刚才那份热情在老李脸上荡然无存，取而代之的是满脸愁云。

两个多小时过去了，我依然一无所获，而王太生那边早已有好几条二斤多重的红鲤鱼上钩，被王太生喜滋滋地收进身旁的红塑料桶里。

王太生见我一直没钓着一条鱼，忙来到我身边，讨好地先给我敬了一支"石林"，而后收起鱼竿，仔细检查后，笑着说："好我的主任哩，这鱼钩与漂子的距离隔得太远了，铁钩都沉在淤泥里了，哪能钓住鱼。"他边说边为我调整，支好鱼竿后，又向水面撒了把鱼食，我只好静坐等鱼儿上钩。

很快，水库上热闹开了，来钓鱼的人还不少，接着一个胖女人扭着肥肥的腰身开始卖鱼票，每位五元，当他来到我身边时，王太生在一边喊："翠云，那是咱们联社的胡主任。"然后又冲我一乐："胡主任，别介意，家里的不认识你，不知者不怪嘛！"

翠云一听我是丈夫的顶头上司，紧绷的胖脸马上开出一朵娇媚的野菊花。"哟，是胡主任，来了也不上咱家坐坐，你一定没钓过鱼吧，瞧你，这么大半天了，也没钓到一条，看来，还得嫂子帮你一把。"翠云说着，将满是油粉味的肥躯很自然地向我靠过来，我想躲，不料往前一滑，一下子趴进了水里。

老李冲下了大堤，跑进水里，将我拉起，扶着浑身湿淋淋的我向他屋里走去。王太生好半天才回过神来，明白了眼前所发生的一切，他甩给了老婆一句："成事不足败事有余"之后，追上了我和老李。

中午，王太生两口子邀我去他家喝酒，我推说被水一激，身上有些不爽，就在老李这儿将就吃点，歇一晌。王太生只好安排老李好好招待出门后，提着一串鲜红耀眼的"战利品"带着老婆回家，王太生出门后，我听见他又骂了老婆一句："好事全让你给搅浑了。"

老李望着王太生两口子远去的背影，狠狠在地上吐了一口唾沫。

老李听说我是在信用社驻点的，也是信合人，由于他对信用社有特殊的感情，很快和我热乎起来。老李给我炖了条鲜鲤鱼之后，又炒了一盘土豆丝和一盘豆腐，从橱柜里拎出一瓶二锅头，分别倒进两只细瓷碗里，我们慢慢对饮起来。

"你这养鱼一年收入多少？"我问老李。

"收入是可以，但落到自己名下就不多了。"

"为什么？"我不解老李的话。

半碗酒下肚，老李话就多了，从承包水库开始滔滔不绝讲给我听。

老李到杨庄水库承包水面养鱼是章文秀和杨成树的主意，也是他俩帮助扶持起来的。前五年，老李见别人跑运输挣钱，也东借西贷买下一辆半新半旧解放142往北京卖煤。起初杨成树与章文秀在老李申请贷款时就劝他多考虑考虑，别靠头脑发热，一时冲动致富不成反欠债，老李一门心思想买车，哪能听进两位主任的规劝。没办法，杨成树和章文秀一合计，只满足了老李的一半要求，为此，老李憋了一段日子气，见了杨成树和章文秀招呼也懒得打。后来，老李又给王太生送了不少烟酒，用老李老婆的名义，找人担保贷下 5000 元。王太生有一段时间在老李心目中有相当重要的位置。

然而，老李跑运输不到半年，由于雇下的司机技术差，把老李的 142 开下了大桥，自然是一场车毁人亡的恶性事故。老李得知噩耗后，好像跌进了万丈深渊，绝望之余想到了一家服毒自杀的念头，于是，老李到镇上的生产资料门市部买了两瓶农药，回家后，逼住老婆和儿女喝。正在危急关头，老主任和章文秀赶到了，他俩也听说老李出了事故，一合计，怕老李思想负担过重造成恶果，决定尽快到老李家走一趟，做做他的思想工作，以防万一。不料，他俩正走在节骨眼上，杨成树见老李拿着毒药逼家人喝，气得上去夺下毒药摔出门外，狠狠打了老李两个耳光。

杨成树的两记耳光把老李打醒了，后来经杨成树和章文秀多方联系，为老李承包了杨庄水库，利用老李在水库干了几年学下的养鱼技术让老李养鱼致富，并再次为老李注入贷款一万元。

老李一家苦心经营，三年就基本上还完了贷款。第三年正月，老李备了一桌丰盛的酒菜，请信用社做客，以谢救命之恩，可他请了几次，只有王太生一人光顾。老李最后流着泪跪在了信用社院里请杨成树和章文秀去他家，两位主任没办法，只好去了。从老李家回来，杨成树建议众人摊钱给老李出饭钱，只有王太生不乐意，认为信用社帮了老李天大的忙，甭说吃老李一顿，吃他十顿八顿也应该，杨成树一听就火了"服务农民，帮助农民过上好日子是我们理所应当的工作，农民富了，我们更不应该白吃白喝，我们信用社帮助农民不是养猪，肥了就宰！"

"可我们给他钱老李肯定不会收！"王太生还是不肯摊钱。

"那我们就替他还了贷款。"章文秀建议，就这样，全社摊出一百五十元替老李还了贷款。

逢年过节，老李都要给杨成树、章文秀和王太生送鱼，杨成树和章文秀收下鱼后，照斤按价悄悄为老李还了贷款，而王太生不但每次笑纳，而且常去水库钓鱼，钓多少也不出一分钱，有时狐朋狗友去，自然也是白钓。老李也不好说什么，只好看在眼里，疼在心上。前年，王太生又找到老李说，他家娃上中学开销大，老李明知王太生是让他老婆坐着挣钱，但想到过去王太生对自己的"好处"再加上王太生老婆的表哥是杨庄水库站长，就忍一忍，让老婆在家闲着，让王太生老婆卖起了钓鱼票，这样一来，王太生光顾水库的次数更多了，一年光王太生两口子就折腾老李五六千元。

"唉，信用社怎么出了王太生这号人啊！"老李叹口气，把碗里剩下的酒一仰而尽。

（六）

章文秀到山东寿光的第三天，联社张主任到了榆林信用社。

那天上午，张主任一路风尘仆仆，主要来察看前一段信用社支农抗旱取得的成效。我把章文秀带领全社职工如何不辞劳苦地帮助菜农抗旱保秧的情况如实向张主任做了汇报。他听后，表示非常满意，并提议到菜田里去看一看。

这时，一群人敲锣打鼓地向信用社走来。我抬眼望去，走在最前面的是菜农孙有富，他手里拿着一面锦旗，上面写着："抗旱保秧，劳苦功高"

八个字——原来是当地菜农自发组织给信用社送锦旗的。

经过我的介绍，张主任主动迎上前去与孙有富等人一一握手。孙有富说："你们信用社对我们菜农帮助真的太多太大啦！本想请你们客，可章主任从不吃请，送点礼物吧我们知道你们更不接受，左思右想，我们觉得送一面锦旗最能表达我们菜农的心意，我代表全县菜农向信用社表示感谢！"

张主任说："信用社和农民是鱼儿离不开水，我们的工作做得还不够好，请大家多多批评指导。"

我把大红锦旗从孙有富手中接过，让苏国平端端正正地挂在了营业室里。当孙有富等人得知张主任要到菜田里去察看茴子白生长情况，他们欣然担当向导。

站在高处，看到榆林滩上一马平川的万亩菜田，张主任十分满意地点点头。然后，他又亲自走到孙有富的菜田中，蹲下身察看茴子白生长情况。孙有富满怀信心地向张主任介绍了长势。那一颗颗茴子白已撑出手掌大的叶子，有的已开始包心。张主任对我说，菜秧虽然保住了，并且长势很好，但还是不能松动，夏至一到，是白菜虫害发生时期，一定要多想些方法帮农民治虫，以保证菜的质量达标。

我说信用社已发放了10万元贷款，协助镇里的生产资料门市部进回了大批优质农药和喷雾器，近日已售出不少。

查看了茴子白生产情况，我们告别孙有富等菜农，回到了信用社。

中午，张主任简单吃了一顿酸菜荞麦面，临走他问我社里的情况怎么样？我回答：故事正在进行，精彩得很。

（七）

一个星期过去了，章文秀还没回来。我抽空又去了一趟杨家庄水库，但这次只是一个人，并且不是钓鱼，而是专门听老李讲述王太生和章文秀在水库上发生的那段"风流"故事。

依旧是一盆炖鲤鱼，外加土豆丝和豆腐。一瓶"二锅头"，平分在两只细瓷碗中，几番对饮后，老李打开了话匣子。.

那年，老李还在水库上当捕鱼工，他与另一名打鱼工正在水库里收网，忽然听到对面不远山坡上的小树林中有女人在喊："你滚开，不然我喊人了!"

"臭娘们儿，只许苏国平开荒就不许老子犁地。"一个男人淫笑着说。

"你别给人家国平背黑锅，我们之间是清白的。"女人气愤地喊。

"清白不清白我来检验检验就知道了。"男人又是一阵放荡的狂笑。接着是男女之间的撕打声。

老李一听，就知道不是正当男女之事，他好打抱不平，冲那个渔工一挥手："把船开过去，看那小子也不是什么正人君子，咱俩过去揍他几下。"

那个渔工也和老李一个脾气，把网往河中一撂，用足力挥桨把船直箭似的开向小树林那边。

老李两人进了小树林，那男人还没觉察，正按着一个姑娘往下扒裤子，姑娘拼命挣扎，但毕竟势单力薄。老李大喝一声，挥起船桨，照那男子用力一砸。

"哎哟"，男人疼得一下从姑娘身上跳了下来，惊恐地望着横眉瞪目的老李他俩。那姑娘一捂脸，扯着裤子跑出了小树林。

从那一天，老李才认下被自己打的男人是榆林信用社的信贷员王太生。王太生挨了打也不敢发威，只得打碎牙往肚里咽，他怕老李张扬出去，给老李又敬烟又说好话，并满口答应老李想贷款就去找他，他一定帮忙。老李买汽车跑运输能向王太生贷下五千块钱也沾了这次不打不相识的光。

后来，章文秀帮老李承包了水库，两人来往多了，什么话也不回避了，老李提起小树林那一回，章文秀红着脸说那回是上了王太生的当，起初王太生骗他说是钓鱼给章文秀回去孝敬父母，哪想到他竟心怀不轨，想借机欺负章文秀，虽然没有得逞，也使章文秀遭受了难言之苦，心爱的人儿苏国平舍情而别。这事儿是发生在章文秀身上，要是换一个女人，不知道该怎样消沉呢。

没想到章文秀内心还埋藏着这么一段令她终身耻恨的经历！我在心中感叹道。

"章主任一个女人家，干你们信用社工作不容易哩，她当上副主任后，也跟杨主任和王太生跑信贷，风里来雨里去，全镇几千户人家她哪家没去过？章主任人缘好，跑熟了，几天不去那村，那村的人就念叨：章主任这几天干啥去了。尤其是她干妈……"老李说。

"章主任还有干妈？"我截住话问。

"可不，看着章主任比亲闺女还亲哩，三天不见干女儿面，扭着小脚往信用社跑。"老李呷了口酒说。

"这老大娘住哪个村，章主任怎认下她干妈来着。"我点燃支烟问。

"说起这老人可是个古怪人，她是小河沟的，离榆林镇有五里多路，丈夫死得早，她脑子封建，没嫁人，但老人勤俭持家，攒下不少积蓄。但她不存在信用社，全埋在谷瓮里。章主任多次上门动员老人把钱存进信用社。

可老人就是不动心思。但章主任不灰心，她抽空就往老人家跑，进门不闲着，帮老人和面做饭，碰上啥营生做啥。一回，老人病得不轻，昏死了三天，章主任就请大夫，煎药，三天三夜没合眼守着老人。当医生告诉章主任老人恐怕不行了准备后事时，章主任为难了。医生说，自己妈的后事做什么难。旁边的村里人忙告诉医生，说章主任不是老人的女儿，没一点血缘关系。医生感动了，他一边让章主任和村里人为老人准备后事，一边研究老人的病情，把全身绝技都使出来，终于把老人从阎王殿前拉了回来。当老人睁开眼，看到自己身上合体的寿衣和一旁红肿了眼且满含热泪的章主任时，老人哭得那个动情样使眼前的人无不落泪。

老人病好后，非要认章主任做干女儿，章主任痛快地答应了，她说："我们本来就是农民的儿女嘛！人心换人心，老人不仅把自己攒的钱从谷瓮里挖出来交给干女儿存到信用社，还成天走门串户帮干女儿宣传，并且逢人就夸章主任，时刻惦着章主任。有一次，章主任过生日，老人包了饺子捎话让干女儿去吃，可章主任工作忙没顾上去。老人眼瞅着晌午过头了，干女儿还不来，就把饺子煮熟放在饭盒里，到信用社来寻干女儿，可走到半路下起了雨，老人冒雨到了信用社。捧着热气腾腾的饺子，望着浑身湿透的老人，章主任一头扑在老人怀里，喊一声"妈"就哭得说不出话来……

老李讲完，眼泪也滚出了眼眶，我也被感染了，泪水不听话地往外溢：这就是我们的农民父母，这就是我们农民血浓于水的感情！章文秀啊，章文秀，你是我们信合园里一朵美丽的花朵，农民为你而动情，我们为你而骄傲！

（八）

　　夏天的雨来得凶猛，去得也快，雨过天晴之后，章文秀独自从山东回来了，她显得很兴奋，满脸灿烂。

　　晚上，我提议让赵师傅炒两个菜给章文秀洗尘。章文秀说不用了。干脆她自己下厨请我这个"单身汉"到她家去做客。来榆林信用社一个多月了，我还从未进过章文秀的家。

　　章文秀的家其实是个"临时据点"，在榆林镇东头租了当地村民两间小房，离信用社有一里多路。起初，章文秀也是住在信用社，与丈夫结婚后，正赶上联社修建职工宿舍楼，联社给了章文秀一个名额，但章文秀让给了一个无房的青年职工。自己又怕给信用社添麻烦，和丈夫一合计，就在镇上租了两间小房，一年下来，章文秀交房租时，这位村民死活不收，说："房子闲着也是闲着，你们住就是了，我收的哪门子钱，再说，你时常帮我家出主意，扶持我家养蜗牛、养肉鸽，帮助我家挣了不少钱，我还不知道怎样谢你哩！"

　　章文秀就想了个办法，把每年的房租存在这家村民名下，等自己搬家后再交给他。

　　走进章文秀家，我在里间只看到一张双人床、一只方木桌和一台电视机，别的什么也没有。

　　屋里没有组合家具，她说只是她和女儿的衣服，有几只纸箱就足够了，我看到在床下果然摆放着几个大大小小的纸箱子；提起组合音响，她说有一个半导体收音机就行了，啥时候都带在身上，随身听很方便；提起电冰箱，她说经常忙得没有时间做饭，煮一点面条或者泡上一碗方便面；提起彩电，她说有一台小英吋就不错了，每天晚上，可以看看中央和省市县电视台的《新闻联播》。

房东听章文秀请来了客人，很快送过来一些自家菜园里的新鲜蔬菜和鸡蛋，并帮助章文秀很快弄出了几样可口的菜肴。

吃完饭，我问章文秀怎没和镇领导相跟上回来。

"不是同路人，怎能同路归！"章文秀往我碗里夹了一块鸡蛋说。

我不解地望着她，不明白话里的意思，经章文秀一细说，我才茅塞顿开。

和章文秀去山东考察脱水蔬菜生产线的是镇长和一名分管企业的副镇长，另外还有两名女同志。起初，章文秀还以为这两名女同志是菜农股东代表，因为这条生产线是由镇政府牵头，菜农入股投资的，后来经镇长一介绍，才知是二位镇领导的夫人。

章文秀听了介绍后，心里就有些反感，又不是国家元首出访，带什么夫人，分明是借机游山玩水糟蹋农民的血汗钱哩！

夜里，镇领导领着夫人又双双进了舞池，章文秀躺在席梦思上却无法入睡，她已经完全明白镇领导此行是醉翁之意不在酒，是借机挥霍农民的血汗钱。

想到这里，章文秀只觉得这几天来的美味佳肴全变成了无数条虫子，在撕咬着自己的良心。她再也躺不住了，出了宾馆打了一辆出租车，直奔白天去过的那家脱水蔬菜生产厂家，一个令她自己也意想不到的行动计划很快在心中形成，章文秀要到那里把生产线设备来源搞清楚，自己一人去考察一回。

到了那个厂家，厂里静寂无声，只有几个看厂工人在打牌聊天，章文秀给每人买了一包香烟，这些看厂工人很热心地告诉设备是从浙江买的，还给她找来一份产品介绍，上面生产厂家的地址、电话、负责人姓名一应俱全。

章文秀捧着产品介绍如获至宝，她谢过看场工人后，回宾馆给镇领导留了个纸条，连夜上火车南奔浙江。

上了火车，坐定位子，章文秀发愁了，身上买了车票，钱已所剩无几，到了浙江住，还有返回的路费怎么办？管他呢，车到山前必有路，到了浙江不行让社里送钱来，章文秀这样思谋。"不行，社里人如果送钱来，一来一往又得花上一千多块钱，社里本来就效益差，开支够紧张的，不行我到了浙江给人家打工。"章文秀打定主意。

列车上因人多，服务员少，卫生清洁跟不上，开水供应也紧张，旅客们吵嚷着意见很大，章文秀看到列车长狼狈不堪的神态，主动站起来，走到列车长面前说："列车长，如果需要的话，我可以帮您的忙吗？"

"你……"列车长有些惊怍地望着章文秀。

"我干过一段列车服务员，后来改行了。"章文秀撒了一次谎。

"那太谢谢你了！"列车长感激地将手中的暖壶递给章文秀。

刚开始，章文秀显得有些笨手笨脚，不是拖地脏了人家的皮鞋，就是倒水时倒得太满溢出来烫了别人的手。惹得旅客朝她撂白眼，但很快章文秀就适应了，很熟练地将几节车厢清理得整洁干净，还帮大嫂哄孩子，帮老大爷捶背，很快赢得了大家的喜欢，在列车长面前都夸章文秀这个编外服务员服务好。

到了浙江站，列车长给章文秀退了车票，并送给她一张名片，欢迎章文秀再次乘坐她的列车。

找到生产厂家，碰巧厂长出差去了，厂里人见章文秀没带介绍信，怕她是别的同行派来的"设备间谍"，说什么也不让章文秀看设备。

　　章文秀只好住了小旅店，每天上班一样到厂里的门房里等厂长，中午饿了，就泡上一包方便面吃，没事就跟门房老大爷攀谈，把自己从哪里来，一路上的经历断断续续讲给大爷听，大爷听了深受感动，并满口答应等厂长回来他一定尽力帮忙。

　　第三天晚上，章文秀刚躺下，旅店老板就喊有人找，她急忙穿好衣服开门一看，原来是门房大爷带着厂长来了。

　　厂长握住章文秀的手感动地说：“你的一切大爷全讲给我听了，你们那里的农民能拥有你这么一个好信用社主任，是他们的福分啊！”

　　第二天，厂长不仅带章文秀参观了一整套脱水蔬菜生产设备，还特地在酒楼设宴款待了章文秀，酒席上，厂长答应以最优惠的价格向榆林镇菜农提供一套生产设备，并派人免费安装、试机、培训工人。那天章文秀多喝了几杯，坐厂长的轿车回到小旅店后，一头栽倒在床上一直睡到第二天上午。

　　返回时，章文秀买车票时，发现还差一百多块，她无奈地走出售票大厅……

　　“那你是怎么想办法弄到钱买车票回来的？”我想得到故事圆满的结局。

　　“办法是人想的，活人能让尿憋死。”章文秀淡淡地说。

　　猛然，我的目光落在了章文秀的胳膊上，在那白皙的皮肤上有一个明显的针眼。

　　“你……”我一切都明白了，只觉得泪要往出涌。

　　“有什么大惊小怪的，不就是为医院献点血嘛！”章文秀平静地微笑着。

　　我强忍着泪水站起来。“你干啥去？”章文秀吃惊地问。

　　“我想出去走走。”我扯了个谎。屋外不知是什么时候下起了雨，我知道这是天在为谁而泣。

（九）

七月流火的季节，榆林滩上的万亩苘子白长得正带劲，已近成熟时节，同时也是病虫害最严重的时候，因此"虫口夺菜"的战斗又在榆林滩上拉开了序幕。

章文秀下乡回来，已经很晚了，我问她干什么去了，她说到东沟村帮打过她的那个土流子刘二毛菜农喷药去了，他家种菜多人手又少，正巧老婆儿子在田里喷药中了暑，请人帮忙吧，别人都忙自家菜哪顾得了别人，再说这刘二毛在村里名声不好，大家都不愿意挨他。

"他打了你，你不记仇还帮他。"我说。

"咱们记谁的仇也不能记农民的仇，没有他们做载体，我们何以兴社，农民是我们的衣食父母啊！"章文秀深有感触地说。

"喷完了没有？"我问。

"刚喷了一半。"她回答。

"那明天你不是参加脱水蔬菜生产线入股大会吗？我明天去帮他喷药吧！"我说。

"你不怕把你肚里的墨水也喷出来。"章文秀开玩笑地说。

"不至于吧，我一个大男人怎说也比你这个女人强吧！"我自恃逞强。

第二天一早，我就到东沟寻找那个刘二毛。还没有进院子，我就听出刘二毛家里吵得挺厉害。进了屋子一看，只见刘二毛老婆正捂着脸坐在炕上哭，刘二毛呢，则坐在地上的小木凳上耷拉着胖脑袋抽闷烟。见我进门，他才冰着脸问我找谁。

我说，是章文秀让我来帮忙喷农药的。

刘二毛老婆听说我是章文秀打发来帮助她家喷药的，指着刘二毛又哭骂开了："你良心让狗吃了，你白披着一张人皮，你死在那儿，还不去寻人家章主任说出你干的那缺德事儿！"

"有什么事跟我说吧，章主任今天忙。我是从联社来的。"我说。

"唉，我干得尽是些啥事呵……"刘二毛颤抖着手递给我一支烟。

原来这刘二毛是王太生一门远房亲戚。刘二毛是个愣头青，干长力气不长脑子，别人一激将，敢打敢拼不怕死，而且贪酒，谁给瓶酒喝，就给谁做帮凶。王太生就相中了他这一点，王太生爱忌妒贤能，他瞅着比自己后进信用社的章文秀当了副主任，就千方百计排挤她，到东沟每次下乡，王太生总要拎几瓶好酒"孝敬"刘二毛，并经常在刘二毛面前说章文秀在老主任面前挑唆老主任逼刘二毛还多年的贷款。使刘二毛对章文秀怀恨在心，最终在菜市场打了章文秀。

王太生还指使刘二毛到章文秀家上演了一场行贿丑戏。

今年春上，下乡送贷奔波了一整天的章文秀回到家准备和衣躺一会儿，忽听得"咚咚"的敲门声。她打开门一看，原来是刘二毛来了，手里拎着一大包，里面装着烟酒。刘二毛进屋后，把包放在方桌上说，今年他想多种几亩茴子白，可是没钱买化肥，想求章文秀帮他贷点款。

在章文秀忙着倒水的空间，刘二毛趁她不注意把五百元偷偷压在枕头底，然后忙站起身要走。章文秀说："你要多种菜是好事，想贷款信用社支持，但要符合贷款条例，能办的我一定帮忙，可这东西我不能收。"

刘二毛假意推让几下，拎着包得意地走了。

刘二毛从章文秀家里出来后，没有回家，而是四处串门散布谣言：现在办事可难了，送东西不行还得送票子，这不，他去寻章文秀贷点化肥款，给人家一塞就是五百元。

直到刘二毛腿跑累了，嘴说困了，才打着呵欠走进自家的门。进门老婆就告诉他，说刚才章文秀来过，送来五百元钱。刘二毛听了，傻站在地上半天说不出话来。

原来章文秀上床休息时，想起昨晚把手表压在了枕头底，想拿出来看停了没有，不想看到刘二毛偷偷塞下的五百元钱。她顾不上休息，骑上自行车摸黑把钱送到刘二毛家。

老主任杨成树不幸去世后，王太生怕章文秀当上主任后"回报"自己的所作所为，就让刘二毛给县联社写了一封匿名信，诬告章文秀。

刘二毛还向我举报了他与王太生合谋，在村里用信用社的贷款向村民放高利贷，为逼人还贷，还打伤一位村民，王太生借机强奸了人家媳妇。

"真是信合人的败类！"我怒不可遏，咬牙骂道。

帮刘二毛喷完药，我回到信用社，马上和张主任取得了联系，把王太生不可告人的丑行向张主任作了如实汇报，要求张主任尽快派人查实，严惩王太生。

张主任表示尽力在短时间内解决王太生的问题，并在电话里赞扬我，不仅帮菜农除了害虫，也为信合事业抠出一条害虫。

（十）

火辣辣的太阳能晒得人皮起了泡，受东南沿海台风的影响，盛夏的大雨持续浇了两天，天气总算凉快了许多，雨过天晴之后，菜农们发现茴子白上的蚕虫越来越多了。人们忙着又喷了几次药，但见效不大，有人抓了蚕虫丢进农药里，蚕虫不死，却在农药液里游泳。是农药有假？没准。现在假货太多，买上假农药是常事。有人试着将大活鱼苗放进农药里，鱼儿下去很快就漂起来了。人们这才突然明白了一个理儿：这年年喷几种老牌农药，这虫子也服了水土了，不但吃了不受害，还有助繁殖。面对害虫的肆虐，菜农们站在田边干搓手没办法。章文秀也急得吃不下饭，睡不好觉，很快瘦了一圈。她在电话里，向四处求援，专程到省城为广大菜农请来了蔬菜病虫害防治专家来考察，研究对策。专家经过细观察，很快制定出应用 BT 生物防治技术防治虫害的措施。信用社及时为菜农发放了贷款 3 万元，连夜从省城购回了设备和原料进行配制，经过使用，效果明显，菜农普遍反映良好。

章文秀在帮助菜农喷洒新农药中由于皮肤过敏，中毒倒在了菜田里。

人们七手八脚把章文秀送进镇医院，一个也不愿离开，全守在医院大院里，直到章文秀从昏迷中醒来。

从章文秀住院的当天下午起，她的病房里就没断过来看她的农民。水果、罐头、奶粉在章文秀对面的病床上堆成了小山。闻讯赶来看望妻子的丈夫，问章文秀怎么处理这些慰问品，章文秀说："送到敬老院。"

第一次见到章文秀的丈夫，我第一句话是："你有一个好妻子！"

这位身材魁梧的公安憨厚一笑："她不能算个好妻子，只能算个先进工作者。"

"章主任，你以后也多为家庭着想，给丈夫和女儿多一点关爱呀！"我语重心长地对章文秀说。

"她呀，连自己也关爱不好！"章文秀的丈夫接着说，并不顾妻子阻挡给我们讲了一个章文秀工作上的感人事例。章文秀当会计的第二年年终，信用社决算期间，她患上了乳腺癌，住院做了切除手术，杨成树主任劝她在医院好好养几天，信用社给算的事就别操心了。但章文秀在病床上怎么也躺不住，她想年终决算任务的重要性，想到社里新职工少，想到社主任年老多病，急得流下了眼泪，抽线的第二天，她就逼丈夫把自己送回信用社，咬牙忍痛做好了年终决算工作。从办公桌上一下来，章文秀就撑不住了，昏倒在营业室的水泥地上。

我们正说着，会计苏国平来了，他告诉章文秀，联社发下文来，要求信用社做好扩股宣传动员工作，尽快完成扩股任务。

章文秀听了，又躺不住了。

苏国平说："你也不用着急，我来之前，先给各村里通过电话了，让村干部协助宣传动员，他们都表示大力支持，信用社为他们操尽了心，他们早想出力报答呢。我想一定能超额完成联社下达的任务。"

"谢谢你，国平！"章文秀真诚地说。

"也让我好好谢谢你！"章文秀的丈夫友好地握住了苏国平的手。

"谢什么，大家还不是为了信用社。"苏国平微笑着说。

我听着他们三个人的对话，心里顿时一股热流涌动，扭脸窗外，窗外阳光一片灿烂。

（十一）

刚刚进入苗子白成熟期，狂风夹着少见的大暴雨铺天盖地地疯狂了三天三夜，天依旧沉着个脸。

杨庄水库的三条注水河流如万马奔腾，夹泥卷沙滚滚而下，使杨庄水库的水位骤然升到了最高限度，溢洪道水流湍急，不停在上涨，很快漫过岸堤，进入菜地，使万亩菜田成了一片汪洋，菜农们从早到晚，奋战在自家的菜田里，有的用铁锹疏通菜田周围的沟渠；有的用水桶把菜田中间低处的水挑出菜田外；有的用脸盆一盆一盆地往菜田外端……

章文秀在电话里向联社兴奋地汇报了扩股任务完成情况，张主任很满意，告诉章文秀榆林信用社是全县 22 个基层信用社扩股时间最短，扩股任务完成最多的一个信用社，这说明榆林信用社与广大农民感情深厚，榆林镇农民对信用社的信任和支持，最后张主任提示：近日，我县将普降历史上罕见的特大暴雨，根据县防汛指挥部统一部署，各信用社要大力配合当地政府部门抗洪救灾，特别是榆林信用社，地处险库下游，任务更加艰巨，要不惜一切代价配合农民保护好生命财产，将农民损失减少到最低点。

放下电话，章文秀立马召开了全社职工会议，传达了联社指示。然后说，菜农孙有富的 5 亩地地势低洼，受灾肯定严重，她去看一下，顺便给孙有富送股金本，扩股时，孙有富家里没钱就卖了羊，入了三百块钱的股。我也要去，她说："你在家里守电话吧，在这非常时期，说不定上级又来什么新指示。"说完，章文秀就走了。

果然，章文秀走后不久，电话铃就骤然响起，我接起一听，还是联社打来的，要求在防洪救灾的同时，做好信用社安全工作，如果库存现金多，要尽快押送回联社。

放下电话，我马上通知会计苏国平清库，除留少数周转资金外，其余押送回联社。正说着请了十几天病假没见面的王太生突然冒了出来，问我有什么任务，他要带病工作，我看到王太生好比吞下了一只绿头苍蝇，我冷冷地对他说："难得你对工作的热心，现在没你什么事，等有你的事，我们一定会请你。"

"哪敢，哪敢。"王太生讪讪一笑走了。

我还没出营业室，电话铃再次响起，我忙接起电话。

"什么，小玉……出车祸，送进医院……生命垂危?!"我真希望自己的听力在此时出了差错，但我又不得不面对现实。

电话是小玉所在的学校打来的，说小玉为了给父母减轻负担，自己利用星期天打工挣钱，过几天是她妈妈的生日，她去给妈妈买生日礼物，在上街路上，横穿马路时，一辆轿车因制动出了故障，闯了红灯，同时也撞到了小玉……

营业室里一片寂静，每个人肃立在自己的位置上如同雕塑一般。小陈难以抑制心中的悲痛，"哇"的一声趴在办公室桌上哭了起来，小孟和国平眼里也很快浸满了泪水。

苏国平声音低沉地问我怎么办，我想了一下说："先告诉小玉的爸爸吧，男人比女人受得起。"

拨通古树镇派出所的电话，苏国平无法把不幸说出口，把话筒递给我。"喂，是古树镇派出所吗？"

"是的，你找谁？"

"我找你们所长。"

"我是联社的小胡，刚才从北京打来电话，小玉……小玉出车祸了。"

对方好一阵沉默，才问："严重吗？"

"可能……可能……"我嘴唇哆嗦得语无伦次。

又是更长时间的沉默，好久电话里才传来小玉爸爸有些哽咽的声音："文秀知道吗？"

"她去菜田了，还不知道。"我回答。

"那请你先别告诉她，她刚出院，身子虚，现在又是抗洪救灾时刻，她不能垮，更不能离开信用社，榆林镇的父老需要她……"

我听着听着，话筒滑落耳边，泪水喷涌而出。

（十二）

一上午，章文秀也没回来，临近中午，县公安局派人来"请"走了王太生，东沟村民刘二毛告发王太生与他合谋利用信用社放高利贷坑害农民，扰乱农村金融市场，逼奸村妇。

望着远去的警车，做饭的赵师傅跳脚大骂："你个王太生，你小子损透了，想挨枪子找我老汉陪葬……"

原来是老主任杨成树死后，与信用社有着深厚感情的赵师傅怕章文秀当上主任后，实行一朝天子一朝臣，让他回家，就跟王太生拉呱说出心事。王太生借机生坏水，告诉赵师傅，他也有当主任的可能，只是章文秀是块绊脚石，要赵师傅帮他搬掉绊脚石，他当上主任后，保证老赵做饭营生不丢。并教了赵师傅不少谣言，让他散布。

我说："赵师傅你明白就好，快晌午了，给章主任做顿可口的饭菜吧！"

"哎！"赵师傅一个劲点着头回到了厨房。

吃过中午饭，章文秀还没回来，张主任来了。

我忙让小陈去找章文秀，打发走小陈，我又后悔了，怕小陈年轻容易感情用事，又是小玉的同学，心一软把小玉的事说出来。但转念一想：也不至于吧，小陈再不懂事也是一个十八九的姑娘了，再说我是再三叮嘱过她和小孟、国平的。

我顾不上想这些，忙着向张主任汇报这里所发生的一切。

汇报完后，张主任问我："任职通知可以下发了吗？"

我说："可以。"

一个小时后，小陈回来啦，却不见章文秀的影子。

小陈两眼红红的，她告诉我和张主任，章主任在孙有富菜田里排水呢！

"那孙有富干啥去了？"我问。

"孙有富见5亩菜田泡了水，受不住打击，气得站也站不住了。"

"走，我们去看看。"张主任起身说。

临出门，我把小陈叫到一边悄悄问："你没漏话吧？"

小陈摇摇头。

"那你眼睛怎么这么红？"

"回来的路上，想起小玉哭的。"

"但愿如此。"我长出了一口气，赶忙追上张主任。

我和张主任踏着泥泞不堪的田间小路，来到孙有富菜田里。

章文秀浑身泥水，立在菜田里，望着小白龙往外抽水，我喊了她几声，她才扭过脸来，我一瞅，就有一种想哭的感觉，章文秀的头发散落在满是泥水的脸上，两只好看的眼睛里布满了血丝，嘴唇干裂出几道血口子。我为了掩饰自己，忙将头扭向远处。

章文秀冲张主任笑笑，由于她满脸泥水，我们看不出她的表情。

张主任和我只是冲章文秀点点头，什么话也没说，也说不出口，只能无声地脱掉鞋，走进泥水，无声地在菜田里寻找自己该做的活计。

章文秀除了内行地指导我们该怎么做外，干活中很少和我们攀谈，也顾不上说什么。抽完一块菜田里的水又把小白龙移向另一块菜田，安顿好机子，又弯腰挥锹挖渠，一刻也不让自己闲着。我和张主任也不多说，生怕话里流露出伤感，让章文秀看出破绽。

太阳离西山头有一尺高的时候，5亩菜田的积水才算排完，张主任告诉章文秀要回联社，和章文秀握过手之后，拎着鞋赤着脚逃也似的离开了菜田。我第一次看到张主任在下属面前这么有失风度。

章文秀到河里洗了一把脸，对我说，你回去送送张主任，我顺便到杨庄水库看看老李，这次洪水这么大，他的渔场也受灾不小。

我走出一截，回头望望，章文秀站在河边，望着落山的太阳出神，该不是小陈把小玉的事说了吧。我想，不可能，如果小陈说了的话，章文秀还有力量支撑在菜田里排水，到杨庄水库去看老李，她再坚强，毕竟也是有情有爱，为人之母的女人啊！

回到信用社，送走张主任，天黑了，也不见章文秀回来，赵师傅把饭菜热了又热。

"再等等吧。"我心里也着急，但嘴上这样安慰赵师傅。

然而，我们哪曾想到，我们甫说等一会儿，就是等上一夜，一年，一世也无法等章文秀回来，那天夜里又是一场好大的风，好大的雨啊！

（十三）

那天，章文秀到了杨庄水库，她走进老李的住处，却不见老李，只有防洪守库的几个值班人员在喝酒谈论女人。

章文秀问他们老李哪去了。一个年轻的小伙嬉皮笑脸地说："放着年轻的不找，干吗找个老的？"

"谁允许你们值班期间喝酒，如果水库大堤出了险情你们都要承担重大责任的呀！"章文秀没有跟这些人计较那些疯言疯语，而是严肃地告诫他们，"你们知道吗？榆林镇万亩菜田经过雨水一泡，大部分已经无法卖掉，只能眼睁睁地看着烂掉，农民一年的心血付之东流，他们心都碎了，可你们竟然拿着农民发给你们的工资在这喝酒取乐，对水库大堤险情漠不关心，如果大堤决口，榆林镇将有一万多人无家可归，甚至失去生命。他们也是上有父母，下有儿女的人，你们低下头，问问自己的良心，这样对得起给你们吃给你们穿给你们挣工资的农民父老吗？

章文秀说着泪如泉涌，值班的几个人都低下了头。

"你们中间谁是共产党员？"章文秀问。

"我是。"一位年长的值班员红着脸站起来。

"是共产党员你就知道自己该干什么！"章文秀说完头也不回地朝大堤走去。

章文秀走出不远，那几个值班员也跟着出了屋，向大堤走来。

上了大堤，章文秀就看见老李一个人蹲在大堤上提着一瓶烧酒灌自己，见章文秀走来，他拎着酒瓶摇摇晃晃站起身来，把酒瓶子向水库用力一扔，悲悲切切地喊一句："章主任，我的鱼……完了……"

章文秀快步迎上去，搀住老李。

突然章文秀听到"哗……哗……"的流水声，她顿时感到情况不妙。章文秀迅速松开老李，寻声望去，原来是已经被洪水中浸泡了一天一夜的大堤溃开了小口子，洪水正从那个两米多宽的堤口向外泄去。

章文秀立即使出浑身的力气搬动已准备好的土袋，往溃口处扔，老李酒也醒了。他赶忙跑过去帮章文秀抬土包，往溃口里塞。堤坝年久又被洪水浸泡时间太长，人踩在堤坝上都能感到波浪冲击堤坝的震动，尽管排洪闸大开，一刻不停地排洪，但三条洪水河流量增大了百倍，洪水线一直在漫漫上升，大坝只要被推开一个水口子，就可能越冲越大，后果不堪设想。章文秀急切地对老李说："快去通知抗洪指挥部，堤坝溃口了！"

老李说："章主任，你要当心呀。"扭头跑下大堤。

然而，当数千群众闻讯赶到堤坝溃口处时，堤坝已被冲开了五米多长的大口子，肆虐的洪水翻卷着，咆哮着，怒吼着，像一只张开血盆大口的巨兽要吞噬整个世界……经过一个小时的生死搏斗，溃口的堤坝终于被堵住了。这时，老李才想到：章文秀到哪里去了？一种不祥立即袭上老李心头，他对着水库那汹涌的洪水竭声大吼："章主任……"

听到老李的吼声，所有堵坝的人们迅速都亮了手电，顶着劈头砸下的大雨向下游寻去，千万个凄惨的声音划破了榆林滩的夜空："章主任……章主任……"

一直找到天亮，人们才在下游一个拐弯河道里寻到夹在了两块石头中间的章文秀，顷刻间，一片黑压压的人群跪满了河道两岸，呜咽声不绝，泪水浸泡出榆林历史上一个令人最难忘的日子……

（十四）

我在电话里用无比悲痛的声音向县联社报告了章文秀为保护大坝和人民财产而牺牲的经过。

张主任听完我的汇报后，发出一声喟然长叹："一朵美丽的信合花凋落了！"

"不，她永远开放在我县每个信合职工心中！"我说。

"是的，是的，她将永远开放在我们信合百花园里！"张主任用力吸着鼻子说："小玉怎样？"张主任问。

"一条腿骨折,已脱离危险。"

"章文秀的丈夫知道妻子牺牲的情况了吗？"

"我已通知了,他说想带着小玉在章文秀发丧期间赶回来。"

"我派车去接他父女俩。"张主任停了片刻又说："我们真应该把小玉的事告诉章文秀，让她上北京去看女儿。她的牺牲我们也有一定的责任，小玉幸好没事，不然，我们就更对不住章文秀了，在她离开这个世界后，还不知道她的小女儿差点先她而去……"张主任说不下去了。

"其实，我俩全被章文秀哄了，她早知道小玉出事了。"我说。

"是那个小陈说的吧！"

"是的，章文秀牺牲后，小陈哭着向我检讨，她那天实在憋不住，见到章主任就扑在她怀里大哭，章文秀再三追问下，小陈只好说了。当时，章文秀就昏倒在菜田里。醒来后，她硬撑着站起来，对小陈说了句，'你回去吧，别告诉任何人。'就操锨挖渠去了，小陈舍不得离开，章文秀第一次对她发了火：'你栽在那儿啦？'小陈才捂着脸哭着跑回来。"

"没想到她那么坚强！"张主任又是一声感叹。

"在广大农民处于危难之时，在他们心里是容不下半点儿女私情的，这就是我们信合党员的风采。张主任，我要留在榆林信用社，走杨成树和章文秀未走完的路。"我用坚定的语气说。

"好，我同意，我们马上开会研究通过。"张主任搁下电话。

不一会儿，电话又响起，我拿起话筒，电话里传来张主任很严肃的声音："胡峰同志，我代表县联社向你宣布：从今天开始，正式任命你为榆林信用社主任！"

"谢谢！"放下话筒，我的泪水就浸满了双眼。

（十五）

章文秀同志的追悼会三天后在榆林大戏场内隆重举行。所有丧事费用全是榆林社菜农摊的，没花信用社一分钱。

那天天空飘着蒙蒙细雨，风儿一吹，雨滴就扑打在人们脸上，所有参加追悼会的人脸上交融着雨水和泪水。

灵棚前的花圈堆成了山，汇成了海。一副挽联惹人注目，写着八个苍劲的大字："生前无私，死后无憾。"

一班民间鼓乐队自发组织坐在章文秀的灵棚前，凄惨惨奏着哀乐。

张主任早早来到榆林信用社，他说他一晚上没睡，为章文秀写了一篇悼词，让我们修改修改。

我接过一看，稿纸上泪迹未干，哪有勇气看下去，佯装翻了翻，交给张主任说："写得很感人。"

张主任还告诉我联社的车去接小玉和他爸爸了，派走车，张主任和章文秀的丈夫通了电话，问他章文秀下葬要不要等他和小玉回来。章文秀丈夫说："不用等，到时间就下葬吧，我怕小玉见了那个场面承受不了。"

将近中午时分，张主任致完悼词，大戏场呜咽声不绝，男女老少黑压压跪倒一片。

起灵时，章文秀的干妈拦住了，她抽泣着说，她要给章文秀拉灵，有人怕她年纪大有闪失。老人不依，说不让她给章文秀拉灵就碰死在灵前。

"我也算一个""我也算一个"老李、孙有富、赵师傅等好多人来到灵前。

"不行，人多了会绊住秀子升天的脚的。"章文秀的干妈把早已准备好的灵绳只分给老李、孙有富和赵师傅。

拿好灵绳，一声殡炮响，哀乐响起，四位白发老人背搭灵绳，跟跟跄跄拉着灵车踏上了湿漉漉的送葬路。

白发人送黑发人，令人痛断肝肠的情景使无数夹道相送的群众不忍目睹。我也实在没有力量来支撑自己走在送葬队伍中。从杨庄水库大坝下面路过时，我悄悄离开了送葬的人群，想一个人冲上大坝大哭一场。

然而走到坝中腰，我再也无法迈动自己的脚步，一个更让我无法面对的画面出现了：

小玉坐在爸爸怀中，与爸爸静立在妈妈牺牲的决口处，一动不动目送着送葬队伍。一旁的小陈将一大束鲜花和一个生日蛋糕分枝分块地抛向呜咽的河水中，突然，小玉凄惨地哭喊出一句："妈妈，生……日……快……乐……"

雨更大了。

整个世界都充满了泪水。

八月牛

　　不知从哪辈子留下来的说法,八月一到,牛儿就得结成群去草儿丰盛的山上撒欢,这时候的牛儿最上膘,最能卖好价钱。因此,家乡人把这时候的牛叫做八月牛。

(一)

　　暑假里,我收到了省金融学院的录取通知书。满心的欢喜把前些日子的焦虑和不安瞬间忘得一干二净。在爸妈眼里我变得越发金贵起来,我抬手动足他们都说我像个信用社信贷员的举止。总是用那双昏花的老眼亲昵地看着我,"真没想到,咱家也能出个信贷员,咱村里多少辈连个中专生也没考住,这都是祖上积了德才修成的。"爸是信用社的退休职工,对信用社感情很深,从早到晚老是夸信用社的好,说信用社是服务"三农"的主力军,与农民是名副其实的鱼水关系,为农村经济发展作出了很大的贡献,爸最大的愿望就是我能考上金融学院,毕业后能成为信用社的信贷员,沿着他走过的信贷路继续为乡亲们服务。

　　"哼,光靠你祖宗积德没有这好社会能行?"妈不同意爸的说法。

"嗯，对对对，共产党成立了新中国，我才娶下了你，这政策一开放，咱家就改革出了个信贷员！"爸黑红的脸上像喝了二两高粱白，把"大槐树"吸得嗞嗞响。

姐也很快赶了回来，带回两件东西，出嫁时妈陪送她的红皮箱和新买的一条红毛毯，让我走时带上。望着姐瘦黑的面容，我不忍心收下，知道姐家里紧，刚圈了 5 眼新窑，还拖着五千多块钱饥荒哩！可姐一脸坚决："弟，姐给你就收着，姐和你姐夫那里省省就有了。"我扭转头，泪水涌了出来。

晚上，全家围坐在院子里的老榆树下，商量着为我筹集八千多元的学杂费。爸问妈柜里还有几张存折，妈说："你的家底你还不清楚，就那五千多块。"这是准备为我的拐哥哥娶媳妇做彩礼钱的。哥哥三十几了，还没成家。哥哥长得并不丑，心灵，在村上也算个能人，会木匠、油漆，还经常跟鼓乐班搭手去为红白喜事吹唢呐。小时父母光顾在生产队里挣工分，没照顾好哥哥，他掏鸟窝时不小心从崖上掉下来，摔坏了一条腿，从此，哥哥拐着一条腿踏上了他的曲折人生路。

今年春上，爸和妈托亲靠友，总算给哥哥定下一门亲。那姑娘犯有轻微神经病，但娘家彩礼一分不少，五千块钱交过去就结婚办事。

"丑娃，你把你的事儿推推，等收了秋，卖了粮，再去送彩礼。"妈用征询的目光望着哥说。

夜色里，我看不清哥的表情，只见他仰着个脸，望着星斗闪烁的夜空，好半天才慢悠悠地说："家有千件事，先把紧的来。我这么些年都熬过来了，还差这几天？再说林小上了金融学院，我这个当哥的在人前也光彩不少哩！后半年我再多揽些活儿，辛苦些就闹下了。"我给哥递了支烟，只觉得手好抖。

　　除了五千多还剩两千多块呢！爸和妈都犯起愁来，借吧，我们村都是些贫困庄户人，这几年刚活泛了些，一时也凑不到这么多。可不借，又上哪儿弄呢？全家人都把眉头拧成疙瘩，愁得寻不出个道道来。这时，老牛倌孙八月打着口哨，"嘘嘘"着来到家里。一进门，不用人招呼，就自个儿从烟盒里抽出一支点燃。

　　"咋，一个个脑瓜儿都扎进裤裆里，愁啥？有啥发愁的？"

　　孙八月抽了口烟，眯着一双肉泡眼跟爸搭话。孙八月和爸拜过干兄弟，岁月沧桑也没断过交情。爸从来是有事不瞒他，爸把缘由一讲，没想到孙八月一拧烟屁股：

　　"这么点事，还犯着这么做难，钱的事儿我有办法！"

　　"啥办法？"爸和妈眼都一亮。

　　"我家里还存着一千块。再说过几天就进八月门了，各家各户的牛也该上山了。你把放牛这活揽下，一个八月也挣他个一千多。"

　　"那我不是夺了你的饭碗了吗？"爸一脸不安的神态。往年村里村外四十多头牛全是由孙八月和他儿子永富上山放的，他父子放的八月牛膘肥体壮，野兽也糟蹋不了，工钱又比别人低。所以，乡亲们都愿意把家里的牛给孙八月赶。"你家里的恐怕不会答应你的。"

　　"这叫啥话哩？咱是个怕老婆的男人吗？"孙八月满脸的不在乎，大口大口地吐着烟雾。

　　"别人会让你大哥赶吗？他连自个儿的牛都伺候不了，赶上那么一大群……"妈很担心爸，爸干啥也出手慢，而且气管炎越来越厉害，痰里经常带出几丝鲜血。

　　"说的和尚还要没丈母娘哩！"爸伸了伸胳膊，关节咯嘣嘣脆响，向妈示威。

"明天我到有牛的户跑跑，你们也串串，说说事因，我想人家都没长石心眼。"

爸忙让妈捅开火炒了一大盘鸡蛋，拎出瓶过年姐姐送的高粱白。孙八月不用人劝，就端起酒盅往下灌，不大会儿就喝得颠三倒四，满嘴胡诌：

"大哥，林……林小将来成了……信贷员，全村……高兴，大……家会让你……赶牛放……的……"

爸也因为高兴喝了不少，他端起一杯猛然饮下："为了我争气的林小，累断脊梁骨吐干血也值！"

（二）

第二天一早，爸和妈分头行动，到每家每户串门同人家商量赶牛的事。爸跑邻近几个村，妈在本村跑。妈叮咛爸："说话要软和些，别听人家话不对掉头就走。"爸已出门走了很远，妈还在高声喊："腿勤些多跑几家。"爸不耐烦地一扭脖，瞪了妈一眼，"真麻烦，三句话唠叨个没完！"

妈叹口气，领着我，从村子有牛的最末家一家家地过。到了平时处得不错的人家，妈言语宽敞，说话也随便，三言五语就扯到正题。遇到平时很少来往的人家，妈就显得拘谨多了，进门就赔个笑脸，夸这夸那，引起主人内心的欢悦，选言择语，生怕哪一句话说不对，不合人家的意，把赶牛的事黄了。慢慢地拐着弯儿往牛身上引话题。我在一旁递烟点火，心中好不是滋味。

回到家里，夜已经很深了，爸从兜里掏出一堆空烟盒，长吁一口气："总算没白跑，同情咱的人不少，都答应把牛给咱赶，八月兄弟也出了不少力。"

"逢到难处显人心啊！"妈伏在炕上让哥给她捶腰。

爸又让我去喊孙八月过来喝酒，我答应一声，出了大门，径直向八月叔家走去。

离着老远，我就听到有个女人哭喊的声音，好像是八月婶。我紧走几步，到了八月叔院子里一看，傻眼了：八月叔正被老婆骑在胯下，八月婶用尖利的指甲在丈夫的脸上乱抓。

"叫你逞能，你比别人家富多少，到嘴的肥肉白白送给人，还帮着人家跑穷腿。"

"咳，谁没个难时哩，胡大哥又不是没帮过咱家，女人啊，头发再长也说不出个理！"八月叔在我家吹嘘"咱不是怕老婆的男人"的那股神气劲一扫而光，连说话的语气也稀溜软。

我真可怜八月叔，可又想不出什么好办法给他解围，只能上前用带哭的声音央求八月婶："婶子，别打叔了，我家不放牛了，我也不想去上学了！"

"胡扯，咱村好容易出了你个信贷员，就是我和你爸讨吃也要让你上！"八月叔不知从哪儿来了一股勇气，猛然把八月婶掀下身来，抖抖身上的土，肉泡眼一眯说："叫我怕你，没门儿！林小，咱们走。"八月叔一副什么事也没发生的架势，昂头挺胸向我家走来。

八月婶坐在地上愣怔了一会儿，猛然从地上蹦起，小跑回屋，"咣"的一声拴上门，冲八月叔的背影喊道："今晚你别想回这个家！"

回到家，灯光下，我才看清八月叔满是血痕的脸，忙打了盆热水，浸了毛巾，给他擦着脸。八月叔满脸不服气，冲屋里人嘟囔："我要是和她娘儿们一般见识，早揍得她翻瓜了。"我们全家人想笑却谁也笑不出来。

喝酒中，八月叔和爸商议着让他儿子永富帮爸照看牛群。他说别看永富才十八岁，跟他放牛的年头却不少了。十岁上跟八月叔上山，八年来练就了一双好眼力，赶上一百头牛也能一头头说出各自的模样、脾性和习惯。永富还有一样，胆特大，遇上夜里狼来糟蹋牛群，永富敢一个人托着铁棍闯进狼群东打西杀。为此半拉子脸被狼舔过。

"是我害了娃呀！要不是我带永富上山放牛，他会不爱念书爱放牛吗？他会被狼舔得那样难看吗？他念到现在说不定也能考上个银行学校！是我毁了娃呀！林小，你说永富他会恨我吗？"八月叔醉眼蒙眬地问我。

我回答不上来。

八月叔又教爸如何选地方扎圈，哪里的草儿丰盛，哪里的水好，牛喝了不胀肚、不拉稀屎。牛在伏天常见的病应该如何防治；半夜狼来了，千万别丢魂，人慌狼越凶……八月叔像一位热心而见多识广的老师在不厌其烦地辅导学生。天很晚了，他才扶着桌子摇晃着站起身来要回家。爸说就在这儿睡吧，家里人早把门拴上了。

"放心吧，到天明也开着，我那女人是刀子嘴豆腐心，怕是她早等不得我啦！"八月叔一步三摇地出了我家大门，很快融入一片灿烂的星光里。

爸妈各叹一口气，回屋又商量起祭山的事来。我睡醒一觉，还听见爸和妈在悄声谈论，不久，鸡就开始打鸣了。

（三）

八月初的第一个大清早，村里和邻村的有牛人家全牵着自个儿的牛走来了。吆喝声、牛叫声从村子的四面八方不断地响起，渐渐向我家的打谷场上靠拢。

鸡刚叫过三遍爸妈就下了炕，点旺塔塔火，烧热头脑，炸下一大盆油糕之后，爸说光顾忙吃忘了买炮。我要去买，爸不让："买鞭炮得到王家铺。那得过路断河，你念书把身子念弱哩，早上水凉你是下不得河的。"

妈一边拉喜红，一边对哥说："应酬的事你多操心，别靠林小。"

我闲着无事可做，看到油锅里还漂着一层金黄的油糕，就过去拿了笊篱捞。妈见了忙跑过来："别瞎弄，小心油溅到手上烫着，上了金融学院握不了笔杆子。"

这时，八月叔和八月婶走进了院子，八月婶脸上有些不好意思，一进院子就自个儿寻起活计做起来。妈说你歇歇吧，八月婶不好意思笑笑："不妨事，手里没有些活计心里烦。"妈晓得她心里不自在，就由她去。

八月叔问我爸干啥去了。我回答刚走去王家铺买炮了。

"怎么不早说呢，咱家里那东西还缺？再说这天也立秋了，你爸那身子能耐住齐腿深的冰凉水，快去，喊回他来。"八月叔急得直跺脚，"还没上山就落得一身病！"

我跑得满头是汗，心里想着最好在爸到路断河边时喊住他。然而，我还是赶后了一会儿，爸已经头上顶着裤子，游过了河中心。"爸，快返回来！"我站在岸上用劲呐喊。

爸不知出了什么事，往回折返时，脚底发慌没出多远就整个身子扑在水里。"爸！"我哭喊着，鞋也没顾上脱，跑下河。

"不行，水凉的厉害！"爸费了好大劲才爬起来，我听见他咳嗽得快要震破嗓子了。

我不听他的，只顾向他走去。

"我的小祖宗，过来我揍你！"爸火了。

我猛扑在爸怀里大哭起来。爸也哭了，他把我搂得特别紧，忽然，爸一抹泪，冲我瞪眼："到身后去！"我弄不明白是什么意思，转到爸身后。"上背上去。"　　"我不……"我哭得更响了。

"上！"爸执拗的脸上严肃得让我害怕，我只好趴在了爸那宽大的背上。任他艰难地往对岸靠去。恍惚中，我听到了腾格尔的那首唱父亲的歌，在哗哗的河水中飘来。

回到家里，送牛的人家全齐了，还意外多了几家。妈正忙着招呼送牛的庄户人吃油糕。这是乡俗，凡来送牛的人一送到牛就会被主人热情接进屋，端上"头脑"和油糕吃。送牛的人也从不空手来，有的背着烤干馍，有的提着二斤糕点或两瓶罐头，叫"百家吃"。让放牛人上山带着，吃了"百家吃"就身体好，对大家的牛格外小心照护。

八月婶和八月叔各人手里攥把喜红布条儿，在牛的角上、脖子上和尾巴上系着。每头牛儿都被主人洗过身，毛色透亮，又系了喜布条，更显得精神，一个个"哞哞"地叫个不停，像多年的老伙计没见面一样，脖子缠着脖子相互吻舔着。牛没笼头，主人牵来就把笼头卸下，等到八月末那一天牛儿下了山再提着笼头，揣上工钱来牵牛。

爸擦干身换了衣服，妈问他身上哪儿不舒服。爸咳嗽着说："不妨事，立秋水还暖三日哩！"妈告诉爸有不少人家把工钱先预付了，比八月叔往年的工钱高出一半。爸说咱该收多少收多少，多余的给别人家退回去。

爸就来到饭桌上，挨着给多付钱的人家退钱。"乡亲们，我胡老四为人不贪利，工钱该收多少收多少，其余的退给大家。"

"林小上大学用项大，我们多凑几个也算尽点做乡里长辈的心意，再说，你这次放牛为啥？大伙心里有数。再说，咱村几时能出个银行人哩！"众人齐声说道。

"那也好，林她妈，你把这些钱记着，就算咱借乡亲们的，等咱宽裕了还！"爸回头对我说："林小，把酒拿来，给你叔叔大爷们每人满上三盅，告诉叔叔大爷们你心里有他们一份恩情。"我照着做了。

妈和八月叔早在院当中摆好了香案，爸和永富来到香案前，恭恭敬敬上了三炷香，齐声说道："愿山神爷庇护，保佑乡亲们的牛儿草足水足，天天健壮！"

八月叔拿一把锋利的小刀在每个牛的耳朵上划一下，蘸些牛血，在八月婶端着的凉水碗里涮一下。完了，让爸和永富每人抿一口血水，又给每头牛灌了些。按老人的说法，这样会使人和牛一条心，人和牛平安度过八月。

牛群出发了，哥站在高处燃响了炮，爸和永富高声喊唱着"上山歌"：

"八月里来好日月

赶牛出村要上山，

丰盛盛草儿等牛吃，

清凉凉泉水等牛喝，

哎哟咳哟……哎咳咳……哟！"

我头一回感受到爸生命里竟还有如此深蕴的底气，还有如此奔放的力量！

然而，爸这一去竟然再没有回来……

（四）

关于父亲的死是我上了学后，妈才让哥写信告诉我的。信上说，就在我走的那天，妈和哥就知道了爸的不幸消息。当时妈和哥送出我几里外也没露出一点悲伤，只是在我又走出很远一段，才听到妈凄惨惨的哭声传来，我还以为妈是在为我伤心。

今年放暑假回到家里，才知爸死得太惨了……

那是一个对于爸和永富来说最不幸的日子。

早上天刚发亮，牛群里突然传来了骚乱的"哞哞"狂叫声，爸刚钻出庵窝就看到两只高大的恶狼正追逐着两头黑健牛向西猛窜，其余的牛都死死挤成一堆。

被狼追着的那两头黑健牛的后胯被撕咬得鲜血淋淋，惨不忍睹。狼吃牛有独特的精明法子：它们不咬牛的别处，专门撕咬牛的后裆，逗起牛的野性，顾前不顾后地不要命地疯跑，不管前面是河是悬崖是峭壁，只是勇往直前！被追的牛儿不是被淹死，就是被撞死或是摔死，狼就大享美餐。唯一的办法，只有撵上狼，把狼赶散，牛才能冷静下来。

爸红眼了，多半个月来的汗水片刻将要被这两只恶狼葬送得一干二净！他冲庵窝里正穿衣服的永富喊了声："看好牛，我去找牛！"

永富急得只穿了个裤头就钻出庵窝，拎着根20多号粗的钢筋棍，拦住父亲，说他去。

"不行，得我去。"爸一把将永富推开。又要从永富手里夺棍。

"大爷，你的腿撵不上狼啊，我腿脚快！"永富不依，死死捏着棍不放。

"你不给，大爷揍你！"爸像一头发怒的牛，红眼里充满了血，一下把永富翻在地上。

爸不知是哪里来的力量，向前没命地奔。

永富一上午没出去放牛，守在牛栏旁等爸。

日头偏西了，还不见爸回来，永富急得用拳直砸自己的脑袋瓜。在地上用手抠土，土被抠出个大坑，指甲扳掉了鲜血直流他也没知觉。

正巧，哥哥上山给他俩送饭，永富没来得及和大哥说明情况，就让哥守好牛，飞也似的向西跑去。

永富跑啊跑，自己翻越了几道梁，跳过了几道山沟，他记不清了，可仍不见爸的踪影。永富停下来，四处不安地张望着，忽然他发现不远的草地上有一摊新鲜的牛屎。他惊喜万分，牛看来安全脱险，可能就在附近。可他大爷呢？那两条恶狼呢？永富简直不敢想下去。

永富感到心中无比的恐慌，他边找边喊着："大爷，你在哪儿呀？"回答他的只是呜呜的山风和山坳里的回音。此时永富心里仅存一个希望，那就是大白天狼害怕人，逃跑了，大爷撵上了牛。可撵上牛早应该返回牛栏里呀？永富又蹬上一个土峁用急切的目光向下搜寻着……忽然，他看到了那两头黑健牛，立在一棵山杏树下，雕塑一般一动不动地望着不远处的酸枣丛下。永富跑了下去。

永富呆了：爸被一只狼卡着脖子，脸上已看不出人样，白茬茬的骨头露着。他的两只大手在狼的下身压着，是他捏着狼的睾丸。旁边还直挺挺地有一条死狼，脑袋被打开了花……

（五）

我又要走了。

妈领着我又到了爸的坟上。妈说："林小，跪下告诉你爸，你要走……你一定要当一名信用社的信贷员！"

爸的新坟上已生出了不少好看的野花，开得正绚丽。像爸年轻时的那一张笑脸。我跪在爸的坟前，先给爸满了一盅高粱白酒，给爸烧了纸。燃尽的纸灰被风卷起，飘飘荡荡落了妈一头一身。妈先哭出声来，凄惨惨让老天爷听了也心寒："娃他爸，你在九泉之下可别怪我呀……"妈哽咽着告诉我，我不是她和爸的亲生儿子，我是八月叔放牛途中捡到的一个孤儿，爸毫不犹豫地收留了我，并一再叮嘱家里人和八月叔不要对我透露身世，当亲生儿子养育，这一瞒就是十八年。我听后，心中一阵剧烈的抖动，一头猛磕下去，"爸……"

哭了足有一个多钟头，我被妈拉了起来，她眼角还挂着泪花，她为我拍打着膝盖上的土说："别误了公共车！"

风好大，天阴沉沉像要下雨，"林小，小心雨。"我好像听到爸在对我说，却明明是妈在叮嘱我。走出很远，回头望去，妈孤零零地立在爸的坟前，双手搭在一起目送着我……

后　记

我是农民的儿子，对于与农民有着鱼水情深的信合人很早就在心目中产生了深深的敬仰，在家乡的田间地头、庭院土窑，信合人的身影无处不在，他们整日劳苦、奔波，把命脉与广大农民紧紧连在一起，忧农民之忧，乐农民所乐，本着无私的奉献精神把欢乐送给农民兄弟，而把苦情深埋心底，无怨无悔地在中国农村大地上，树起一面面扶贫济困的旗帜，为繁荣农村经济甘愿默默付出，构筑出一道亮丽的风景线，信合人六十年的丰功伟绩，六十年来情为谁苦，只有农民心里最有数。

我庆幸自己走上了文学创作这条道路，更庆幸走进了自己最敬仰的信合人中间，用心倾听他们平常而不平凡的故事，感受他们心中埋藏太深的苦情。用难以抑制的创作激情在洁白的稿纸上耕耘出一曲曲信合之歌。

我历经三十载，笔耕不辍，先后在各类报刊发表反映农村信用社题材的作品一百多万字，经过山西人民出版社精心选编，最后结集成书，并得到了充分肯定。在小说集即将付梓之时，我的心里涌动着的不仅是成功的喜悦，更多的是深深的感动，当我把厚厚的一沓打印稿惴惴不安地交给省联社党委书记、理事长崔联会后,他不仅在百忙之中认真阅读了我的小说,而且在肯定作品的同时本着高度重视的态度,为该小说集欣然作序。

在该作品出版过程中,省联社主任邢亮喜、党委副书记王再升、办公室主任聂宏伟、企业文化处处长李全民、编辑部主编杨杰、晋中办事处主任刘海滨等领导给予了极大的关心和支持,在此,我一并鞠躬致谢。

因本人才疏学浅,书中难免有错讹之处,望广大读者见谅,并提出宝贵意见。

作者

2013 年 6 月 15 日